U0030840

Biography of a Dangerous Idea

ZERO
零的故事

搖哲學、科學、數學及宗教的概念

查爾斯・席夫
Charles Seife | 著
吳蔓玲 | 譯

〈出版緣起〉

開創科學新視野

何飛鵬

有人說，是聯考制度，把台灣讀者的讀書胃口搞壞了。

這話只對了一半；弄壞讀書胃口的，是教科書，不是聯考制度。

如果聯考內容不限在教科書內，還包含課堂之外所有的知識環境，那麼，還有學生不看報紙、家長不准小孩看課外讀物的情況出現嗎？如果聯考內容是教科書佔百分之五十，基礎常識佔百分之五十，台灣的教育能不活起來、補習制度的怪現象能不消除嗎？況且，教育是百年大計，是終身學習，又豈是封閉式的聯考、十幾年內的數百本教科書，可囊括而盡？

「科學新視野系列」正是企圖破除閱讀教育的迷思，為台灣的學子提供一些體制外的智識性課外讀物；「科學新視野系列」自許成為一個前導，提供科學與人文之間的對話，開闊讀者的新視野，也讓離開學校之後的讀者，能真正體驗閱讀樂趣，讓這股追求新知欣喜的感動，流盪心頭。

其實，自然科學閱讀並不是理工科系學生的專利，因為科學是文明的一環，是人類理解人生、接觸自然、探究生命的一個途徑；科學不僅僅是知識，更是一種生活方式與生活態度，能養成面對周遭環境一種嚴謹、清明、宏觀的態度。

千百年來的文明智慧結晶，在無垠的星空下閃閃發亮、向讀者招手；但是這有如銀河系，只是宇宙的一角，「科學新視野系列」不但要和讀者一起共享，大師們在科學與科技所有領域中的智慧之光；「科學新視野系列」更強調未來性，將有如宇宙般深邃的人類創造力與想像力，跨過時空，一一呈現出來，這些豐富的資產，將是人類未來之所倚。

我們有個夢想：

在波光粼粼的岸邊，亞里斯多德、伽利略、祖沖之、張衡、牛頓、佛洛依德、愛因斯坦、普朗克、霍金、沙根、祖賓、平克……，他們或交談，或端詳撿拾的貝殼。我們也置身其中，仔細聆聽人類文明中最動人的篇章……。

（本文作者爲城邦文化商周出版事業部發行人）

〈專文推薦〉

零不只是空無

蔡聰明　教授

Among the great things which are to be found among us, the Being of Nothingness is the greatest.

—— Leonardo da Vinci（達文西）

零是一個非常有趣的數，它表示「沒有」或「空無」，但是似乎又無所不有，非常豐富。這種矛盾的雙重性格，恰好構成零的魅力。老子說：「天下萬物生於有，有生於無。」零似無實有，若隱若現，引人無窮的想像。

從數系或坐標系的整體眼光來看，零代表坐標原點，是天地的中心。任何系統若缺少中心，那就缺少生命，沒有生命的東西就不好玩。零多麼重要！

任何數加零或減零還是等於該數，即「加之不增，減之無傷」。這表示零是「空無」，表現零的謙虛、客氣、不動人一根汗毛的一面。但是對於乘法，零就很專橫霸道、自我為中心：任何數乘以零等於零。因此，零簡直是集「謙虛與霸道」於一身。另外，把零加在一個數後面就放大了10倍，例如3就變成30。最後再看除法，零惹來了麻煩：零不能當除數，一除就爆炸！

印度天才數學家Ramanujan（1887-1920）小學時，老師教他：3個糖果分給3個人，每個人得到1個；17個水果分給17個人，每個人也得到1個；因此，任何數除以自己等於1。Ramanujan馬上反問老師：0÷0＝？讓老師回答不出來。0÷0是不定形，有各種答案，這需要利用微積分才能回答。

從因數與倍數的眼光來看，任何數都是零的因數，零是任何數的倍數。因此，零似乎是無所不有，豐富得很。

溫度是零度並不是沒有溫度，海拔零公尺也不是沒有高度。零星、零嘴、零碎、零件、零用錢……都是有，而不是沒有。此時，「零」用來表示「有而少」之意。至於「零丁洋裡嘆零丁」的零是詩人對身世孤獨寂寞的感嘆。

具有大小與方向的量叫做向量。零向量沒有大小，但是所有的方向都是它的方向（即無向）。這啟示我們：在一方面放棄所有的東西，會從另一方面得到所有的東西，「失之東隅，收之桑榆」，空無才能容納萬有。零真有趣！

我們在施展配方法或式子的化簡工作時，常常加一個數再減去該數，這就是請零出來幫忙我們完成工作。空無的零能夠成就事功，真奇妙！

耶穌誕生之年被選定為西元之始。由於當時的天文學家害怕零，於是從西元一年開始算起，這給後世的我們惹來了麻煩：西元二〇〇〇年的開始並不是21世紀，二〇〇一年之始才是21世紀！若從0算起就不會有這個困擾。

但是從0算起，偶爾也會鬧笑話。我們舉波蘭數學家

Sierpinski的故事：Sierpinski憂心丟失一件行李，他的太太說：「不會的，親愛的，六件行李都在這裏。」Sierpinski說：「這不可能是真的，因為我已經點算過許多次：0, 1, 2, 3, 4, 5。」

在1923年，Von Neumann利用比數系更基礎的集合論來建構自然數，這是道地的「無中生有」之例子，由空集合ϕ出發就可造出$N = \{0, 1, 2, 3, \cdots\}$：

$$\phi \leftrightarrow 0$$

$$\{\phi\} \leftrightarrow 1$$

$$\{\phi, \{\phi\}\} \leftrightarrow 2$$

$$\{\phi, \{\phi\}, \{\phi, \{\phi\}\}\ \} \leftrightarrow 3$$

....

這是徹底的原子論（Atomism）之精神與方法，由一個基本元素 建造出整個世界。再按數系的延拓建構方法，由自然數系建構出整數系，再由整數系建構出有理數系，有理數系建構出實數系，實數系建構出複數系。

另外，由0生出3與－3，生出π與－π……等等。老子說：「道生一，一生二，二生三，三生萬物」，那麼空無、空集、零就是「道」，「道可道非常道」。0與1分別代表陰與陽，一陰一陽之謂道。按二進位法，利用0與1這兩個數字就可以生出所有的數。

有零就有數，「有數就有美」（Where there is number, there is beauty.）畢氏學派的名言：「萬有皆整數。」零更是數中之精，數中之美。

按常理，眾數平等（相當於佛家的眾生平等），但是，事實上不然，有的數特別重要，性質多姿多彩，涉及非常豐富的數學內涵。例如0，e，圓周率π，黃金分割數$(1+\sqrt{5})/2$，虛數$i=\sqrt{-1}$等等。

零還有許多美妙的性質，蘇格拉底觀察到$0+0=0\times 0$以及$2+2=2\times 2$，覺得很驚奇，於是他問：還有沒有其它數也具有這個性質？利用代數，我們輕易就可以證明，只有0與2兩數而已。零多項式的次數deg 0為無窮大，通常看成負無窮大，但是在「倍式的次數不小於因式的次數」時，deg 0又要解釋為「正無窮大」。

零還有兩個親兄弟——無窮小與無窮大（至大無外，謂之大一；至小無內，謂之小一）。它們具有偉大能力，可以幫忙建立微積分。我們簡潔敘述如下：

作個想像的實驗（thought experiment）：宇宙中任何量的Q，經過無窮步驟的分割，得到無窮多個無窮小量dQ。這個過程叫做微分（或分析法）。

反過來，將無窮多個無窮小量dQ連續地致積起來，就復得原來的量Q：

$$Q=\int dQ$$

$$\text{或}\quad Q(b)-Q(a)=\int_a^b dQ(x)$$

（$\int_0^{1000}dx=1000-0=1000$就是「集無厚而致千里」，莊子原來是說：「無厚不可積也，其大千里。」）這個過程叫做積分（或綜合法）。這兩個式子都叫做完美的積分公式（the perfect integral formulas）。

特別地，我們考慮永恆的時間之流（flow）。孔子說：「逝者如斯夫，不捨晝夜！」熱戀的情侶都知道，最真實且最珍貴的時間只是當下時刻t的瞬間dt。由此導致萬物F(t)的變化：

$$dF(t) = F(t + dt) - F(t)$$

如果dF(t)= f(t)dt，那麼就連帶地揭開了千古的求積分之謎：

$$\int_a^b f(t)dt = F(b) - F(a)$$

此式叫做牛頓與萊布尼茲公式。牛頓說：我已經發現了用微分來算積分！這是牛頓悟道的狂喜。

微分與積分合起來，叫做微積分。微積分是整個近代科學與工藝的基礎。我們可以說，牛頓與萊布尼茲發明微積分，才導致十七世紀的科學革命。英國詩人Alexander Pope（1721-1744）稱讚牛頓說：

Nature and Nature's Laws lay hid in Night:
God said, Let Newton be ! and all was Light.

自然和自然的定律隱藏在黑夜：
上帝說，讓牛頓出現！一切大放光明。

無窮小不等於零並且要多小就有多小，簡直就像活生生的小精靈。要多小就有多小的實數必為零。因此，無窮小有時候等於零，有時候又不等於零，具有雙重矛盾的性格，它不生存在實數系，而生存於「無何有之鄉」（Never Never Land）。

在文獻上可以看到「咬自己尾巴的蛇之圖」（ouroboros），在古代它象徵著自己吃自己的不可能與生死交會的矛盾，在邏輯上代表「繞圈子」（vicious circle）的毛病。今日則象徵粒子物理學與宇宙論的會合。從日常生活的世界出發，有兩個方向可走：微小世界（microworld）與大宇宙。由物質到分子、原子，再到基本粒子、夸克、超弦，經過無窮步驟最後到達無窮小、零、空無。我們越往微小世界走，越了解大宇宙的事情。核子物理學告訴我們星星如何發光；粒子物理學告訴我們，當宇宙年輕且熾烈燃燒時，它像個什麼樣子。相當有「芥子納須彌」，大千世界在一微塵中的意味。反過來，對星空的觀察，可以幫忙我們形塑基本粒子的理論。蛇咬自己的尾巴，形成一個圓，象徵空無與無窮的合一，宇宙的無始無終，以及所有自然的統一。將圓扭轉一下，稍作變形，就成為∞，這是數學符號的無窮。

二〇〇〇年，我在誠品書店看到本書《*Zero—The Biography of a Dangerous Idea*》，就好像發現寶藏一般的欣喜。本書是為零所寫的傳記，而且寫得這麼好，這麼有趣，我不禁想到，若能將它中譯，讓更多人分享，那多好！沒想到，一年後就看到了中譯本，讓我得到第二次的欣喜，我願將我的感動和感想提出來跟讀者分享。

本書透過零的發展史來觀察人類思想與文明的演進，時間上源遠流長，且涉及的層面非常廣闊，包括數學、物理、哲學與宗教，這是一本絕佳的科學或數學的通識教材，適合於高中以上的學生閱讀。

為一個數立傳，目前已出版的書有e、圓周率π、黃金分割數，虛數i，而0除了本書之外，還有Robert Kaplan所寫的《*The Nothing That Is—A Natural History of Zero*》（1999年），也非常精彩。

本書的作者很幽默，第8章之後來個第∞章，表示第9章，此地一語雙關：∞既是「無窮」又是「懶惰的8」（lazy eight，8躺下來睡覺）。作者引艾略特（T. S. Eliot）的名詩〈空心人〉中的一句話，作為這一章的開始：

This is the way the world ends
Not with a bang but a whimper.

他的結論是：因為零的威力，宇宙將會冷死，而不是熱死；是冰而不是火，將讓宇宙毀滅。這使我想起美國詩人佛洛斯特（R. Frost, 1875-1963）的一首詩：

Fire and Ice

Some say the world will end in fire
Some say in ice.
From what I've tasted of desire
I hold with those who favor fire.
But if it had to perish twice,

I think I know enough of hate
To say that for destruction ice
Is also great
And would suffice.

火與冰

有人說世界將毀滅於火，
有人說世界將結束於冰。
我曾嚐過慾火的燃燒，
所以同意火的主張。
但如果世界必須毀滅兩次，
憑我對恨的深刻理解，
說到破壞的力量，
冰也是威力強大
並且必足以勝任。

總之，如果你觀看零，你將看到空無；但是如果你穿透它，你將會看到整個世界。這大致就是我們認識事物的模式。一個有趣的對照：蘇格拉底強調，理性的認識必須從「無知」開始，這就好像上帝從「空無」中創造萬物。

本書最後的結束語是「宇宙始於零並且止於零」。從空無到空無，「空即是色，色即是空」，這多麼富藏玄機與禪機。欲知詳情，請看本書娓娓道來。

（本文作者爲台大數學系副教授）

誌謝

在我的生命中，有許多人曾以不同的方式幫助我完成這本書。我的高中老師們培養我對科學及寫作的興趣；我大學時代的教授們帶領我看到數學之美。Jeremy Bernstein與Kenneth Goldstein為我開啟科學寫作的專業之路。還有我在《新科學人》（*New Scientist*）的朋友與同事們——謝謝他們的包容與鼓勵。

特別感謝我的經紀人Kerry Nugent-Wells、插圖畫家Matt Zimet，以及編輯Wendy Wolf。我也衷心感謝幫助我修正文稿的Dawn Drzal、Faye Flam，當然還有我的母親與父親。（他們是最溫和的父母，但他們的批評最嚴厲！）

零的故事　目錄

第0章

空與無

零像魚雷一樣擊中美國船艦「約克唐」(Yorktown)。

一九九七年九月廿一日，當約克唐戰艦從維吉尼亞沿岸出發巡航時，這艘價值百萬美元的飛彈巡航艦突然一陣震動，然後停止前進。約克唐就這樣在水中停擺。

戰艦的設計必須要禁得起魚雷的攻擊和水雷的爆炸威力。雖然它的設備足以抵禦先進武器的攻擊，但卻沒有人想到約克唐必須要防禦零的攻擊。這是個嚴重的錯誤。

約克唐的電腦才剛安裝上控制引擎的新軟體。不幸的，沒有人看到程式碼中潛伏了一個定時炸彈，這是工程師在安裝時應刪除的零。但是由於某種原因，這個零被忽略，它隱藏在程式碼之中。也就是，它躲藏著直到軟體呼叫它進入記憶體之中——然後，哽住窒息。

當約克唐的電腦試圖要除以零時，八萬馬力立即化為無用。修護人員花了近三小時才接上緊急控制引擎，然後將約克唐緩慢費力地行駛回港。工程師們花了兩天的時間才除掉零，修復引擎。約克唐又回到它的水域巡弋。

沒有任何數字可以造成如此慘重的損失。像這種攻擊約克唐的電腦故障事件只是零的能力的一種掠影。許多文化全副武裝對付零，哲學也因為零而崩潰。零與其他的數目字截然不同，它讓我們瞥見什麼是不可言喻、什麼是無窮大。這就是為什麼人們曾經懼怕它、憎恨它、禁止它的原因。

這是零的故事，從遠古時代的降生，東方世界的蘊育，直到它奮力爭取歐洲的接納，它在西方的優勢，以及它對現代物理學不間斷的威脅。這是人類與一個神祕數字搏鬥的故事——其中有學者，也有神祕主義者；有科學家，也有神職人員。他們都嘗試要了解零。這是西方世界試圖保護自己不受東方概念影響的失敗故事；有時候甚至暴力相向。這是一個看似無辜的數字造成矛盾的歷史，它甚至惹惱本世紀最聰明的人，威脅到整個科學思想的架構。

零具有莫大的影響力，因為它是「無限」的攣生兄弟。它們既相等又相對，一陰一陽。它們同樣的似是而非，令人困惑。科學及宗教界最大的問題就是虛無和永恆、空無與無限、零與無窮大。零的衝突多次動搖哲學、科學、數學及宗教的基礎。每次改革之下都隱藏著零與無限。

零是東方與西方爭戰的重心。零是宗教與科學爭論的中心。零是大自然的語言，也是數學中最重要的工具。物理學最深奧的問題——黑洞的核心及宇宙大爆炸論——都奮力想擊敗零。

然而，在整個歷史中，雖然零曾經被拒絕與排斥，但它總是能打敗那些反對者。人類永遠不可能強制零屈就於別人賦予它的哲理。反之，零塑造人類的宇宙觀——以及對神的看法。

空無一物

（零的起源）

那時，既沒有存在，也沒有不存在；

既沒有空間，也沒有上方的天空。

是什麼被擾動？在何處？

——吠陀經

零是個古老的故事。它的根源要追溯到數學的開端，在幾千年前，遠在第一個文明出現，人類能夠讀寫之前。對今日的我們而言，零是個自然的數字；但是，在古代，零是個既陌生又令人驚恐的概念。它來自於東方，誕生於肥沃月灣（Fertile Crescent），在基督降生前幾世紀出現。零不但喚起原始的空無，更擁有危險的數學性質。零本身就具有力量，它能擊潰整個邏輯的架構。

數學的思想起源於數羊，以及記錄財產與時間的推移。這些工作沒有一項需要零。在零發現之前，文明世界完美地運行了幾千年。更確切地說，零令人厭惡，以致於有些文化乾脆選擇忽略它。

沒有零的生活

> 零的特點是，我們日常生活並不需要它；沒有人會出門買零條魚。它可說是所有的整數中最文明的一個——只有當我們深入思考時才需要它。
>
> ——懷德海（Alfred North Whitehead）

對一個現代人而言，我們很難想像沒有零的生活，就像我們很難想像沒有數字7或31的生活一樣。然而，曾經有一段歷史時期，沒有零的存在——就像沒有7或31存在。它發生在所有的歷史記載之前，所以考古學家必須由一小塊一小塊的石頭與骨頭，拼湊出數學誕生的故事。由這些片段的跡象，研究者發現石器時代的數學家比現代的數學家還要粗獷許多。他們用野狼當作黑板。

一九三〇年代晚期，石器時代的數學線索被挖掘出來，考古學家卡爾・艾伯索倫（Karl Absolom）由捷克拉斯夫泥土中發現一根三萬年前的狼骨，上面有一系列的刻痕。沒有人知道史前石器時代的穴居人卡格（Gog）使用這根骨頭，是為了計算他所宰殺的鹿、他繪畫的數目，還是他幾天沒洗澡，但是，這根狼骨告訴我們：早期的人類會算數目。

石器時代的一根狼骨就相當於現代的一台超級電腦。卡格的祖先甚至可能連二也不會數，他們當然不需要零這個數目字啦！在數學剛起源的時候，人類似乎只會區分「一」與「多數」。對史前石器時代的穴居人而言，他不是擁有一個矛頭，就是擁有多個矛頭；不是吃了一隻碾碎的蜥蜴，就是多隻碾碎的蜥蜴。除了一與多數以外，沒有任何方法可以表達數量。隨著時間的推演，原始的語言逐漸發展，人類開始會分辨一、二及多數，然後變成一、二、三及多數。但是，還是沒有名詞稱呼較大的數目。現代某些語言還有這個缺點。玻利維亞的西利歐那印地安人（Siriona Indians）及巴西的雅拿瑪族（Yanoama）的語言中沒有任何數目字是大於三的；這兩個部落的人使用「許多」及「大量」這兩個名詞描述大於三的數目。

多虧了數字的性質——可以相加，創造出新的數——因此數字的系統不曾停留在三。過了一段時間，聰明的部落成員開始將一些數字串在一起，產生更多的數字。巴西的巴凱瑞族（Bacairi）及博洛洛族（Bororo）目前所使用的語言就顯示出這個過程：他們的數字系統由「一」、「二」、「二加一」、「二加二」，「二加二加一」……以此類推。這些民族以二為單位計數。數學家稱這個系統為「二進位」系統。

很少民族像巴凱瑞族及博洛洛族一樣使用二進位。那根古老的狼骨似乎是更典型的古代計數系統。卡格的狼骨上彫刻了五十五個小記號，每五個為一組排列；在第廿五個小記號之後另外有一個記號。由此看來，卡格似乎是以五為一組來計數，然後再計算組的數目。這個方法很合理。每五個為一組計算比一個一個計算的速度要快得多。現代的數學家稱這位狼骨彫刻家所使用的是「五進位」計數系統。

為什麼選擇五呢？如果我們進一步尋求解釋，你會發現這是一個主觀的決定。如果卡格決定四個為一組，以四及十六計數，他的數目系統照樣能運行；同樣的，他也可以使用六及三十六來計數。分組的方法不會影響骨頭上的刻痕總數，只會影響結算的方法。也就是說，不管他使用什麼方式計數，最後得到的結果都是一樣的。然而，卡格就是比較喜歡以五為一組計數，而且，全世界的民族都與卡格有同樣的偏好。也許這是因為人類的每隻手有五根指頭，使得五這個數目跨越許多文化，成為受歡迎的基數。舉例來說，古希臘人就使用「五」（fiving）這個字來描述計算的過程。

即使在南美洲的二進位系統中，語言學家也看到五進位系統的萌芽。博洛洛族使用「一隻手的指頭總數」代替「二加二加一」。明顯地，古代的人類喜歡使用身體的部位計數，像：五（一隻手）、十（雙手）及二十（雙手雙腳）是他們最喜歡使用的基數。在英文中，十一（eleven）及十二（twelve）似乎是由「比十多一」（one over〔ten〕）、「比十多二」（two over〔ten〕）衍生出來的，而十三、十四、十五……等等則是「三加十」、「四加十」、「五加十」的縮寫。由此，語言學家下了一個結論：日耳曼語系的語言（包括英語）是以十為基本單位，因此，這些民族應該是使用十進位系統。另一方面，在法語中，八十是quatre-vingts（四個廿），九十是quatre-vingt-dix（四個廿加十）；這可能代表從前住在法國這個地方的原始部落是使用廿進位系統來計數。像7與31這些數目就同時屬於五進位、十進位及廿進位的計數系統。然而，這些系統中沒有稱為零的數字。零的觀念根本不存在。

你永遠不需要記錄零隻羊，或數數你的零個孩子。商人不會說：「我們有零根香蕉。」他會告訴你：「我們沒有香蕉。」你不需要一個數字來表達缺乏某件東西。沒有人需要使用某個符號代表不存在。這就是為什麼人類可以長久安於沒有零的生活。人們根本不需要它，所以零一直沒有出現。

事實上，在史前時代，光是會數數目就是一項了不起的本事，就像是會發咒語，以及與靈界溝通一樣的神秘能力。在埃及的死亡之書中記載，運送亡魂到陰間的擺渡人阿奎恩（Aqen）會挑戰要過河的亡魂，阿奎恩拒絕讓任何不會數算自己指頭的人上船。亡魂必須要能一面背誦計數的韻詩，一面數他的指頭，擺渡人才會放行。（這個擺渡人的目的其實是要弄到隱藏在亡魂舌下的金錢。）

雖然計數在遠古時代是很稀有的能力，但是數目與計數的基礎早在文字發明以前就已經開始發展。早期的人類文明把箭矢壓在泥版上做記號、在石頭上彫刻符號、在羊皮及草紙上塗抹墨汁，在此同時，數字系統已然建立。將口述的數目謄錄成文字是簡易的工作：人們只需要想出一種編碼的方法，抄寫員就可以根據這個方法，以更能永久保存的方式，記下這些數目。（有些社會甚至在發明寫之前就找到方法。沒有文字的印加人就是一例，他們使用「結繩」法，在彩色的繩子上打結來記錄計算的結果。）

最早期的抄寫員是以他們所使用的進位系統為基礎來記錄數字，而且我們也可以推測，他們是使用自己可以想到最簡潔的方式記錄。自卡格時代以來，社會不斷地進步。抄寫員創造其他的符號來代替組別，所以他們不需要再刻下一堆堆小記號。在五進位系統中，抄寫員可能使用某個特別的符號代表一，再使用另一個特別的符號代表五，然後再使用另一個符號代表廿五，以此類推。

埃及人就是如此行。遠在五千多年前，金字塔時代之前，古埃及人就設計了一個抄寫十進位系統的方法，他們以圖畫代表數目。垂直線代表一，腳跟骨代表十，旋轉的繩圈代表百。所有的埃及抄寫員只要記錄這些符號的組合，就可以表達出一個數目。他們不需要畫下一百二十三條直線來記錄123這個數目，他們只要寫下六個符號：一個旋圈，兩個腳跟，再加上三條直線。這是古代典型的計數方法。和大部分的文明一樣，埃及並沒有（也不需要）零。

然而，古埃及人是相當高明的數學家。他們同時也是天文學家及計時專家，多虧了曆法的錯綜複雜性，讓他們必須使用高等數學。

對古代人而言，要創立穩固的曆法可說是問題重重。一般曆法的創始都是以月亮為基準：一個月的長度是兩個滿月之間的天數。這是很自然的選擇；天空中月圓月缺的現象是最顯而易見的，月亮提供了一個計算時間週期的方便辦法。但是，陰曆每個月的長度介於廿九日到卅日之間，不管你如何安排，十二個陰曆月份加起來只等於三百五十四天——比一個太陽年還少十一天。但如果一年以十三個月計算，又多了十九天。由於決定收成及播種時機的是太陽年，如果你使用未修正過的陰曆為曆法，那麼四季將遊蕩不定。修正陰曆是件複雜的工作，許多現代的國家，像是以色列及沙烏地阿拉伯，都還是使用修正過的陰曆為曆法。但是，遠在六千年前，埃及人開始流行一個比較好的系統，以更簡易的方式記錄日子的推移。他們的曆法能夠在連續好幾年內，符合四季的運轉。埃及人並沒有使用月亮記錄時間的推移，就像今日大部分的國家一樣，他們使用太陽。

埃及人的曆法有十二個月，就像陰曆的曆法一樣，但是每個月有卅天。（他們是以十進位為基礎，他們的一週有十天。）在每年結束時，再額外加上五天，所以一年就有三百六十五天。這個曆法是現行曆法的前身。後來，埃及人的曆法被希臘與羅馬採用，他們修改這個曆法，加上閏年，成為目前西方所使用的標準曆法。然而，因為埃及人、希臘人及羅馬人沒有使用零，因此西方的曆法中並沒有零——這一時失察導致後來千年的問題。

埃及人的陽曆是項革新，但是他們在歷史上還有更重要的突破：幾何學的發明。即使在沒有零的情況下，埃及人還是很快就成為數學專家。他們別無選擇，都是拜那怒濤洶湧的河水所賜！每年尼羅河都會泛濫，淹沒河岸及三角洲。往好的方面來看，泛濫的河水會堆積大量的沖積淤泥，使得尼羅河三角洲成為當時最肥沃的耕地。從壞的方面來說，河水泛濫會摧毀許多標界，所有農夫替耕地標定的界線都會消失。（埃及人對於產權的問題非常認真。在埃及的死亡之書中記載，一個剛去世的人必須向他們的神祇立誓自己不曾欺騙或偷竊鄰居的土地。這種罪的刑罰是將他們的心拿去餵一頭叫做貪婪的怪獸。在埃及，偷竊鄰居的土地被視為嚴重的罪行，它的程度就與違背誓言、謀殺、或在廟堂中手淫一樣嚴重。）

古代的法老王指定勘測員評估損失及重劃邊界，幾何學因之誕生。這些勘測員或拉繩師（他們使用繩子丈量，並結繩做為直角記號）最後學會將土地劃分成長方形及三角形來決定面積的大小。埃及人也學到如何測量物件的體積（譬如金字塔）。埃及的數學聞名於整個地中海區域，很可能早期的希臘數學家就曾到埃及學習，例如希臘數學之父泰勒斯（Thales）及畢達哥拉斯（Pythagoras）等幾何學專家。雖然埃及人在幾何學上擁有傑出的成就，但是埃及此時還是找不到零的蹤影。

這也許是因為埃及人比較注重實用；他們在數學上的進展從未超越體積的測量與時間的計算。數學不曾應用在不實際的事物上（占星學是唯一的例外），因此，他們最優秀的數學家也無法把幾何的原理應用到與真實世界不相干的問題上。換句話說，他們並沒有將他們的數學系統轉變成抽象的邏輯系統。此外，他們也沒有把數學放進他們的哲學中。希臘人就不一樣了；他們接納抽象及哲學，將古代的數學推到最高點。然而，零並不是希臘人發現的。零來自於東方，而不是西方。

零的誕生

在文化的歷史中，零的發明一直是人類最偉大的成就之一。

——托拜西・但茲格（Tobias Danzig），

《數字：科學的語言》*Number: The Language of Science*）

希臘人比埃及人更了解數學；一旦他們精通埃及人的幾何學之後，希臘數學家很快就凌駕在他們的老師之上。

剛開始的時候，希臘人的數字系統與埃及人相仿。希臘人也是十進位，他們記錄數字的方式也很類似。但是希臘人並不像埃及人使用圖形代表數字，他們使用字母。H（伊塔）代表百；M（米優）代表萬——希臘數字系統中最大的單位。他們也有另一個符號代表五，顯示這是個五進位與十進位混合的系統。雖然有這些微小的差異，但是大致上，曾經有一段時間，埃及與希臘的數字系統幾乎完全相同。然而，希臘人並不像埃及人只停留在原處，他們由原始的數字系統發展出一套更複雜的系統。

他們不再使用埃及計數的方法，例如兩筆直線代表二，三個H代表三百。大約在西元前五〇〇年，希臘開始使用新的計數方法，他們以個別的符號代表2、3、300等不同的數字（請見圖一）。希臘人的新計數法可以避免重複的字母。舉例來說，埃及系統的數字87需要十五個符號表達：八個腳跟加上七條直線，而新的希臘系統只需要兩個符號：π代表80，ζ代表7。（羅馬的計數系統後來取代了希臘的計數系統，然而，它卻反而走回較簡單的埃及系統。羅馬數字的87〔LXXXVII〕需要七個符號，而且有好幾個符號一再重複。）

雖然希臘的計數系統比埃及複雜，但它並不是古代世界最先進的數字系統。這個頭銜應該屬於另一個東方的發明：巴比倫數字系統。也因為這個系統，零終於出現在東方——

現代	1	2	3	4	10	20	30	100	200	123
埃及	I	II	III	IIII	∩	∩∩	∩∩∩	𓍢	𓍢𓍢	𓍢∩∩III
希臘（舊式）	I	II	III	IIII	Δ	ΔΔ	ΔΔΔ	H	HH	HΔΔIII
希臘（新式）	α	β	γ	δ	ι	κ	λ	ρ	σ	ρκγ
羅馬	I	II	III	IV	X	XX	XXX	C	CC	CXXIII
希伯來	א	ב	ג	ד	י	כ	ל	ק	ר	קכג
瑪雅	•	••	•••	••••	=	[illegible]	≐	[illegible]	[illegible]	[illegible]

圖一：不同文化的數字

現在伊拉克所在的肥沃月灣。

乍看之下，巴比倫的數字系統似乎有違常理。這個系統是六十進位——以六十為基數。這是個很奇怪的選擇，因為大多數人類社會都選擇五、十或廿做為基數。不但如此，巴比倫人只使用兩個符號表示他們的數字：單一楔形字代表一，雙重楔形字代表十。這兩個符號可以組成由一到五十九的數字，構成巴比倫計數系統的基本符號。然而，巴比倫數系真正奇怪的特性是，它不像埃及或希臘系統中每個數字都有一個代表符號；巴比倫的數字符號代表不同數字的乘積。舉例來說：單一楔形字就可以代表一、六十或三千六百……等無限多的數字。

在現代人的眼中，這個系統似乎很古怪；但是，對古代的人類而言，卻十分合理。它就相當於青銅器時代的電腦碼。和其他許多文化一樣，巴比倫人也發明了計算的工具。其中最有名的就是「計算珠串」。日本人稱它為soroban；中國人叫它算盤；俄羅斯稱它為s'choty；土耳其稱它為coulba；亞美尼亞人稱它為choreb；在不同的文化中，它有不同的名稱。算盤就是使用滑動的小石頭來計數（英文中的計算〔calculate〕、微積分〔calculus〕以及鈣〔calcium〕這些字都是源自拉丁文中的「小石頭」〔calculus〕。）

在算盤上做加法運算是很容易的事，只要上下移動小石頭即可。不同縱列的小石頭代表不同的數值，熟練的人可以運用算盤很快地算出很大的數目。當計算結束時，使用者只要看著石塊的最後位置，然後把它轉化成數目字——這是個相當直接的運算方法。

巴比倫的數字系統就像刻在泥版上的算盤。每一組符號代表算盤上小石頭的數目，每一組符號就像算盤中的每一列，各代表不同的數值。以這個角度來看，巴比倫數字與我們今日所使用的系統沒什麼不同。在111這個數字中，每個1代表不同的數值——由右到左分別為「一」、「十」、「百」。類似地，在巴比倫的數字𒁹𒁹𒁹中，𒁹在不同的位置各代表「一」、「六十」、「三千六百」。這種記錄方式就像算盤一樣，但是，他們還得面對一個問題，一個在算盤上不會遇到的問題。

巴比倫人如何寫六十這個數字？數字1很容易寫，就是𒁹。不幸的，數字六十也是𒁹；唯一的不同是𒁹的位置在第二個，不是第一個。在算盤上很容易看出數字的位置，然而，在文字上就不同了。巴比倫人無法分辨𒁹到底是一、六十、還是三千六百。當多個符號出現時，情況更糟糕：符號 𒁹𒁹 可以代表六十一、三千六百零一、三千六百六十，或是更大的數字。

使用零是這個問題的解答。大約在西元前三〇〇年，巴比倫人開始使用兩個傾斜的楔形字𒑱來代表空白的位置，也就是算盤上的空白列。這個記號有助於分辨數字符號的位置。在零發明之前，𒁹𒁹 可以被解釋成六十一或三千六百零一。但是，有了零之後，𒁹𒁹 代表六十一；而三千六百零一則是用𒁹 𒑱 𒁹表達（請見圖二）。零的誕生為巴比倫的數字系統帶來永恆及獨特的意義。

沒有零

1	10	61	601	3,601	36,001	216,001	2,160,001

有零

圖二：巴比倫的數字

雖然零的作用很大，但它只是個位置記號。它代表算盤上空白的位置，在此列中所有的小石頭都在下方。它的作用頂多是確定位數；它本身不代表數值。000,002,148所代表的意義與2,148一樣。零在一個數串中，為它左邊的數字帶來意義；而當它單獨存在時，它的意義是……無。零是個位數，不是個數目。它沒有數值。

數字的數值是由它在數線上的位置所定義——與其他數字的位置比較而來。舉例來說：在數線上，數字2在數字3之前，在數字1之後。再也沒有任何方法可以如此合理地解釋數值的意義。然而，在剛開始使用數線的時候，零的記號沒有落腳的位置。它只是個記號；它在數字系統中根本沒有地位。即使在今日，我們有時候仍然不把零當做一個數字——只占有位數，而沒有想到它所代表的數值——雖然我們都知道零有它自己的數值。

看看電話或電腦鍵盤上的數字位置就是個例子。0都是在9之後，不是在它該有位置——在1之前。零只是個位置記號，它待在哪裏根本無所謂；它可以被插入數序的任何地方。但是，現在人人都知道零不能夠隨便待在數線上的任何一點，因為它擁有明確的數值。它是個分隔正數與負數的數；它是個偶數，是位於1之前的整數。零必須要坐在數線上合理的位置，也就是在1之前，－1之後。再也沒有任何方法比這種排列方式更合理了。然而，0卻坐在電腦數字鍵與電話鍵的最末端，因為我們總是先從1開始數起。

從1開始計數似乎很恰當，但是，如此做法迫使我們把零放在極不自然的位置。對墨西哥的瑪雅族及中美洲的其他民族而言，由1開始計數是不太合理的事。事實上，瑪雅族的數系及曆法比我們現在所使用的系統更合理。和巴比倫一樣，瑪雅族也是使用位置－數值（place-value）的數字系統。唯一不同之處在於他們所使用的基數：巴比倫的基數是六十，瑪雅族則是廿，而且他們有早期十進位的跡象。他們和巴比倫人一樣，也使用零來表達數字的意義。瑪雅人有兩套不同的數字表達形式。簡易的形式是以點及線為基礎；而複雜的形式則是繪畫文字——怪異風格的臉譜。在現代人的眼中，瑪雅的繪畫文字很像外星人臉譜（請見圖三）。

和埃及人一樣，瑪雅人也擁有傑出的太陽曆。他們的計數系統是以廿為基數，因此瑪雅人把一年分為十八個月，每個月有二十天，共三百六十天，而在年終有五天特別的日子，叫做渥耶勃（Uayeb）。所以，一年總共有三百六十五天。然而，瑪雅人不像埃及人，他們的計數系統中有零。所以，理所當然的，他們由零開始計日。舉例來說，紀布（Zip）月的第一天稱為紀布月的「起始日」，接下來則是紀

圖三：瑪雅的數字

布月一日、紀布月二日……以此類推，直到紀布月十九日為止。而紀布月十九日的隔天是宙茲（Zotz'）月的起始日，也就是宙茲月零日，接下來是宙茲月一日……等等。每個月有二十天，由零到十九，不像我們現在，由一到二十。（瑪雅的曆法非常複雜，卻十分完整。除了之前所提的陽曆之外，他們還有一種祭典曆，由二十週，每週十三天所組成。他們合併祭典曆及陽曆，創造了循環曆法〔calendar round〕，在五十二年的循環中，每一天都有特別的名稱。）

瑪雅系統比目前西方的系統更合理。因為西方曆法創立時零還沒有誕生，我們從來沒看過零年或零日。這個因為微不足道而被忽略的數字引起很大的問題；它引起千禧年是由那一年開始的爭論。瑪雅人永遠不會爭論廿一世紀的第一年是二〇〇〇年還是二〇〇一年。然而，我們現在所使用的曆法並不是源自於瑪雅人，而是由埃及人起始，後來經過羅馬人修改而成。因此，我們陷於令人苦惱、沒有零的日曆。

沒有零的埃及文化對曆法的製作及西方數學的未來發展造成不良的影響。事實上，埃及文化對數學的影響還不只如此。不只是因為缺少零所帶來的困難，埃及人處理分數的方法也非常笨拙龐大。他們不像今日的我們把分數3／4當做3與4的比率；他們把它看為1／2加1／4。所有埃及的分數都是1／n的總和（此處n是一個大於零的整數），唯一的例外是2／3。這就是所謂的單位分數（unit fraction），一長串的單位分數使分數在埃及人（與希臘人）的數系中成為很難處理的問題。

零的出現淘汰了這種笨重的系統。巴比倫的系統有零，因此分數很容易表達。就像我們用0.5表示1／2，用0.75表示3／4一樣，巴比倫人使用數字0;30表示1／2，用0;45表示3／4。（事實上，巴比侖的六十進位比我們目前所使用的十進位更能夠表達分數。）

不幸的，希臘人與羅馬人非常討厭零，因此他們堅持使用類似埃及的系統，而不願轉化成更容易使用的巴比倫系統。當希臘人處理複雜精細的計算時（譬如製作日曆表時），希臘的數系太繁瑣龐大，所以他們的數學家把單位分數先轉換成巴比倫的六十進位系統，進行運算之後，再將答案轉換成希臘單位分數的形式。他們本來可以節省許多耗時的步驟——我們都知道轉換分數是多麼煩人的事！然而，希臘人就是那麼蔑視零，他們拒絕把它納入自己的數系中，甚至在他們看到零的好處時，他們仍舊堅持把它排斥在外。原因是：零很危險。

對空無的恐懼

在最遠古的時代，伊米爾（Ymir）存在的時代：

沒有海洋，也沒有陸地　　沒有鹹鹹的波浪

地球不存在　　也沒有上面的天空

只有空無　　沒有綠意

——古老的北歐神話詩歌集（The Elder Edda）

很難想像人類居然會害怕一個數字。然而，零冷酷無情地連結「空」與「無」。人們的恐懼來自空無與混沌。人們也害怕零。

大部分古代的人類相信，在宇宙出現之前只存在空無與混沌。希臘人首先宣稱黑暗是萬物之母，而混沌出自於黑暗；黑暗與混沌創造其餘的萬物。希伯來人的創造論主張，神在創造天地萬物之前，地球是一片虛空與混沌。（希伯來文的片語是*tobu v'bobu*，羅勃・格拉弗斯〔Robert Graves〕認為*tobu*是指原始閃族傳說中的龍Tehomot，牠在宇宙誕生時出現，身體變成天與地。而*bobu*則是希伯來傳說中的巨獸Behemoth〔譯者按：據說這巨獸所指的是河馬。〕）在印度的古老傳說中，創造者將混沌像奶油一樣拌入地球。北歐神話也曾描述在開闊的空無上覆蓋著一層冰，而原始的巨人就由冰與火的混沌中產生。空無與混亂是宇宙原始的自然狀態，人們恐懼當時間終了的時候，混亂與空無會再次掌權。而零就是空無的代表。

但是，人類對零的恐懼遠比對空無的不自在還要深刻。對古代的人而言，零的性質是難以理解的，就像宇宙誕生一樣神秘。這是因為零與其他數字大不相同。零不像巴比倫系統的其他數字，可以單獨存在。形孤影單的零總是愛闖禍；它與其他數字的行徑大不相同。

任何數字加上一個數字，結果會變成另一個數字。一加一不等於一，它的答案是二。二加二的答案是四。但是，零加上零卻等於零；這違反了數學運算的基本原則——阿基米德公設（axiom of Archimedes），也就是任何數字一再相加，最後的總和會遠超過任何數字。（阿基米德公設是以面積表達的原理；數字被視為面積。）零拒絕變大，也拒絕讓其他數字變大。二加上零還是等於二；似乎打從一開始你就不需要進行這項運算。同樣的性質也出現在減法的運算。二減去零，還是得到二。零沒有實體。然而，這個虛無縹緲的數字卻對數學產生威脅，它破壞了數學最簡單的運算——乘法及除法。

更確切地說，在數字的領域中，乘法是一種延伸。我們把數線想像成一條有記號的橡皮筋（請見圖四）。乘以二的運算可以想像為橡皮筋拉長兩倍：記號原來是1的地方，現在變成2；記號原來是3的地方，現在變成6。同樣的，乘以1／2的運算可以被想像為收縮的橡皮筋。原本在2的記號，變成在1的位置；原本在1的記號，變成在1／2的位置。但是，當你乘上零時，會發生什麼事？

任何數乘以零等於零，橡皮筋上所有的記號都落在零。橡皮筋斷了，整條數線就這樣瓦解。

不幸的，我們沒有任何方法可以避免這個不愉快的事實。零乘上任何數字的答案一定是零；這是數字系統的性質之一。為了讓平凡的數字更具意義，數字還必須擁有「分配律」的性質。舉例來說，假設有一家玩具店，它所賣的球是兩個為一組包裝，積木是三個為一組包裝；而隔壁的玩具店則是將兩個球加上三個積木為一組包裝。因此，這家玩具店的一袋球加上一袋積木，等於隔壁店的一袋球與積木的組合。同理，在這家玩具店買七袋球及七袋積木，就等於在隔壁買七袋球與積木的組合。這就是分配律。以數學表達就是：$7\times2+7\times3=7\times(2+3)$。

然而，把零應用到這個定律上，奇怪的事情就發生了。我們知道$0+0=0$，所以任何數乘上0與這個數乘上$(0+0)$是一樣的。以2為例，$2\times0=2\times(0+0)$。按照分配律，

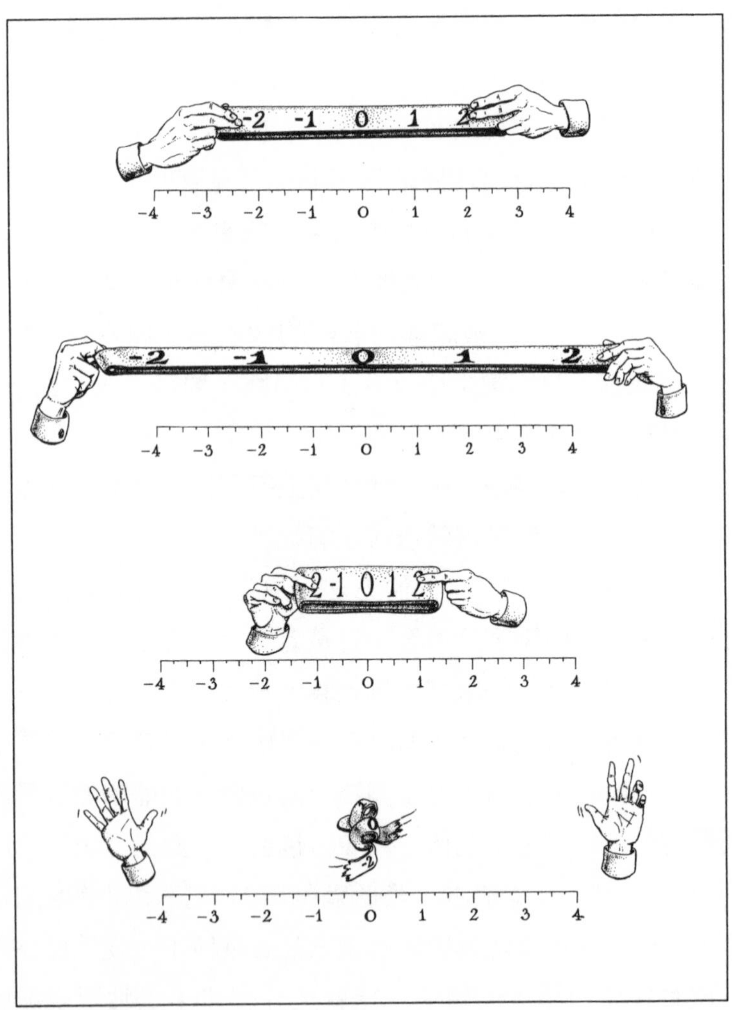

圖四：乘法橡皮筋

2×（0＋0）＝2×0＋2×0。所以推論的結果是：2×0＝2×0＋2×0，也就是說，不論2×0是什麼，它加上自己還是等於自己。這個性質就像零一樣。如果我們從等式的兩邊同時減去2×0，最後就得到0＝2×0。因此，不管你如何運算，任何數乘以零的結果一定是零。這個討厭的數字將數線擠成一點。但是，零最麻煩的地方不是在乘法運算，而是在進行除法運算的時候。

就像乘以一個數目時，數線會拉長，同樣的道理，除法會讓數線縮短。將數字乘以二，數線就會拉長兩倍；再除以二，數線就會縮短兩倍，恢復原狀。如果先除以一個數字，再乘以這個數字，橡皮筋上的記號就會延伸到一個新位置，然後再回到原來的位置。

在前面，我們已經看到當任何一個數目乘以零，數線就被毀掉。除以零應該會有乘以零的反效果；它應該會使數線復原。不幸的，事實並非如此。

在前一個例子中，我們得到2×0＝0。因此，若要將這個乘法運算還原，我們必須假設（2×0）÷0會回到2。同樣的，（3×0）÷0應該回到3；而（4×0）÷0應該等於4。然而，2×0、3×0、4×0都等於零，所以（2×0）÷0＝0÷0，（3×0）÷0及（4×0）÷0亦同。哎呀！這不就表示0÷0等於2，又同時等於3，也等於4嗎？這完全沒有意義！

當我們以另一種方法檢視1÷0時，奇怪的事也發生了。乘以零應該會還原除以零的結果，所以，1÷0×0應該等於1。然而，我們知道任何數乘以零的答案還是零！沒有任何數目乘以零，可以得到1——至少我們目前還沒有找到這個數字。

最糟糕的是，如果你硬要除以零，你將會摧毀整個邏輯與數學的基礎。除以零曾經一度（也只有這麼一次）讓你可以在數學上證明宇宙中所有的事物。你可以證明1＋1＝42，以此為出發點，你可以證明愛德格・胡弗（J. Edgar Hoover）是個外星人，威廉・莎士比亞（William Shakespeare）生於烏茲別克（Uzbekistan，原蘇聯共和國之一），甚至證明天空是圓點的花紋。（請看附錄A，溫斯頓・邱吉爾〔Winston Churchill〕是根紅蘿蔔的證明。）

乘以零足以瓦解整條數線。然而，除以零卻會摧毀整個數學的架構。

這個簡單的數字具有莫大的能力。它註定成為數學中最重要的工具。由於零擁有這些古怪的數學與哲學性質，使得它與西方的哲學根基產生衝突。

無中生無

（西方拒絕零）

沒有任何東西可以從無而生。

——盧克利修斯（Lucretius），

《物性論》（*De Rerum Natura*）

零衝擊著西方哲學的中心思想，這思想植根於畢達哥拉斯的哲學，它的重要性則源自於希臘哲學家季諾（Zeno of Elea）的悖論。整個希臘的宇宙觀以此為基石；空無並不存在。

希臘的宇宙觀是由畢達哥拉斯、亞里斯多德、托勒密（Ptolemy）所創造，在希臘文明崩潰之後，它繼續存在，流傳後世。在希臘的宇宙觀中，並沒有「無」。零並不存在。由於這個原因，西方人曾經有將近兩千年的時間無法接受零。這個後果是相當可怕的。零的缺席妨礙數學的成長，扼殺科學的革新，也把曆法的系統攪亂。在西方的哲學家接受零之前，他們必須摧毀自己的宇宙觀。

希臘數字哲學的起源

太初有道，道與神同在，道就是神。

——約翰福音第一章1節

古埃及人發明幾何，但是他們很少想到數學。對他們來說，數學只是推算日期和維護土地產權的工具。希臘人的態度則截然不同。對希臘人而言，數字與哲學密不可分，而且他們認真研究。希臘人對數字已經到達著迷的程度，這麼說一點也不誇張。

依帕索（Hippasus of Metapontum）站在甲板上，預備就死。他的身邊圍繞著自己所背叛的兄弟會秘密組織的成員。依帕索發現了一個秘密，它對希臘思想是致命的一擊；

這個秘密威脅著這個組織所竭力建構的哲學體系。就因為依帕索發現了這個秘密，偉大的畢達哥拉斯決定將他丟入大海中。為了保護他們的數字哲學，這些狂熱者以殺戳為手段。然而，依帕索發現的這個致命的秘密比起零的危險性是小巫見大巫。（譯註：依帕索是古希臘最早發現無理數的人，他用反證法證明，邊長為1的正方形之對角線長度，無法以兩個整數的比表達。）

根據大部分的描述，這個狂熱組織的首領畢達哥拉斯是一位古代的激進份子。他出生於西元前六世紀土耳其沿岸的薩摩斯島（Samos），是古希臘的殖民地，以希拉（Hera，希臘神話中的天后）神殿與好酒聞名遐邇。即使是在迷信的古希臘人眼中看來，畢達哥拉斯的信念還是相當荒誕不經的——他堅信自己是特洛伊英雄伊弗布斯（Euphorbus）轉世。這個想法使畢達哥拉斯相信所有的靈魂（包括動物的靈魂）死後都會輪迴轉世。因此，他是個嚴格的素食主義者。此外，豆類也是禁忌品，因為它們會使腸胃脹氣，而且它們的外型像生殖器。

畢達哥拉斯可算是古代的新世紀思想家，也是一位頗具說服力的演說家及著名的學者。此外，他也是一位令人信服的老師。據說他為住在義大利的希臘人制定了憲法。學生們群集擁護他，不久就有很多追隨者跟從他，要向他學習。

畢達哥拉斯的追隨者遵奉他們領袖的格言為生活的指標。其中包括他們相信最好在冬季做愛，切忌在夏季與女性發生性關係；所有的疾病都是由於消化不良所引起的；人要

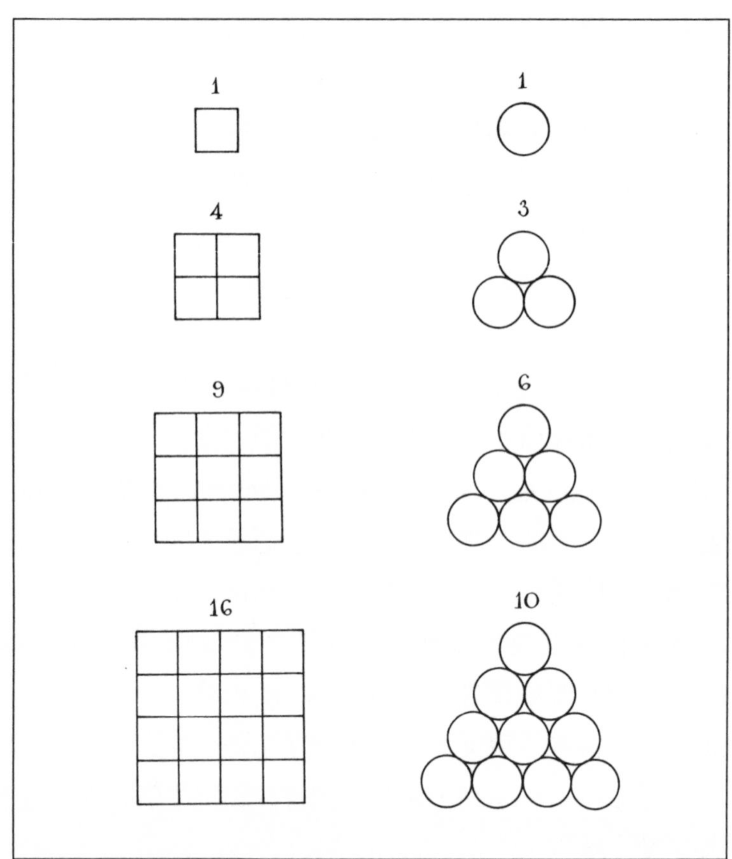

圖五：正方形數字及三角形數字

吃生食，只喝水；避免穿著羊毛製的衣服。他們哲學的中心思想是畢達哥拉斯學派最重要的信條：「萬物皆整數。」

希臘人承繼埃及人的幾何學，因此，在希臘數學中，圖形與數字並沒有多大的分別。對希臘的哲學數學家而言，圖形與數字是同一回事。（今日我們的正方形數字及三角形數字〔請見圖五〕就是拜他們所賜。）當時，證明數學的定理就像畫一幅優美的圖畫一樣簡單；古代希臘數學家所使用的工具不是紙筆，他們使用直尺與圓規。對畢達哥拉斯而言，圖形與數字之間的關係是玄妙而神秘的。每個數字圖形都隱藏了某種意義，那些美麗的數字圖形是神聖的。

畢達哥拉斯學派的神秘記號就是一個數字圖形：五角星形，有五個頂點的星形。這個簡單的星形可以讓人一瞥無限的存在。五角星形的內部線條中，隱藏著一個五邊形。連結五邊形的每個角，則產生一個小的倒五角星形，它在比例上與原來的五角星形一模一樣。而這個小倒五角星形包含了一個更小的五邊形，這個小五邊形內又可以得到一個小小的五角星形，以此類推（請見圖六）。有趣的是，對畢達哥拉斯學派而言，五邊形最重要的性質不是它能夠自我複製，而是它隱藏在那些星形的線條之內。它們隱含了畢達哥拉斯學派的宇宙觀之最：黃金比例。

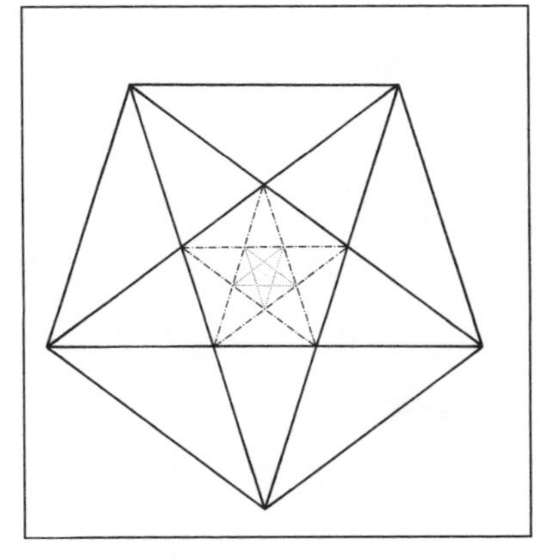
圖六：五邊形

黃金比例的重要性是由畢達哥拉斯學派所發現的，現在已經很少人知道它的由來了。在現代的課堂上，學生們得知畢達哥拉斯這個人，是由於著名的畢氏定理。畢氏定理是：直角三角形的斜邊長度的平方等於兩股長的平方和。然而，這個定理早在畢達哥拉斯之前一千年就已經出現了。在古希臘，畢達哥拉斯是以另一個發明聞名：音階。

據說，有一天畢達哥拉斯隨意撥弄著一把單弦琴（一個箱子外加一根弦，請見圖七）。畢達哥拉斯上下移動著弦橋，改變這個單弦琴的音調。他很快就發現弦的特性，而且這些特性是有規則的。當你用手撥動沒有弦橋的弦，會發出一個清楚的音調，這個音調稱為基音。把弦橋放在單弦琴上可以改變音調。當你把弦橋放在單弦琴的中間點，兩邊的弦音一模一樣，剛好比弦的基音高八度。然後稍微移動弦橋，使一邊弦長佔全長的五分之三，另一邊佔五分之二；在這種情況之下，畢達哥拉斯發現撥弄琴弦可以得到兩個音，他稱之為完美的五分法。據說這兩個音是最能夠喚起音樂感的。不同的比例會產生不同的音調，有些可以撫慰人心，有些卻令人心神不寧。（舉例來說，不協調的音調被稱為「音樂中的魔鬼」，被中世紀的音樂家所排斥。）奇怪的是，如果畢達哥拉斯放置弦橋的位置不能將弦長等分為一個簡單的比例，所撥弄的弦音就會非常不和諧。有時候情況更糟，這些音調就像醉漢，在音階跳上跳下。

對畢達哥拉斯而言，玩樂器是數學遊戲。就像正方形及三角形一樣，線條也是數字圖形，所以把一根弦分成兩部分就像計算兩個數字的比例。單弦琴的合聲就是數學的合聲，也是宇宙的和聲。畢達哥拉斯的結論是，比例不僅掌管音樂，也掌管其他形式的美學。對畢達哥拉斯而言，比例決定了音樂之美、物體之美與數學之美。了解大自然就像了解數

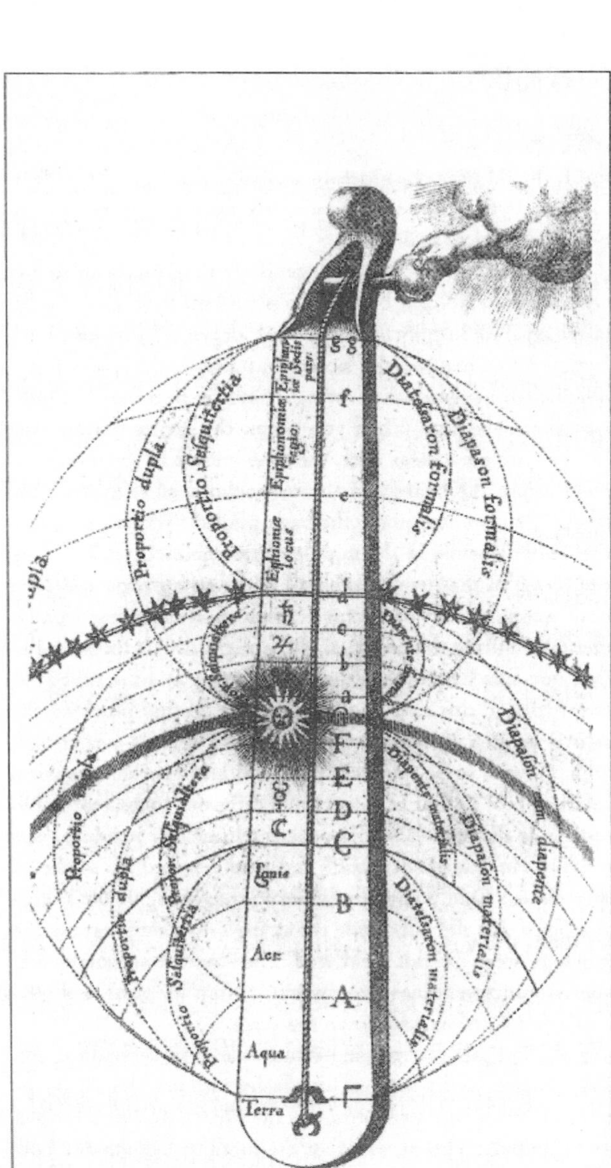
Diapason formalis
Diatessaron formalis
Proportio Sesquitertia
Proportio dupla
Diapason materialis
Diatessaron materialis
Proportio dupla
Ignis
Aer
Aqua
Terra
g
f
e
d
c
b
a
F
E
D
C
B
A
Γ

圖七：神祕的單弦琴

學性質一樣簡單。

音樂、數學、大自然的可交替性這套哲學，導衍出最早期畢達哥拉斯學派的行星模型。畢達哥拉斯認為地球是宇宙的中心，太陽、月亮、行星及恆星各自沿著自己的圓形軌道繞行地球（請見圖八）。這些球體的大小比例都是美好和諧的，當這些星球移動時，它們會合奏出美妙的樂音。最外圈的星球是木星及土星，移動的速度最快，發出的音調最高。最內圈的星球，像月球，則發出最低的音調。所有移動的星球組合成一個「球體的音樂」。這就是為什麼畢達哥拉斯堅持「萬物皆整數」。

因為比例是了解大自然的鑰匙，畢達哥拉斯學派與後來的希臘數學家投注許多心力研究這些性質。最後，他們將這些比例分成十類，取名為「調和平均數」。其中的一個平均數就是全世界最「美麗」的數字：黃金比例。

只要以特殊的方式劃分一條線，就可得到這個最美麗的數字：把一條線分成兩部分，較小的那部分相對較大那部分的比例，等於較大那部分相對整條線的比例（請見附錄B）。言語無法說明黃金比例的特別之處，但是，擁有黃金比例的圖形似乎是最美麗的東西。即使到今日，藝術家及建築師也在直覺上知道，長寬擁有這個比例的物體是最令人賞心悅目的；這個比例出現在許多藝術作品和建築物上。有些歷史學家與數學家認為，雄偉的雅典帕德嫩神殿是依照黃金比例的原則興建的。如果比較鸚鵡螺的任兩個連續腔室的比例，以及鳳梨順時針方向的溝紋相對於逆時針方向溝紋的數

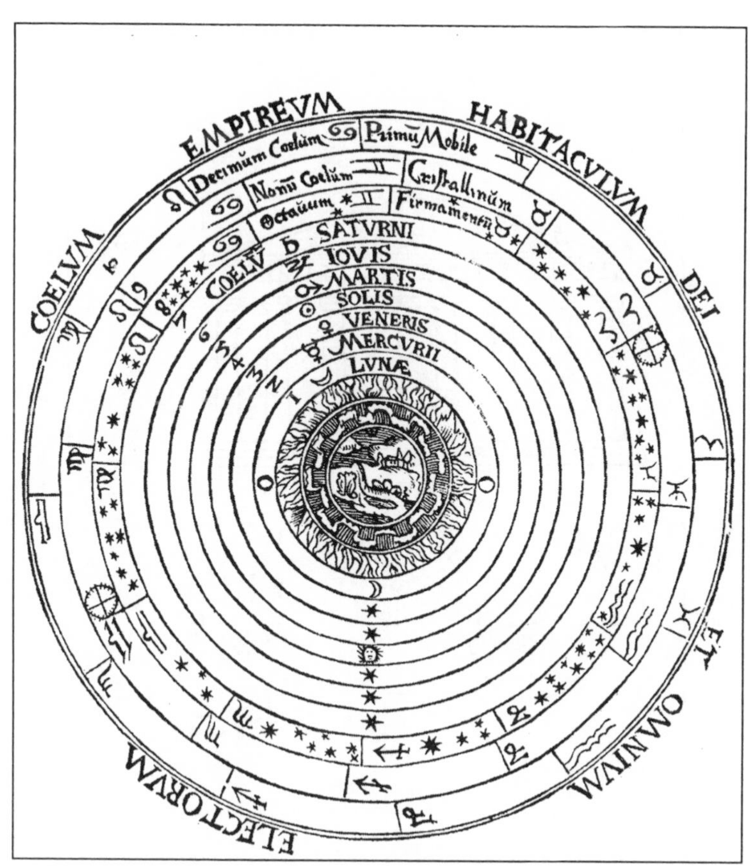

圖八：希臘的宇宙觀

目，你將會發現這些比例非常接近黃金比例（請見圖九）。

五角星形成為畢達哥拉斯學派的神聖符號，因為星形的線條分割方式很特殊——五角星形充塞著黃金比例，對畢達哥拉斯而言，黃金比例是數字之王。黃金比例是藝術家所鍾愛的，似乎大自然也偏好這個數目。黃金比例似乎證明了畢達哥拉斯學派的主張：音樂、美學、建築、大自然以及宇宙

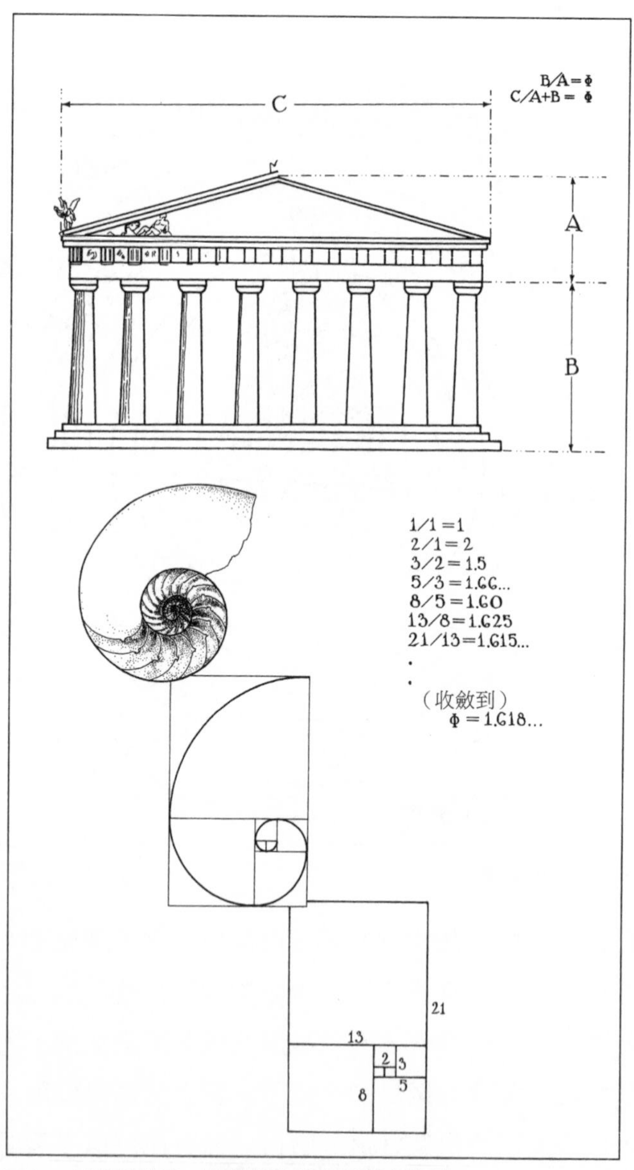

圖九：帕德嫩神殿、鸚鵡螺的腔室及黃金比例。

的結構都交織在一起，密不可分。根據畢達哥拉斯學派的看法，比例控制了整個宇宙；這項理論很快就成為整個西方的真理。美學、比例及宇宙之間這份超自然的關係，成為西方文明的主流。甚至到了莎士比亞的時代，科學家們還在談論不同比例的天體運轉，並且討論宇宙回響的天籟之聲。

零在畢達哥拉斯學派的架構中是沒有地位的。圖形與數字的共通性使得希臘人成為幾何大師，然而，它本身有個嚴重的缺點。它妨礙任何人把零看成一個數字。畢竟，零哪有什麼具體形狀呢？

畫出正方形是很容易的事，只要長是2且寬也是2就可以構成一個正方形；然而，若長是零且寬是零，這會構成什麼樣子的正方形呢？很難想像某個沒有長也沒有寬的形狀會是正方形——根本沒有東西存在。這也意味著零的乘積沒有意義。兩個數字的乘積等於一個長方形的面積；然而，一個長是零且寬是零的長方形面積是什麼？

現代數學中，尚未解決的大問題只能以數學家無法證明的推測來回答。然而，在古代的希臘，數字圖形卻激起不同的思考方式。那時最有名的未解問題是幾何：只用一把直尺與圓規，你是否可以畫出一個正方形，其面積等於一個已知圓的面積？你是否可以使用這兩項工具將一個角均分成三等份？（註一）在幾何學中，結構與圖形是同一件事。零這個數字在幾何上似乎沒有任何意義，所以，若要將零納入數字的系統，希臘人必須要改變自己研究數學的方式。因此，他們選擇不納入零。

即使在希臘人心中，零也是個數字，但試圖以零為比例的做法似乎有違自然。兩物體之間的關係不再是單用比例就可以表達。零與任何數字的比例——零除以某個數字，答案總是零；另一個數字完全被零耗盡。並且，任何數對零的比例——一個數字除以零，可以摧毀邏輯。零將會在畢達哥拉斯所建立的美妙宇宙次序中砸出一個洞。因此，零是不被容許的。

畢達哥拉斯學派甚至試圖要摧毀另一個惹是生非的數學概念——無理數。這個概念首先挑戰畢達哥拉斯學派的觀點，畢達哥拉斯兄弟會試圖要保守這個秘密。當這個秘密被洩露出去時，這些狂熱者竟以暴力解決這個問題。

無理數的概念像一顆定時炸彈，埋藏在希臘數學裏面。由於數與圖形的二元性，對希臘人而言，計數等於測量一條線。因此，兩個數字的比例就是比較兩條不一樣長的線。然而，任何測量都需要標準單位（採用共同的碼尺）才能比較線條的長短。舉例來說：假設有一條一英尺長的線，我們由一邊量起在五吋半的地方做記號，這麼一來，這條線就分成不相等的兩條線。希臘人會把線條分解成小片段來計算比例，例如每半吋一小截。於是，這條線可截成十一條半吋的

註一：早期的巴比倫人顯然不知道將一個角均分成三等分的困難度。在《基爾加梅許的史詩》（*Epic of Gilgamesh*）中，作者描述基爾加梅許是三分之二的神加三分之一的人。這與使用一把直尺與圓規將一個角均分成三等份一樣不可能做到——除非神仙與凡人經過無限多次雜交。

小線條，而另一條線可截成十三條半吋的小線條。所以，這兩條線段的比例是11：13。

在畢達哥拉斯學派的理想中，宇宙萬物都由比例主宰，宇宙中每一件有意義的東西必須擁有完美的比例。照字面說，就是必須「有理化」。更確切地說，這些比例必須要能夠寫成a／b的形式，而a與b必須是美好的數字，像：1、2或47。（數學家很小心地註明b不可以等於零，不然，這個數字就等於是除以零，我們知道如此一來會造成大災難。）不用說，宇宙並非真的像那樣守秩序。有些數字並不能夠簡單的以a／b的形式表達；無理數是希臘數學所無法避免的結果。

正方形是幾何學中最簡單的圖形；理所當然的，畢達哥拉斯學也派尊崇它。（它有四個邊，對應四個元素；它是完美數字的象徵。）但是，無理數若隱若現地蜇伏在簡單的正方形之中。如果你畫一條對角線，無理數就出現了。讓我們舉個具體的例子：假設有一個正方形，邊長一英尺，那些對比例著迷的希臘人看著正方形的邊長與對角線，自然會問：這兩條線的比例是多少？

第一步是製造一根碼尺，也許是半吋長的尺。下一步是使用碼尺將兩條線劃分成等長的小段。半吋長的碼尺可以把一英尺的正方形邊長劃分成廿四小段。當我們測量對角線時，情況又是如何呢？我們看到對角線幾乎可以被分成卅四小段，但是，第卅四段短了些。我們可以再改進。讓我們把對角線截成更短的線段，假設是六分之一吋。如此一來，正方形邊長被劃分成七十二小段，而對角線被劃分成比一百零一小段多，而又不足於一百零二小段。同樣的，這個測量結果並不完美。要是我們把線段截成更小段，以一百萬分之一吋為基準的結果會如何呢？正方形邊長被劃分成一千兩百萬小段，而對角線被劃分成比16,970,563小段少一點點。我們的量尺再次無法滿足這兩條線。不管我們選用什麼樣的量尺，我們的測量都不對勁。

事實上，不管我們測量的基準有多麼小，我們不可能擁有一把量尺可以完美地測量正方形的邊長與對角線——對角線與邊長沒有公因數。然而，若沒有共用的碼尺，這兩條線就不能夠以比例的形式表達出來。對一個邊長為1的正方形而言，這意味著我們不能找到數字a與b，使得正方形的對角線等於a／b。換句話說，正方形的對角線是無理數——而現在，我們稱這個數字為2的平方根。

這對畢達哥拉斯學派的理論是一大威脅。如果宇宙萬物是由比例所主宰，那麼像正方形這種簡單的形狀為什麼無法以比例表達？這個想法讓畢達哥拉斯學派難以接受，然而，它又是千真萬確、無法抵賴的事實；因為這是由他們珍視的數學定律所導出的結果。在歷史上，最早的數學證明題就是關於正方形的對角線是無理數的證明。

對畢達哥拉斯而言，無理數是非常危險的，因為它威脅著比例宇宙的理論基礎。更可怕的是，畢達哥拉斯學派不久就發現，他們奉為理性與美的象徵的黃金比例，竟然是個無理數！為了避免這個恐怖的數字摧毀畢達哥拉斯學派的理論，他們嚴守無理數的祕密。每個畢達哥拉斯兄弟會的成員閉口不談無理數；甚至不許任何人寫下來。2 的平方根無公因數的性質成為畢達哥拉斯學派最深沉、最黑暗的祕密。

然而，無理數不像零，希臘人無法輕易地漠視它。無理數一再出現在各式各樣的幾何結構中。要一群熱中幾何學與比例的人守住無理數的祕密是很困難的。總有一天，有人會洩露這個祕密。這個人就是依帕索，他是數學家，也是畢達哥拉斯兄弟會的一員。無理數的祕密造成他極大的不幸。

傳說中的記述模糊不清，關於依帕索的背叛及最終命運的種種故事也彼此矛盾。直至今日，數學家們仍舊傳述著這個向世人透露無理數祕密的不幸男子的故事。有人說，畢達哥拉斯學派把依帕索拋下船，淹死他。他們認為這是公平的審判，因為依帕索以一個惡劣的事實破壞美麗的定理。有些古代的資料敘述他之所以淹死在海中是由於他不敬虔的態度；還有傳說兄弟會放逐他，並為他造了一座墳，驅逐他離開人類文明的世界。但是，不管依帕索的真實命運如何，毫無疑問地，他受到兄弟會所痛斥。他所揭露的祕密動搖畢達哥拉斯學派的理論根基，然而，畢達哥拉斯學派卻以違反常理為由，將無理數屏除在外，以免混淆他們的宇宙觀。事實上，經過一段時間之後，希臘人還是勉為其難地接受了無理數。畢達哥拉斯不是被無理數所殺；是豆子殺了他。

誠如依帕索謀殺案的傳說一般，有關畢達哥拉斯的結局傳說也是模糊不清。然而，所有的故事都暗示著，這位大師的死亡方式是異乎尋常的。有些人說畢達哥拉斯餓死自己；

但是，大多數的說法都是豆子害死他。根據其中一個傳說，某一天他的房子被仇人放火（他的仇人因為被認為沒有資格見畢達哥拉斯一面而惱羞成怒），房子裏的兄弟會成員四散逃生。這些暴徒屠殺了許多畢達哥拉斯兄弟會的成員，整個兄弟會被消滅殆盡。畢達哥拉斯自己也在逃命，只要他肯鑽進豆子田中躲藏，當時就有可能逃脫。但是，他在豆子田前面停住腳。他宣稱自己寧可被殺，也不願穿過豆子田。追殺他的人很樂意地成全他的心願；他們割斷他的咽喉。

雖然兄弟會的成員四散逃亡，領袖也被謀殺，但畢達哥拉斯的精神仍然繼續流傳。它很快地成為西方歷史上最富影響力的哲學基礎；它使亞里斯多德的學說又活了兩千年。但零會摧毀這個學說；然而不像無理數，零是可以被忽視的。希臘的數與圖形二元性讓人忽視零的存在；畢竟，零沒有形狀，所以，它不是數字。

然而，阻止人們接納零的並不是希臘的數字系統，也不是人們的無知。希臘人知道零，因為他們著迷於夜晚的星空。就如大部分的古代民族，希臘人也愛好觀星。巴比倫人是第一位天文學家：他們知道如何預測天蝕。泰勒斯是希臘的第一位天文學家，他從巴比倫（或許是埃及）學習到如何計算天蝕。據說他預測了西元前五八五年的日蝕。

巴比倫的天文學帶來了數的發展。為了天文學，希臘人採用六十進位的數字系統，甚至把一小時分成六十分鐘，一分鐘分成六十秒。在西元前五〇〇年左右，位置符號零開始出現在巴比倫的文字記載中；它很自然地散佈在希臘天文學界。在古代天文學的高峰期，希臘的天文表格常常使用零。零的記號是希臘文字第十五個字母的小寫 *o*（歐米克容，omicron），它看起來很像現代所使用的零，雖然這可能是巧合。（使用 *o* 可能是出自希臘文「無」〔ouden〕的第一個字母。）希臘人一點也不喜歡零，他們儘可能避免使用它。當他們使用巴比倫的記號計算之後，希臘的天文學者通常會把結果轉換成沉重希臘式的數字——沒有零的數字。零一直沒有進入古代西方的數字系統，所以，*o* 不可能是我們現今所使用的零的前身。希臘人知道零在運算時很有用，然而，他們還是拒絕它。

希臘人拒絕零並非出於無知，也不是由於希臘數字圖形的限制。零與西方哲學的基本信念相衝突，因為零裏面包含著兩個不利西方哲學的觀念。更確切地說，這兩個觀念會摧毀長久盛行的亞里斯多德哲學觀。這兩個危險的概念就是空無和無限。

無限、空無與西方

所以，自然學家觀察，跳蚤的身上
寄居著更小的跳蚤折磨牠，
牠們雖小，但足以咬它的寄主，
如此直到無窮無盡……

——強納森・史維福特（Jonathan Swift），
〈詩歌：狂想曲〉（On Poetry: A Rhapsody）

無限與空無震驚了希臘人。無限使所有的移動成為不可能；而空無則將宇宙的堅殼擊碎。由於排拒零，希臘哲學家才得以維持宇宙二元性的觀念長達兩千年。

畢達哥拉斯的學說成為西方哲學的中心：宇宙萬物是由比例與形狀所主宰；天體行星的運轉合奏出美麗的樂章。但是，在這些球體之外還存在著什麼？是否有更多的星體，以更大的半徑圍繞著地球？最外圍的星球是宇宙的盡頭嗎？亞里斯多德與後代的哲學家主張，不可能存在無限多層層環繞的星球。因為採用這套哲學，西方沒有無限及無窮存在的餘地。他們徹底拒絕它。多虧季諾，無限才開始啃噬西方思維的根基。在西方，當時人們將他視為最討厭的傢伙。

季諾大約出生於西元前四九〇年，在波斯戰爭的初期，那是東方與西方的一次大衝突。希臘人戰勝波斯人；但是希臘哲學家卻完全無法勝過季諾——因為季諾有個似是而非的悖論，是邏輯上的難題，這對希臘哲學家而言是非常棘手的問題。它成為希臘最困惑的爭論；但季諾已經證明它的不可能性。

根據季諾的辨證，宇宙中沒有任何東西可以移動。當然啦！這是一句很無聊的話；每個人只要在房間裏走動就可以駁斥這句話。雖然每個人都知道季諾的主張是錯誤的，但是卻沒有人可以找到季諾論點中的瑕疵。他推論出似是而非的論點。季諾的邏輯難題困惑著希臘的哲學家，也困惑了後代的哲學家。季諾的啞謎折磨後世的數學家長達兩千年之久。

在他最著名的難題「阿奇里斯」（The Achilles）中，季諾證明行動矯捷的阿奇里斯（譯註：阿奇里斯是傳說中希臘的神祇，他除了腳跟以外，刀槍不入）永遠趕不上一隻搶先起步的笨重陸龜。為了讓這個問題更具體化，我們以數字來說明。假設阿奇里斯的速度是每秒一英尺，而陸龜的速度是他的一半。假設陸龜比阿奇里斯先跑一英尺。

阿奇里斯往前跑，在第一秒他跑到陸龜前一秒的位置。但是，當他跑到那一點的時候，陸龜也在跑，而且牠已經往前跑了半英尺。沒關係！阿奇里斯跑得比較快，所以在下半秒時，他已經迎頭趕上那半英尺。然而，再一次，陸龜又跑在前頭，這回牠超前四分之一英尺。在轉瞬之間——四分之一秒——阿奇里斯已趕上這個距離。但是，陸龜已經又笨重地往前移動了八分之一英尺。阿奇里斯跑啊跑！但是，陸龜每回都在他的前頭；不管阿奇里斯距離陸龜有多麼近，每回在他跑到陸龜前一次的位置時，陸龜已經往前移動。八分之一、十六分之一、卅二分之一英尺……距離愈來愈小，但是阿奇里斯永遠趕不上。陸龜總是超前（請見圖十）。

每個人都知道，在現實世界中，阿奇里斯很快就會超過陸龜；但是，季諾的論點似乎證明阿奇里斯永遠不可能趕上陸龜。當時的哲學家沒辦法駁斥這個似是而非的理論。即使他們知道結論是錯誤的，他們在季諾的數學證明中也找不到任何錯誤。哲學家主要的武器是邏輯，但是邏輯演繹法卻無法駁斥季諾的理論。他一步接著一步的推演似乎無懈可擊，如果所有的步驟都是正確的，結論怎麼會是錯誤的呢？

這個問題難倒了希臘人，他們沒有找到問題所在：無

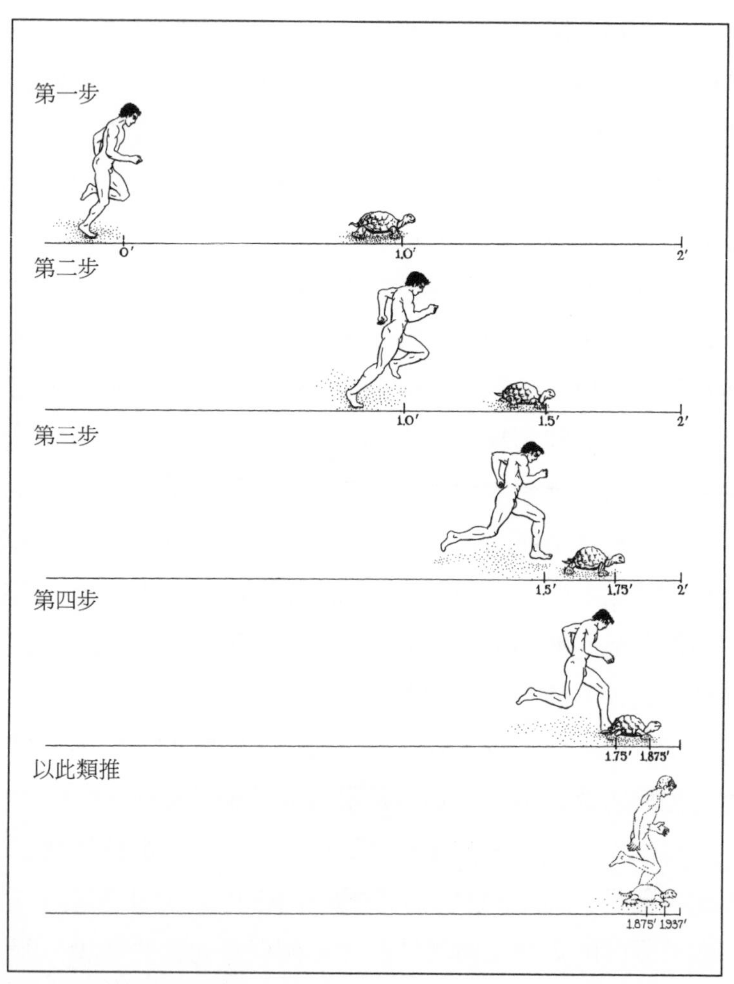

圖十：阿奇里斯與陸龜

限。季諾問題的核心是無限：季諾把連續的行動，分解為無限多的小步伐。因為無限多的小步伐，希臘人假設比賽會永遠一直進行下去，即使這些小步伐愈來愈小。這場比賽永遠不會結束於有限的時間內。他們是如此思考這個問題。古代人沒有足夠的能力處理無限的問題，但是現代的數學家已經知道如何處理這種問題。無限的問題必須要小心處理，但是，加上零的幫助，它變成可以完全掌控的問題。手執過去兩千四百年的數學為利器，找到季諾的阿奇里斯的腳跟並不是難事。

希臘人沒有零，但是我們有，而零是解決季諾難題的關鍵。有時候，在數學中無限項相加可以得到有限的結果。然而，要得到有限的結果，這些項的值必須趨向零（註二）。這就是阿奇里斯及陸龜的問題所在。當你把所有阿奇里斯跑過的距離加起來時，先從1開始，然後加上1／2，再加上1／4、1／8……以此類推，這些項目值愈來愈小，愈來愈趨向零。每一步都是旅程中的一小步，而這趟旅程的終點是零。然而，因為希臘人拒絕零這個數字，所以他們無法了解這個旅程有結束的時候。對他們而言，這些數字1、1／2、1／4、1／8、1／16……等等不會趨近任何東西；目的地並不存在。希臘人只看到這些項目值愈來愈小，漫步到數字領域之外。

現代的數學家知道這些項目有極限值。1、1／2、1／4、1／8、1／16……這些數字趨近於零，零是它們的極限值。這趟旅程是有終點的。我們自然會問：終點到底有多遠？多久才會到達終點？把阿奇里斯跑過的路程加起來並不困難：1＋1／2＋1／4＋1／8＋1／16＋……＋1／2^n＋

註二：這是必要條件，但不是充分條件。如果這些項目趨近零的速度太緩慢，那麼這些項目的總和就不會收斂到一個有限的數目。

……阿奇里斯的腳步愈來愈小，他的步伐長度愈來愈靠近零，這些步伐長度的總和就愈來愈靠近2。我們怎麼知道呢？嗯！讓我們從2開始往回依次減去每個項目值。開始是2－1，當然答案是1。接下來，我們減去1／2，答案是1／2。然後，我們再減去下一項數值1／4，結果是1／4。然後，再減去1／8，結果是1／8。我們又回到我們所熟悉的順序。我們已經知道1，1／2，1／4，1／8，1／16……的極限值是零；因此，當我們由2減去所有的項目值，什麼也沒剩。1＋1／2＋1／4＋1／8＋1／16＋……的總和的極限值是2（請見圖十一）。阿奇里斯跑2英尺就趕上陸龜，雖然他跑了無限的步伐才趕上。更棒的是，阿奇里斯趕上陸龜的時間是1＋1／2＋1／4＋1／8＋1／16＋……＝2秒。所以，阿奇里斯不僅在有限的距離趕上陸龜，他還花了兩秒鐘就趕上了。

希臘人使不出那麼漂亮的數學技巧。他們沒有極限的觀念，因為他們不相信零。無窮級數的每個項目沒有限制，也沒有終點；它們愈來愈小，看不到盡頭。因此，希臘人無法處理無限的問題。他們曾仔細思考空無的觀念，但是，他們拒絕將零視為數字。他們玩弄無限的觀念，但是他們拒絕讓無限——無限大及無限小——進入數字的領域。這是希臘數學最大的失敗，也就是這一點妨礙他們發現微積分。

無限、零與極限的觀念都是捆在一起的。希臘哲學家打不開這捆包裹；因此，他們無法解決季諾的難題。然而，季諾說得振振有辭，希臘人一再嘗試，想要提出令人滿意的解

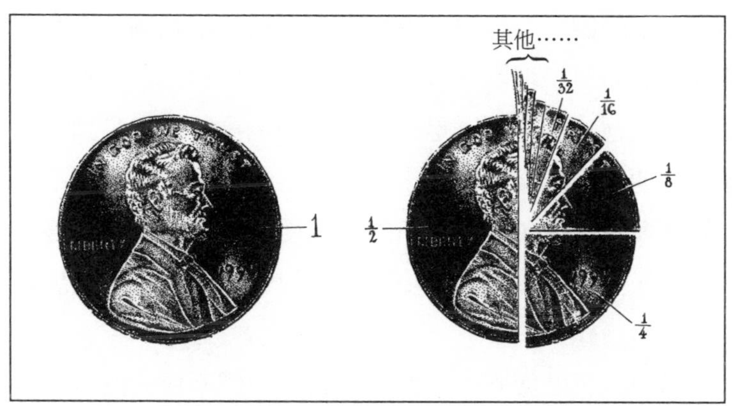

圖十一：1＋1／2＋1／4＋1／8＋1／16＋……＝2

釋。但他們註定要失敗，因為他們根本沒有正確的觀念。

季諾自己對這個悖論也沒有提出合理的解答，他壓根兒就不想找尋合理的解釋。這個悖論恰好吻合他的哲學觀。他是伊利亞（Eleatic）思想學派的一員，伊利亞學派的創始人是巴門尼德斯（Parmenides），他認為宇宙自然的架構是不變的，而且也不會移動。季諾的難題剛好可以支持巴門尼德斯的論點；他希望藉著證明改變與移動都是弔詭的，說服人們「萬物都是一」，而且是不變的。季諾真的相信移動是不可能的，他的悖論就是最主要的證據。

還有其他的思想學派。例如原子論者認為宇宙是由「原子」這種小粒子所構成，原子是不可分割而且永恆的。根據原子論者的說法，移動就是這些小粒子的運動。當然，這些粒子若要移動，必須有能夠運動的空間。如果沒有所謂真空的存在，這些原子就會不斷地彼此推擠，以致於不能移動。因此，原子理論的前提是宇宙被空無所充滿。原子論者抱持無限真空的觀念；無限與零被綁在一起。這是個令人震驚的結論，然而原子理論的核心——不可分割性——逃脫了季諾的弔詭問題。因為原子是不可分割的，物質終究會到達不可分割的地步。季諾的吹毛求疵不可能永無止境的繼續下去。在前進多次之後，阿奇里斯的步伐便無法再更小，他終究必須跨越一個原子，超過那隻陸龜。阿奇里斯終將趕上那隻難以捉摸的陸龜。

另一派哲學與原子論針鋒相對，他們不贊成無限真空的觀念，他們主張宇宙是個完美舒適的堅果核。沒有無限，也沒有空無。地球位於宇宙的中心，周圍則環繞著美麗的星體。這就是亞里斯多德的理論系統，後來經過天文學家托勒密的修正。最後，這個理論成為西方世界的哲學主流。亞里斯多德排拒零與無限，卻試圖辯解季諾的悖論。

亞里斯多德宣稱數學家「不需要無限，也不使用無限」。雖然，無限的觀念可能「潛藏」在數學家的頭腦中（譬如把一條線分割成無限多的線段），但沒有人可以真的做到這一點，所以，無限在現實中並不存在。阿奇里斯可以順利超前陸龜，因為無限只是季諾的想像，不是現實會發生的問題。亞里斯多德宣稱季諾的難題只存在於人類的想像。

這個觀念揭露了一個驚人的真相。亞里斯多德的宇宙論（植根於畢達哥拉斯的宇宙觀，後來又被天文學家托勒密所修正）主張行星運行在透明的天體中，因為沒有無限，不可能存在無限多的星球，所以，一定有最後一個星球。宇宙的最外圍是一個鑲嵌著小光點（星星）的藍黑色球體，沒有任何東西「超越」最外圍的球體；宇宙在最外層乍然停止。宇宙有如一個堅果殼，裏面的星球各自按著固定的軌道運行；宇宙的範圍是有限的，完全充滿著物質。沒有無限，也沒有空無。沒有無窮大，也沒有零。這項推理導致另外一個結果（這也是為什麼亞里斯多德的哲學能夠維持那麼久的原因）：他的系統證明上帝的存在。

天空中的星體緩慢地繞著地球運行，它們所發出的樂音充滿整個宇宙。但是，一定有某種能力在背後推動。固定不動的地球絕對不是動力的來源，所以最內層的星球一定是被外層的星球所牽動。每個星球都被較外層的球體所牽動……以此類推。然而，無限並不存在；星球的數目是有限的，所以彼此牽動的星球也是有限的。星球的運轉一定有它最根本的動力。一定有什麼東西使這些星球沿著固定的軌道運轉，而這個最原始的移動者就是：上帝。當基督教橫掃整個西方世界的時候，亞里斯多德的宇宙觀緊緊吻合上帝存在的證明；而原子論則變成一種無神論。質疑亞里斯多德的理論就相當於質疑上帝的存在。

亞里斯多德的系統極為成功。他最著名的學生亞歷山大大帝在西元前三二三年英年早逝之前，早已將這個理論推廣到東方的印度。亞里斯多德的系統比亞歷山大帝國更持久；它繼續存在直到十六世紀的英國伊莉莎白女王一世。由於長久接受亞里斯多德的理論，無限及空無的觀念一直被排拒。由於亞里斯多德拒絕無限，所以也就必須拒絕空無；因為空無意味著無限的存在。在邏輯上，空無有兩個可能性，都意味著無限的存在。第一個可能性是，空無是無限的——因此，無限是存在的。另一個可能性是，空無是有限的，但是因為空無就是沒有物質，所以物質一定是無限的，如此空無才會有限——因此，無限是存在的。以上兩個可能性都得到無限的存在。空無和零摧毀了亞里斯多德的完美理論，推翻了他對季諾的反駁，以及他對上帝存在的證明。

然而，還有個問題。要拒絕無限與零的存在並不容易。當我們回溯過往，歷史上的事件一一發生，但是，若沒有無限，就不可能存在無限多的事件。因此，一定有第一件發生的事，那就是創造。但是，創造之前存在什麼？空無？這是亞里斯多德所無法接受的。相反的，如果不存在第一個事件，那麼宇宙就是一直存在——而且將來也會永久存在。你必須選擇無限或是零；沒有無限與零的宇宙，就沒有意義。

亞里斯多德討厭空無，所以他選擇永恆無限的宇宙，而不是真空的宇宙。他說時間的永恆是「潛藏」的無限，就像季諾無窮切割時間一樣。（這是一種扭曲，但是過去許多學者都接受這個理論；有些甚至將創造論當做上帝存在的證據。中世紀的哲學家與神學家註定要等上幾百年才能勝過這場戰爭。）

亞里斯多德的物理觀也是一樣有問題，而且同樣帶有極大的影響力，影響後世長達一千多年之久。它吞噬了所有相反的觀點，其中也包括更正確的觀點。除非揚棄亞里斯多德的物理觀，以及他對無限的拒絕，否則科學不可能有進展。

季諾的聰明才智為他招來大禍。大約在西元前四三五年，他參加推翻伊利亞暴君尼爾朱斯（Nearchus）的組織。他們密謀推翻暴政。不幸地，尼爾朱斯發現了這個陰謀，逮捕了季諾。尼爾朱斯向季諾施加酷刑，希望得到季諾同黨的名單。季諾很快地要求停止拷打，答應供出所有同黨的名單。季諾要求尼爾朱斯再靠近一點，才能保守名單的機密。尼爾朱斯依言靠近季諾，突然間，季諾的牙齒深深咬入尼爾朱斯的耳朵。尼爾朱斯大聲尖叫，但是季諾就是不肯鬆口。那些拷問者只好將季諾刺死，才能讓他鬆口。就這樣，無限大師一命嗚呼。

最後，還有一位古希臘人在無限的見解上也超越季諾，他就是阿基米德——西那庫斯（Syracuse）的傑出數學家。他是當時唯一瞥見無限的思想家。

西那庫斯是西西里島上最富饒的城市，阿基米德則是島上最著名的人。有關他的童年記載很少，但是，據說阿基米德在西元前二八七年左右出生於薩摩斯島，那兒也是畢達哥拉斯的出生地。後來他搬到西那庫斯，在那裏，他為國王解決了工程的問題。西那庫斯的國王要求阿基米德測定他的皇冠是真金做的，還是攙雜著鉛。這個任務超過當時所有科學家的能力。然而，當阿基米德躺在澡缸裏，他發現水會滿溢出澡缸。他突然領悟到自己只要把皇冠浸入一缸子的水中，由水位的改變就可以測量出皇冠的密度，因之可以得到它的純度。他興高采烈地跳出澡缸，跑到西那庫斯的街頭大喊：「我發現了！我發現了！」當然啦，阿基米德忘掉自己是一絲不掛的。

阿基米德的才智對西那庫斯的軍事也有很大的貢獻。在西元前三世紀，希臘的霸權沒落了。亞歷山大帝國崩潰，分裂成幾個小國，它們彼此爭鬥。在西方，有一個新勢力開始崛起，那就是羅馬。羅馬已經瞄準西那庫斯。據說，阿基米德以各式各樣神奇的武器幫助西那庫斯，抵禦羅馬人的攻擊，例如：石頭發射器；能舉起羅馬戰艦的大型起重機，先弄彎戰艦，再把它丟擲到海裏；在遠處使用鏡子反射陽光，使羅馬戰艦燃燒起來。羅馬軍人十分害怕那些武器，就算他們看到一些繩索和木棍插在城牆上，他們也會四散逃跑，因為他們害怕這又是阿基米德的新武器。

當阿基米德擦亮他的鏡子武器時，他首次瞥見無限的存在。幾百年來，希臘人一直著迷於圓椎體的切面。取一個圓椎體，然後切割它；不同的切割方式可以得到正圓、橢圓、拋物線及雙曲線。拋物線擁有一個特性：它可以將光線聚集到一個小點上，將所有能量集中於非常小的區域。任何能使戰艦著火的鏡子，一定都是呈拋物線狀。阿基米德研究拋物線的性質，也因此，他開始接觸到無限的觀念。

要了解拋物線，阿基米德一定要學習如何測量它。舉例來說：沒有人知道如何測量拋物線所圍成的面積。三角形與圓形的面積很容易測量，但是像拋物線這樣較不規律的曲線就超過當時希臘數學家的理解範圍。然而，阿基米德找出一個測量拋物線面積的辦法，這個方法就是基於無限的概念。第一步是在拋物線裏面內接一個三角形，在剩餘的兩個空隙中再個別內接一個三角形。如此一來，剩下四個空隙，每個空隙再分別內接一個三角形，以此類推（請見圖十二）。這個問題與阿奇里斯與陸龜的問題——無限級數——雷同，每一步都愈來愈小。那些小三角形的面積很快就趨近於零。在一堆冗長的計算之後，阿基米德把所有內接三角形的面積加起來，得到拋物線的總面積。然而，當時每個數學家都嘲弄這種推理的方式。阿基米德所使用的無限是當時數學家所不允許的。於是，為了令大家滿意，他基於當時能夠被接受的數學方法導出另一個證明，這個方法是基於所謂的阿基米德公設，雖然阿基米德本人認為這應該要歸功於早期的數學家。你可能還記得，這個公設的內容是：任何數字若一再加上自己的數值，就會超越任何數字的數值。很明顯，零不在他的考慮之內。

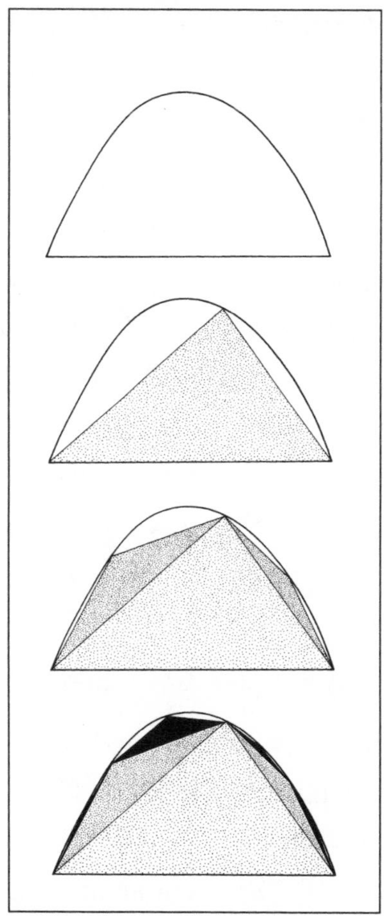
圖十二：阿基米德的拋物線

阿基米德的三角形證明概念與現代的極限觀念和微積分相當接近，但是他並沒有真的發現極限與微積分。在阿基米德後來的研究中，他發現拋物線與圓形繞著一條線旋轉所得的體積，目前任何一位數學系的學生在初學微積分時都有這項作業。但是，阿基米德公設拒絕零，零是跨越有限與無限的橋樑；這橋樑是微積分與高等數學的必經之道。

即使是聰穎的阿基米德，也偶爾會和當時的人們一樣，藐視無限的存在。他相信亞里斯多德的宇宙觀——宇宙存在於一個巨大的球體之中。有一次，他突然想算算究竟要多少沙子，才可以充滿這個宇宙（球體）。在他的「沙粒計算表」上，阿基米德首先計算要多少的沙粒才可以充滿小小的罌粟籽，然後再測量一指寬的距離之內能夠容納多少罌粟籽。由一指的寬度再測量一斯塔德（stadium，古希臘的長度單位），然後再推到宇宙的大小。阿基米德計算出要有10^{51}的沙粒才能充滿整個宇宙，塞滿宇宙最外層的球體。（10^{51}是非常大的數目，舉例來說：如果現在地球上的每個男女老少，每人一秒鐘喝一噸的水，大家得喝上十五萬年才能喝光10^{51}個水分子。）這個數目非常大，以致於希臘的數字系統無法表達這個數字。阿基米德必須要發明新的符號來表示更大的數字。

當時，一萬（myriad）是希臘數字系統中最大的單位。希臘人可以計算到比一萬萬（a myriad myriads，100,000,000）再多一點。但是，阿基米德超越這個限制，他的方法是重新設定。他由一萬萬開始計算，把一萬萬設定為1，將這個新的數字系統稱為第二階數字（the numbers of the second order）。（阿基米德並非把100000001設定為1，

100000000設定為0。現代的數學家會如此行。然而，阿基米德當時並沒有想到這樣的設定會比較合理。）第二階數字的範圍是由一萬萬到一萬萬萬萬。而第三階數字則到一萬萬萬萬萬萬（即1,000,000,000,000,000,000,000,000），以此類推，直到第一萬萬階數字，他稱這個數字是第一循環數字（the numbers of the first period）。這是很笨重的計算方法，但是，計算還是完成了，而且超越阿基米德解決他測量宇宙問題所需要的數字。雖然這些數字很巨大，然而，它們仍舊是有限的，而且比充滿宇宙所需要的沙粒數目還要多。所以，希臘的宇宙觀中並不需要無限。

也許，假以時日，阿基米德可能會開始看到無限與零的誘惑。但是，沙子計算表註定了他的命運。羅馬人的軍事武力遠比西那庫斯強盛，由於西那庫斯的瞭望台部署不周，城牆又易於攀登，羅馬士兵終於攻進西那庫斯。當西那庫斯人發現羅馬人已經進城之後，他們十分恐懼，根本無力抵抗。羅馬軍隊長驅直入，然而，阿基米德絲毫不理會周圍的恐慌，他坐在地上，在沙上畫圓圈，想要證明一個定理。一位羅馬士兵看到這個滿身髒兮兮的七十五歲老人，命令阿基米德跟他走。阿基米德不肯，因為他手上的數學證明尚未完成。這個羅馬士兵一怒之下就殺了他。就這樣，古代最有智慧的人無辜地死在羅馬人的手中。

殺死阿基米德是羅馬人對數學的最大貢獻。羅馬帝國的壽命長達七世紀。在那段期間，沒有任何重要的數學進展。歷史繼續前行，基督教橫掃整個歐洲，羅馬帝國崩潰，亞歷山大圖書館被焚，黑暗時代來臨。又等了七百年，零才重新出現在西方。就在這一段時間，兩位修士創立了沒有零的曆法，害我們陷入永無止境的混亂。

盲目的年代

> 這是無聊幼稚的討論，它只是揭發出那些反對我們的人不用大腦的缺點。
>
> ——《時代》（*The Times*，倫敦），
>
> 一七九九年十二月廿六日

「無聊幼稚的討論」——西元是始於00年，還是始於01年——像鐘錶的運轉一樣，每隔一百年就出現一次。如果中世紀的修士認識零，我們現代的曆法就不會一團糟。

我們不能把一切歸咎於修士的無知。更確切地說，在中世紀時代，唯一研究數學的人是信仰基督的修士；他們是唯一的知識分子。修士需要數學做兩件事：禱告和數錢。為了算錢，他們必須懂得如何計算；他們使用算盤或計數板。計數板與算盤類似，是使用石頭或其他的籌碼在桌上移動演算。這不是個高明的方法，但是在古代，它已經算是一門技藝。為了禱告，修士們需要知道時間與日期。因此，計算時間對修士而言是非常重要的。他們在每天的不同時間有不同的禱告詞。（英文的「午」〔noon〕這個字是源自於nones，這個字代表中世紀的神職人員正午的祈禱儀式。）守夜的人怎麼知道何時該喚醒睡在稻草床上的同伴，開始一

天的靈修？如果沒有正確的曆法，他們就不知道何時該慶祝復活節。這可是個大問題。

由於曆法的不協調，復活節的日子游移不定。當時教會的主導權落在羅馬人手中，羅馬天主教徒使用羅馬的曆法，一年是三百六十五天（偶有變化）。但是，耶穌是猶太人，猶太人使用猶太陰曆，一年是三百五十四天（偶有變化）。耶穌一生之中最重要的事件都是根據陰曆記載，而每天的生活卻是依照太陽的週期。這兩個曆法各自為政，使得羅馬天主教徒很難預計節日的來臨。復活節在羅馬曆法裏不是固定的日子，每隔幾代就挑選一些修士，計算未來幾百年內的復活節日期。

迪奧尼休斯・艾克格斯（Dionysius Exiguus）就是其中一位負責計算復活節的修士。西元六世紀的羅馬天主教皇約翰一世要求艾克格斯延續復活節的表格。在轉換及計算的同時，艾克格斯另外進行了一項小小的研究；他發現自己可以推算出耶穌誕生的年份。在一連串的運算之後，他確定當時是耶穌誕生之後第五百二十五年。艾克格斯將耶穌降生的那一年定為西元一年，或是主曆第一年。（技術上來說，艾克格斯的算法意味著耶穌是誕生於西元前一年的十二月廿五日。他由一月一日開始計算，以配合羅馬日曆。）隔年是西元二年，然後是西元三年，以此類推。爾後，這種算法成為最普遍的曆法，取代了之前的兩個曆法（註三）。但是，這裏面還有個問題。事實上，是兩個問題。

首先，艾克格斯算錯了耶穌降生的年份。資料上顯示，瑪利亞與約瑟躲避希律王，因為希律王聽到了彌賽亞降生的傳說。但是，希律王死於西元前三年，比預測中耶穌誕生的年份早。明顯地，艾克格斯算錯了。今天大部分的學者都認為耶穌誕生於西元前四年；艾克格斯多算了幾年。

事實上，這個錯誤不是那麼糟糕。當我們選擇元年時，哪一年並不是那麼重要，只要以後的年代能夠一致就好了。四年的錯誤也並非不合理，只要所有的人都同意就可以了，而事實上我們就是如此。但是，艾克格斯的曆法還有更嚴重的問題：零。

艾克格斯的曆法中沒有零年。一般來說，這不是什麼大不了的事；大多數曆法都是始於第一年，而不是零年。艾克格斯不知道零的概念，他生於羅馬帝國衰亡之後。即使是羅馬帝國的全盛時期，羅馬人也不是數學好手。西元五二五年，黑暗時代開始，所有西方世界墨守著沉重的羅馬數字，在計數系統中也沒有零的存在。對艾克格斯而言，救主出生的第一年自然是I年。隔年是II年，而他自己出生的年份則是第DXXV年。在大部分的情況下，這並不會造成任何問題，特別是艾克格斯的曆法並沒有立即受到歡迎。

西元五二五年，羅馬知識分子遭遇嚴重的迫害。羅馬教

註三：其中一個計算年代的系統是定羅馬城興建的那年為第一年；另一個則是基於羅馬皇帝戴克里先（Diocletian）登基的年份。對於信仰耶穌基督的修士而言，他們的救主的生日遠比這兩者重要多了——一個是數度被汪達爾人（Vandals）及歌德人（Goths）掠奪的城市，一個是把基督徒餵給動物園中奇珍異獸的羅馬皇帝。

皇約翰逝世，在權力轉移的過程中，許多哲學家與數學家被解雇。（他們還算是幸運，能全身而退。其他人可就不那麼幸運了。阿尼席斯・波伊丟斯〔Anicius Boethius〕是中世紀最優秀的西方數學家之一，同時也是一位有權勢的大臣。但改朝換代卻為他帶來災難。在艾克格斯被炒魷魚的同時，波伊丟斯不僅失去所有的權勢，還被打入監獄中。波伊丟斯聞名於後世的不是他的數學，而是他寫的論文《哲學的慰藉》〔*Consolation of Philosophy*〕；他以亞里斯多德的哲學自我安慰。不久，他被棍棒打死。）這個新的曆法沉寂許多年。

缺乏零的曆法在兩百年之後開始形成問題。西元七三一年，大約在艾克格斯計算出的復活節日期即將用盡之際，聖比得（St. Bede）再次計算未來復活節的日期。聖比得是英格蘭北方的修士，被尊為聖徒。在編寫《英格蘭人教會史》（*Ecclesiastical History of the English People*）時，聖比得使用新的曆法。這也許是他得知艾克格斯的曆法的原因。

這是一本曠世鉅作，但是這本書有一個明顯的缺失。聖比得由西元前六十年開始記載歷史，這裏的西元前六十年是以艾克格斯的曆法為準。聖比得不想捨棄這個新的計年系統，所以他繼續延伸艾克格斯的曆法。對聖比得而言，西元元年的前一年自然是西元前一年，因為他也不認識零。零年並不存在。畢竟，對聖比得而言，零並不存在。

乍看之下，這個計數系統並不壞，但是它保證會惹出麻煩。假設西元後的年數是正數，而西元前的年數是負數。聖比得的計數方式是……－3, －2, －1, 1, 2, 3,……。零最合適的位置是介於－1與1之間，但是在聖比得的計數系統中，零找不到落腳之地。這麼一來，所有的人都搞得混淆不清。一九九六年，《華盛頓郵報》中有一篇文章告訴人們「如何思考」千禧年的爭論，並且不經意地提及因為耶穌生於西元前四年，所以西元一九九六年是耶穌誕生之後的第二千年。這樣的說法很有道理：1996－（－4）＝2000。但是，這個計算是錯誤的，應該只有1999年。

假設一個孩子出生於西元前四年一月一日。在西元前三年，他是一歲；西元前二年，他變成二歲；西元前一年，他是三歲；西元元年，他是四歲；西元二年，他是五歲。在西元二年一月一日那天，從他出生算起有多久？答案很明顯，是五年。但是，如果你使用加減運算：2－（－4）＝6歲。你會得到錯誤的答案，因為零年並不存在。

按理說，這個孩子在零年時應是四歲，在西元元年是五歲，然後，所有的數目會正確地依序出現，計算這個孩子的歲數是輕而易舉的事：2減－4等於6。但是，事情沒那麼簡單。你必須由計算的答案減去多餘的一年才能得到正確的答案。因此，耶穌在一九九六年的時候不是二千歲；祂才一千九百九十九歲。這真是令人困惑，而且情況還更嚴重。

假設一個孩子出生於第一年的第一天的第一秒，也就是西元元年一月一日。在西元二年，他是一歲。西元三年，他是二歲，以此類推；到了西元九九年，他是九十八歲；在西元一〇〇年，他是九十九歲。現在，我們稱這個孩子為「世紀」。世紀在西元一〇〇年時，才九十九歲，並且在西元一〇一年一月一日時慶祝它的一百歲生日。因此，第二世紀始於一〇一年。同樣的，第三世紀始於二〇一年，第廿世紀始於一九〇一年。這意味著第廿一世紀（第三個千禧年）始於西元二〇〇一年。你不見得察覺到這一點。

世界各國的旅館與餐廳的一九九九年十二月卅一日（而不是二〇〇〇年十二月卅一日）的生意早就被預定。每個人都慶祝錯誤的日子。甚至連全世界時間的監管者與年代的仲裁者「英國格林威治天文台」也湧入大批狂歡慶祝的人。當極精密的時鐘在山坡上滴答作響時，群眾興奮地期待「千禧年的來臨」，並舉行隆重的揭幕儀式；一切的安排都是為了慶祝一九九九年十二月卅一日。而天文台則在二〇〇〇年十二月卅一日關閉，天文家們在山頂上開香檳慶祝千禧年的到來。當然啦！這是在天文學家仔細核對日期的前提之下。

天文學家處理時間的態度不像其他人。畢竟他們觀測著天地的時間運轉——一種不會因閏年或人類改變曆法而受影響的時鐘。因此，天文學家決定不管所有的曆法。他們不以耶穌基督降生的年份為基準，他們由西元前四七一三年一月一日開始計日，這個日子是學者約瑟・斯卡利傑（Joseph Scaliger）在西元一五八三年任意選擇的。他的儒略日（Julian Date，這個命名是為了紀念他的父親，而不是紀念朱利安・凱撒〔Julian Caesar〕）成為天文學家記錄事件的標準方法，因為這個曆法避免了其他曆法需要一再修正的古怪問題。（這個系統也曾被修改，將西元一八五八年十一月十七日午夜訂為零時，新的儒略日比原來的儒略日少了二百四十萬日又十二小時。這個日子也是隨意訂的。）也許天文學家會拒絕慶祝新儒略日51542日，猶太人會漠視世界紀元五七六〇年提別（Tevet）月廿三日（譯註：提別月是希伯來曆的第四個月，大約是我們現用日曆的十二月及一月之間），回教徒也會忽略伊斯蘭教紀元一四二〇年齋月（譯註：齋月是回教曆的第九個月）。但仔細一想，也不見得會如此。他們都知道西元一九九九年十二月卅一日是什麼時候，因為西元二〇〇〇年很特別。

很難解釋為什麼，但是，我們人類喜歡漂亮而且後面有一堆零的整數值。我們當中有多少人記得，小時候曾乘坐哩程表接近兩萬的車子？車上的每個人都摒息等待19999.9慢慢地往前走……然後喀嚓一聲，20000！所有的孩子都高聲歡呼。

西元一九九九年十二月卅一日是偉大的里程表喀嚓前行的時刻。

第零個數字

波蘭最偉大的數學家瓦克勞・施爾平斯基（Waclaw Sierpinski）擔心自己丟掉了一件行李。他的妻子告訴他：「不會的！親愛的，六件行李都在這裏。」施爾平斯基說：「這是不可能的事，我數過好多次：0，1，2，3，4，5。」

——約翰・康威（John Conway）與理察・蓋（Richard Guy），《數字之書》（*The Book of Numbers*）

艾克格斯及聖比得在制定曆法時忘記加入零是個錯誤，這種說法似乎很奇怪。畢竟，孩子們是數「1，2，3」，而不是「0，1，2」。除了瑪雅人以外，沒有任何人使用零年或由零日開始的月份。這看起來似乎很不自然。另一方面，當你倒數時，這似乎也是很自然的事：十、九、八、七、六、五、四、三、二、一、發射。

太空梭總是等到數到零之後，才發射升空。重要的事件必須發生在零，而不是一。在英文中，核子彈爆炸時正上方的地面就稱為ground zero。

如果你仔細觀察，你會發現人們的確由零開始計數。馬錶是由00：00.00開始計時；一秒之後是00：01.00。一輛剛出廠的車子，里程錶一定設為00000，雖然當你看到時，業者可能已經開著這輛車兜了幾圈，所以里程錶可能已經有幾里的記錄。軍方的時間是由0000開始。但是大聲喊叫計數時，你總是會從「1」開始，除非你是數學家或電腦程式設計者（註四）。這些事情都與順序息息相關。

當我們數數（1、2、3……）時，依順序排列這些數字是很容易的事。1是第一個數字，2是第二個，3是第三個數字。我們不需要擔心數值（也就是基數，1、2、3……）

註四：當程式設計者讓電腦一再重複做某件事情時，他要程式重複十次，則他會讓電腦由〇數到九。粗心的程式設計者可能會讓電腦由一數到九，結果電腦只重複了九次，少了一次。最有名的例子就是一九九八年亞歷桑那州的樂透抽獎。一次又一次的抽獎，就是沒有出現9這個數字。一位女性發言人尷尬地承認：「他們編寫程式時，漏了這個數。」

與它的次序（也就是序數，第一、第二、第三……）會混淆不清，因為它們是相同的。多年來都是如此，每個人也都安於現狀。但是，當零介入之後，數字的基數與序數的完美關係被破壞了。數目字是0，1，2，3：零先到，1第二，2排第三。如此一來，基數與序數再也不能夠互換。這是曆法的根本問題。

一天的第一個小時始於半夜的零秒；第二小時始於清晨1點；第三小時始於清晨2點。雖然，我們是以序數（第一、第二、第三）計數，但我們卻以基數（0、1、2）記錄時間。所有的人都理解這個思考方式，不管我們是否欣賞這種方式。當幼兒滿十二個月大的時候，我們都說這個孩子是一歲。這不就等於承認孩子在這天之前是零歲嗎？當然啦！我們會說這個孩子是六個星期大或九個月大，而避開零歲的說法。

艾克格斯不懂零，所以他由一開始計年，在他之前的古人也是如此。那個時代的人們局限於基數等於序數的舊思維中。對他們來說，那樣就足夠了。如果零從來沒有出現，那麼一切大概都沒有問題。

空無的裂口

> 沒有完全的空無。空無沒有任何定義，沒有固定的形狀。真實的推理使我確信，如果我希望得到完全的空無，我必須減去所有有形質的東西。我做不到。
>
> ——聖奧古斯丁（Saint Augustine），《懺悔錄》（*Confessions*）

我們很難責備這些修士的無知。艾克格斯、波伊丟斯、聖比得的世界是黑暗的。羅馬帝國崩潰，而西方的文明只不過是羅馬舊榮耀的餘暉。未來似乎比過去更令人害怕。這也難怪中世紀的學者不向自己的同僚求教智慧，相反的，他們轉向古人尋求解答，像是亞里斯多德學派及新柏拉圖學派。當這些中世紀的思想家引進古代的哲學與科學時，他們也承繼了舊有的偏見：對無限與空無的恐懼。

中世紀學者為空無冠上邪惡的污名——邪惡就是空無。「撒旦」（Satan）的字面意義就是無。波伊丟斯辯稱：「神是全能的。沒有一件事是神做不到的。但是，神——至善者——不可能做出邪惡的事。因此，邪惡就是無。」對中世紀的人們而言，這是很合理的。

然而，在中世紀哲學的帷幕之下，仍然潛伏著衝突。亞里斯多德系統屬於希臘人，而猶太教與基督教（譯者按：包括羅馬天主教及東正教）的創造論是屬於閃族的；但閃族並不害怕空無。創造出自於混沌虛空的狀態，但第四世紀的神學家聖奧古斯丁卻試圖逃避它，他說創造之先是處於「某種虛空的狀態」，沒有具體的形體，但卻「不是徹底的空無」。人們對空無的恐懼如此強大，以致於過去的基督教學者們試圖修改聖經的闡述，以符合亞里斯多德的理論，而不是修正亞里斯多德的理論。

幸好！不是所有的文明都那麼懼怕零。

無的冒險

（零進入東方）

哪裏有無限，那裏就有喜樂。

在有限中，沒有喜樂。

——〈奧義書〉（The Chandogya Upanishad）

雖然西方人畏懼空無，但東方人卻竭誠歡迎它。在歐洲，零是個流亡者，但是在印度與後來的阿拉伯，零逐漸成長茁壯。

上回我們最後一次遇見零時，它只不過是一個位置記號。在巴比倫的計數系統中，零是一個空白的位置。零很有用，但是它本身不是數字——它沒有數值。它只在左邊有數字的情況下才有意義。零這個記號單獨存在時，簡直一無是處。在印度，情況則完全不同。

西元前四世紀，亞歷山大大帝命令他的波斯軍隊由巴比倫往印度開跋。由於異族的入侵，印度的數學家首次認識巴比倫的數字系統——以及零。亞歷山大死於西元前三二三年，群龍無首的將軍們各自據地為王。西元前二世紀，羅馬勢力興起，併吞了希臘，但是，羅馬帝國並沒有像亞歷山大帝國一樣延伸到東方。因此，遙遠的印度完全不受西元四、五世紀基督教的興起以及羅馬帝國衰敗的影響。

印度也與亞里斯多德的哲學隔離。雖然亞歷山大曾受教於亞里斯多德，所以他一定也曾把亞里斯多德的觀念介紹給印度人，但是希臘哲學並沒有控制印度人的思想體系。印度人不像希臘人，他們從來不懼怕無限或空無。更確切地說，印度人欣然接受它。

在印度的宗教中，空無佔有重要的地位。印度教起源於一種多神教，他們擁有許多關於戰神以及類似希臘神話的傳說。然而，在亞歷山大進入印度之前的幾個世紀，這些神祇合而為一。印度教保留了流傳已久的儀式以及他們所供奉的神祇，但印度教的核心轉變為一神教，而且成為一種內省的宗教。所有的神祇合而為一，稱為梵天（Brahma）。大約就在此時，希臘人在西方世界興起，印度教與西方的思想漸行漸遠；每個神祇之間的差異愈來愈模糊，宗教本身也變得愈來愈神秘。於是，神秘主義成為東方宗教的特性。

和許多東方宗教一樣，印度教也落入二元性的象徵主義。（當然啦！這個主義曾偶然出現在西方的世界，但是只要它一出現，馬上就會被烙上異端的標記。其中一個例子是就摩尼教，他們被烙上異端的污名，因為他們認為整個世界處於良善與邪惡這兩個相反但均勢的影響之下。）就像遠東的陰與陽，以及近東的瑣羅亞斯德（Zoroaster，譯註：祆教創始者）的善惡二元論一樣，創造與毀滅夾雜在印度教中。溼婆（Shiva）同時是世界的創造者與毀滅者，祂被刻畫為一手拿著創造的鼓，另一手拿著毀滅的火焰（請見圖十三）。不僅如此，溼婆也代表了空無。溼婆的另一個面向「尼虛卡拉溼婆」（Nishkala Shiva），就字面的解釋是「沒有實體」的溼婆。祂是最終的空無，至上的無——無生命的化身。但是，宇宙由空無而生，而無限也是起源於空無。不像西方的宇宙觀，印度的宇宙是沒有邊際的；宇宙之外還有無數的宇宙。

儘管如此，宇宙並沒有真正拋棄它原始的空無。空無是世界的起源，再次回到空無成為人類所追逐的至極目標。有一個故事記載著死神對靈魂的看法，他說：「隱藏在萬物心中的是生命的本源，也就是靈魂與自我。它比最小的原子更

圖十三：溼婆之舞

小，比浩瀚的太空更大。」這住在萬物心中的生命本質是宇宙本質的一部分，是永垂不朽的。當一個人死亡時，靈魂從肉體釋放出來，很快地進入別的生物；人的靈魂會輪迴轉世。印度教的修行是為了讓靈魂脫離輪迴，停止一次又一次的死亡。想從死亡中得到最終的釋放，就要脫離對現實幻象的關注。某位神祇說：「肉體是靈魂的房屋，它處於快樂與痛苦的權勢之下。如果這個人被自己的肉體掌管，他就永遠不能得到釋放。」一旦你可以脫離肉體的慾望，讓靈魂進入寂靜與空無，你將會得到釋放。你的靈魂會飛離人類慾望的羅網，進入集體的意識——無限的靈魂充滿整個宇宙，也同時化為烏有。它是無限，也是空無。

所以，印度是一個積極探究空無與無限的社會。因此，印度人接納零。

零的輪迴轉世

在最早期的諸神時代，存在由不存在而生。

——吠陀經

印度的數學家不僅接受零，他們還轉化零，把它由位置記號的角色改變成為數字。這個轉化賦予零能力。

印度數學的起源埋藏在時間的洪河裏。羅馬帝國崩潰那年（西元四七六年）的一份印度文獻顯示，亞歷山大入侵印度時帶來了希臘、埃及與巴比倫的數學。就像埃及人一樣，印度人拉直繩索測量土地及建築廟宇。他們也有個複雜的天文系統；就像希臘人一樣，他們試圖要測量到太陽的距離。這需要三角函數的知識，印度人的天文系統可能是從希臘學來的。

大約在西元五世紀左右，印度的數學家改變了他們的數字系統；由希臘的系統改為巴比倫的系統。但是印度的新系統與巴比倫的不同之處在於，印度數字是十進位，而巴比倫數字是六十進位。現在我們所通行的數字是由印度人所使用的符號逐步演變而成的；按理說，它們應該被稱為印度數字，而不是阿拉伯數字（請見圖十四)。

沒有人知道印度人是什麼時候開始轉換成巴比倫的「位值式」數字系統。有關印度數字最早期的參考文獻是在西元六六二年，一位敘利亞的主教記載印度人如何「使用九個記號」計數——而不是十個。很明顯，零沒有羅列其中。但是，我們也很難確定。可以肯定的是在主教寫下記錄之前，印度的數字已經成形。有證據顯示，當時在印度一些不同版本的數字系統中，零曾經出現過，儘管這位主教不曾聽聞。無論如何，在西元九世紀，零的符號——在十進位系統中的位置符號——已經出現。那時，印度的數學家已經有巨大的躍進。

印度人並未承襲希臘的幾何學。他們顯然不像希臘人那樣深深著迷於平面圖形。他們從不擔心正方形的對角線是有理數還是無理數，他們也不像阿基米德一樣研究圓錐曲線。但是，他們知道如何玩數字遊戲。

印度的數字系統讓他們可以巧妙地進行加、減、乘、除的運算，而不需要使用算盤。由於他們有位值系統，所以他們可以使用與我們今日類似的方式進行大數目的加減運算。一個訓練有素的人使用印度數字做乘法運算，可能比算盤專家的計算速度還快。中世紀的算盤專家與印度數字計算專家的比賽，就相當於現代西洋棋王卡斯帕洛夫（Kasparov）與

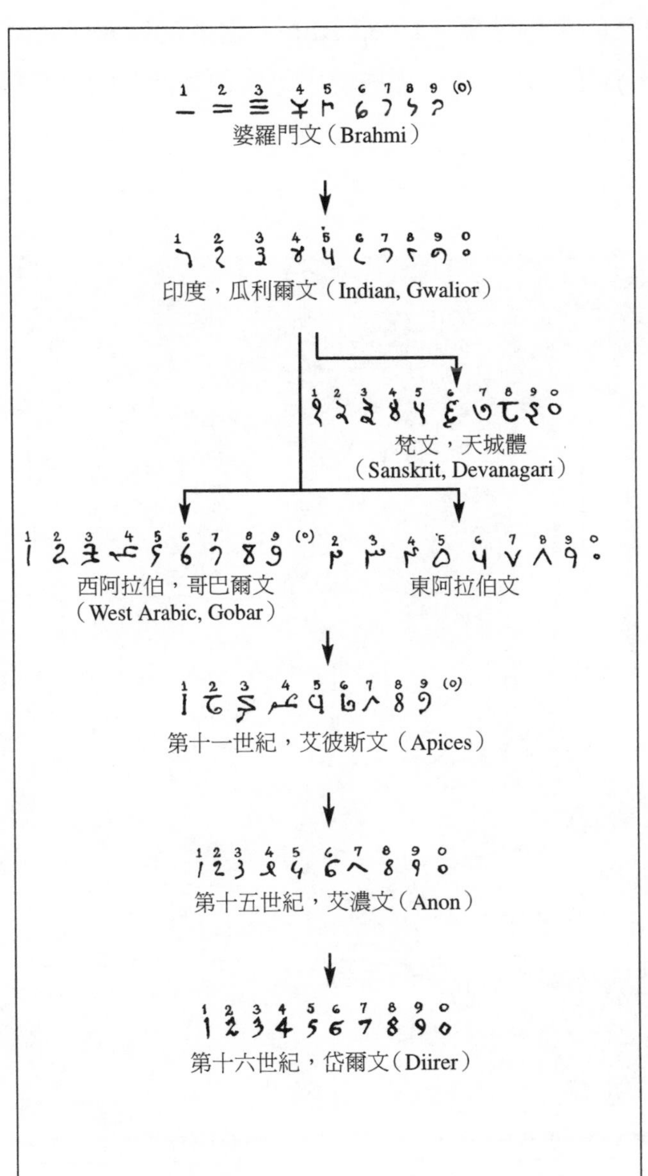
1 2 3 4 5 6 7 8 9 (0)
婆羅門文（Brahmi）
1 2 3 4 5 6 7 8 9 0
印度，瓜利爾文（Indian, Gwalior）
1 2 3 4 5 6 7 8 9 0
梵文，天城體
（Sanskrit, Devanagari）
1 2 3 4 5 6 7 8 9 (0)
西阿拉伯，哥巴爾文
（West Arabic, Gobar）
2 3 4 5 6 7 8 9 0
東阿拉伯文
1 2 3 4 5 6 7 8 9 (0)
第十一世紀，艾彼斯文（Apices）
1 2 3 4 5 6 7 8 9 0
第十五世紀，艾濃文（Anon）
1 2 3 4 5 6 7 8 9 0
第十六世紀，岱爾文（Diirer）

圖十四：今日數字的演化

最快速的電腦深藍（Deep Blue）之間的競賽（請見圖十五）。就像深藍一樣，那些使用印度數字計算的專家獲得最後的勝利。

圖十五：印度數字數算專家對抗算盤專家

雖然印度數字系統對日常的工作很有幫助（例如加減運算），但印度數字的真正影響是相當深遠的。數字終於脫離幾何學；數字的應用不再僅止於測量物品。印度人不像希臘人一樣把正方形視為正方形數字，或是把兩個數字的乘積視為長方形的面積。印度人看到數字之間的相互作用——脫去幾何標籤的數字。這就是「代數」的誕生。雖然這種思考方式使印度人對幾何學沒有太多的貢獻，但它有個出人意外的影響。它使印度人掙脫希臘的思想體系，以及希臘人對零的拒絕。

一旦數字擺脫它們的幾何標籤，就不需要再擔心數學運算是否符合幾何意義。你不會從兩英畝地挪走三英畝地，但是，沒有任何原因能阻止你做2－3的運算。現在我們知道二減三等於負一。然而，這樣的運算在古代並不是那麼顯而易見。當他們解出方程式的答案是負數時，就認為此題無解。畢竟，如果以幾何的角度來看，負面積是什麼意義？這在希臘人的眼中實在不合理。

對印度人而言，負數是很合理的。事實上，負數的首次出現就在印度（還有中國）。西元七世紀的印度數學家婆羅摩笈多（Brahmagupta）為負數的除法定下規則：「正數除以正數，或負數除以負數，答案是正數；正數除以負數，或負數除以正數，答案是負數。」這也是我們現代所使用的規則：當兩個性質符號相同的數字相除時，結果為正數。

就像2－3的結果是個數字，2－2也是個數字；它的答案是零。零不只是個位置符號，一個在算盤上的空白位置；

零自己就是個數字，它有特定的數值，在數線上擁有固定的位置。既然零等於2－2，那麼它一定要被放在（2－1）與（2－3）之間——也就是1與－1之間。再也沒有比這更合理的安排。零不再只是坐在九的右邊，就好像它在電腦鍵盤上的位置一樣；零在數線上擁有自己的位置。一條沒有零的數線就像一條沒有二的數線一樣，無法生存。零終於登場。

然而，即便是印度人，也覺得零是很怪異的數字。畢竟，零乘上任何數字都等於零；它吞噬了所有東西。而且，當你以零做除數的時候，天下大亂。婆羅摩笈多試著搞清楚0÷0與1÷0是多少，但是他答錯了。他寫道：「零除以零得到零，任何正數或負數除以零是一個以零為分母的分數。」換句話說，他認為0÷0＝0（他錯了，我們將會討論此點），並且他認為1÷0是……嗯，我們真的不知道他表達的是什麼，因為他也說不出個所以然。基本上，他在揮趕，希望問題會離開。

婆羅摩笈多的錯誤並沒有持續很久。印度人即時發覺1÷0的答案是無限。十二世紀的印度數學家婆什迦羅（Bhaskara）談到1÷0所得到的數值時，他說：「分母為零的分數是無法計量的。即使你再加上或減去很大的數目，結果還是沒有改變。就像無窮大與不朽的神，永遠不會發生任何改變。」

在無限與零之中，人們找到了神。

阿拉伯數字

人類是否忘掉我們由空無中創造他們？

——可蘭經

到了西元七世紀，西方世界隨著羅馬帝國的崩潰而衰微，但是東方世界卻繁榮興盛。印度的發展被另一個東方文明所遮蔽，黯然失色。當西方的星星墜落地平線的時候，另一顆星星升起：伊斯蘭。伊斯蘭接受印度的零，西方人終於由伊斯蘭手中接受零。零的崛起必須始於東方。

在西元六一〇年的某個夜晚，出生於麥加的穆罕默德在西拉山（Mount Hira）進入冥想的狀態。那一年他卅歲。根據傳說，天使加百列（Gabriel）啟示他：「背誦下來！」於是穆罕默德遵照祂的意思記下來，這啟示就像野火一樣迅速蔓延開來。穆罕默德死於西元六三二年，十年之後，他的門徒攻占埃及、敘利亞、美索不達米亞以及波斯。猶太人與基督教徒的聖地耶路撒冷，也跟著淪陷。到了西元七〇〇年，伊斯蘭的領土東到印度河，西到阿爾及爾（Algiers，現在的阿爾及利亞首都）。西元七一一年，伊斯蘭佔領西班牙，並朝著法國推進。在東方，西元七五一年他們打敗中國。他們的皇帝所佔領的彊域遠超過亞歷山大所能夠想像。在進攻中國的途中，伊斯蘭征服了印度。在那兒，阿拉伯人學會印度數字。

伊斯蘭很快地吸收了他們所征服的民族的智慧。學者們開始將書籍翻譯成阿拉伯文。在西元九世紀，卡里・馬蒙（Caliph al-Mamun）興建了一座圖書館：巴格達的智慧之館。它成為東方世界的學習中心，其中一位早期的學者就是數學家穆罕默德・花拉子模（Mohammed ibn-Musa al-Khowarizmi）。

花拉子模寫了幾本重要的書籍，其中一本是有關如何解初級方程式的書（*Al-jabr wa'l muqabala*）；書名中Al-jabr（有「完成」的意思）衍生為今日的代數（algebra）一字。他也寫了一本有關印度數字系統的書籍，使新的數字形式快速地在阿拉伯世界傳播開。運算規則——也就是使用印度數字快速進行乘除運算的訣竅——也隨之傳播。事實上，運算規則（algorithm）這個字就是花拉子模的名字的諧音。雖然阿拉伯人使用印度人的概念，但全世界的人都稱呼這個新系統為阿拉伯數字。

零的英文"zero"這個字也根源於印度與阿拉伯。當阿拉伯人採用印度—阿拉伯數字時，他們也採用了零。印度的零稱為桑雅（sunya），它的意思是「空」，而阿拉伯人把它稱為西弗（sifr）。當一些西方學者向他們的同僚介紹這個新數字時，他們把西弗變成一個拉丁字*zephirus*，這個字就是英文的零的前身。有一些西方數學家並沒有那麼大幅改變這個字，他們稱零為西弗拉（cifra），後來演變成英文中的另一個零（cipher）。零在這個新的數字系統中非常重要，所以人們開始通稱阿拉伯數字為"ciphers"。後來，也演變成法語中的數位（chiffre）。

然而，當花拉子模撰寫這些關於印度數字的書籍時，西方人尚不知採用零。傳承東方傳統的伊斯蘭世界當時也曾受到亞里斯多德學派的影響，這都是拜亞歷山大所賜！然而，誠如印度數學家清楚的陳述，零是空無的化身。因此，如果伊斯蘭接受零，他們就必須拒絕亞里斯多德。事實上，他們正是如此。

十二世紀的猶太學者摩西・麥蒙尼德（Moses Maimonides）對伊斯蘭神學家所闡述的教義（Kalam）極為反感。他認為伊斯蘭學者不接受亞里斯多德對神的證明，反而轉向與亞里斯多德敵對的原子論。不受歡迎的原子論，在時間的劫掠後，仍然殘存下來。你應該還記得，原子論的支持者認為物質是由各別的小粒子（原子）所構成，如果粒子能夠運動，那麼他們彼此之間一定存在真空，否則原子就會彼此相撞，而擋住彼此運動的路線。

伊斯蘭攫取原子論者的概念；畢竟，零垂手可得，空無又是個令人敬畏的概念。亞里斯多德憎惡空無；但原子論需要它。聖經上記述著萬物被創造之前的世界是空無，而希臘人拒絕這個可能性。羅馬的天主教徒被希臘哲學的權勢所恐嚇，他們選擇亞里斯多德，而不是聖經。另一方面，伊斯蘭卻做了相反的抉擇。

無就是無

無是存在的，無就是無……我們有限的頭腦無法理解它，因為它與無限結合。

——〈喬羅那的死神〉（Azrael of Gerona）

零象徵著新的學派，也象徵對亞里斯多德的背棄，以及對空無和無限的接納。隨著伊斯蘭的擴張，零也遍及整個伊斯蘭所控制的世界，並且與亞里斯多德的學說相抗衡。伊斯蘭的學者爭相辯論，西元十一世紀的伊斯蘭哲學家阿布・加薩利（Abu Hamid al-Ghazali）宣告，墨守亞里斯多德學說的人應判處死刑。不久，爭論就停止了。

零會造成如此的紛爭一點也不令人驚訝。伊斯蘭以閃族的東方背景，相信神由空無之中創造了宇宙。這個教義無法被那些像亞里斯多德一樣憎惡空無及無限的人所接納。當零傳播到阿拉伯的土地時，伊斯蘭人欣然接受它，並且拒絕亞里斯多德。猶太人的反應也是一樣。

一千年來，猶太人的生活中心穩穩紮根於中東，但是，在第十世紀，猶太人有個機會在西班牙興起。凱利夫・阿爾拉曼三世（Caliph Abd al-Rahman III）的一位猶太大臣從巴比倫請來了一些有智之士。不久，猶太人在伊斯蘭的屬地西班牙昌盛起來。

中世紀初期，居住在西班牙或巴比倫的猶太人都堅信亞里斯多德的學說。和其他信奉基督的民族一樣，他們也拒絕相信無限及空無。然而，亞里斯多德的哲學不僅與伊斯蘭的學說相衝突，也與猶太教的神學相衝突。這就是趨使十二世紀的猶太學者麥蒙尼德撰寫一部巨作，想調和閃族的東方聖經與遍及歐洲的西方哲學的原因。

由於亞里斯多德的影響，麥蒙尼德也以拒絕無限來證明神的存在。他忠實地重新演練希臘的論點。他主張繞著地球運轉的星球一定被某個東西所推動，也許是外圈的那個星球。然而，因為不可能存在無限多的星球（因為無限是不可能的），所以一定有某樣東西在推動著最外圍的星球。那就是至高的推動者：神。

麥蒙尼德的論點是，神存在的證明固然在神學上有極大的價值，但是，聖經與其他閃族的傳統又充滿著無限與虛無的概念，而這些概念是伊斯蘭早就接受的思想。就像八百年前的聖奧古斯丁一樣，麥蒙尼德試圖重新改造閃族的聖經，以符合希臘的信條——這個信條毫無道理地畏懼空無。但是，麥蒙尼德不像早期的羅馬天主教徒，自由地以隱喻的方式詮釋舊約，他不願意將自己的宗教希臘化。猶太教的傳統邇使他接受聖經中所描述的：宇宙是由虛空混沌中創造出來的。這也就意味著與亞里斯多德抵觸。

麥蒙尼德聲稱亞里斯多德的宇宙恆存在的證明有錯誤，因為它與聖經相衝突。當然，這也意味著亞里斯多德必須捲舖蓋走路。麥蒙尼德宣稱，創造是從空無中開始的，儘管亞里斯多德不容許真空存在。這麼一來，空無由悖理逆天成為神聖。

對猶太人而言，麥蒙尼德去世之後的幾年成為空無的年代。在十三世紀，一個新的教義出現：猶太教的神祕主義（kabbalism）。神祕主義的中心思想是尋找隱藏在聖經經文中的密碼。就像希臘人一樣，希伯來人使用他們的字母做為數字符號，所以每個字都有一個相對應的數值。這可以用來詮釋字詞背後隱藏的秘密。舉例來說："Saddam"這個字對應著以下的數值：samech（60）＋aleph（1）＋daled（4）＋aleph（1）＋men（600）＝666——基督徒把這個數字視為聖經啟示錄中邪惡之獸的代表。（不管Saddam的拼音有兩個d或一個d，對神祕主義者都是一樣的，他們常常改變字的拼法來湊出字的總值。）神祕主義者認為，相同數值的詞句往往會神祕地連結在一起。舉例來說，〈創世記〉第四十九章10節記載：「權杖必不離猶大……直等細羅來到（譯者按：細羅就是賜平安者），萬民都必歸順。」在希伯來文中，「直等細羅來到」的拼音字母總值是358，與希伯來文的彌賽亞（meshiach，就是救世主的意思）的字母總值相等。所以，這節經文預言了彌賽亞的到來。對神祕主義者而言，某些數字是神聖的，某些是邪惡的；他們以不同的方法掃視整本聖經，找尋這些特定的字，以及隱藏在經文中的意義。最近有本暢銷書《聖經密碼》（*The Bible Code*，大塊文化，一九九七）就是試圖使用這個方法找出預言。

神祕主義者的主張不只是數字推敲；這是一種非常神祕的傳統，有些學者甚至認為它與印度教十分相似。例如，神祕主義者認為神具有二元性。希伯來文"ein sof"（意思是「無限」）代表創造之神，神性的這一部分創造了宇宙，並且滲透宇宙的每個角落。但是，創造之神同時又有另一個名字：ayin（譯者按：希伯來文的第十六個字母），意思是「空無」。無限與空無並肩而行，它們都是神聖創造者的一部分。更妙的是，ayin這個字與aniy（即希伯來的字母I）的字母相同但順序不同，所以它們擁有相同的數值。這再清楚也不過。神在密碼中曉諭：「我是空無」，也是無限。

當猶太人以他們的聖經對抗西方的感性時，基督教世界也進行著同樣的爭戰。甚至當羅馬天主教徒與伊斯蘭教徒打仗時——在第九世紀查理曼大帝統治時期，以及十一到十三世紀的十字軍東征——修士、學者以及商人們開始將伊斯蘭的概念帶到西方。修士們發現阿拉伯人發明的星盤是很方便的計時工具，可以幫助他們準時禱告。這些星盤多半刻著阿拉伯數字。

新的數字並沒有流行起來，雖然第十世紀的教皇西維斯特爾二世（Sylvester II）對它們讚賞不已。他可能是在探察西班牙時學習了這些數字，並把它們帶回義大利。但是，他所學的那個版本沒有零——如果這個系統有零的話，就不會那麼受歡迎了。亞里斯多德在此時還是穩固地支配著教會，最傑出的思想家仍然排斥無限大、無限小，以及空無。在十三世紀十字軍東征結束時，聖多瑪斯・阿奎那（Saint Thomas Aquinas）宣稱，神無法使無限的事物再增加，就像祂不能使一匹馬變成博學多聞；這暗示著神不是全能的，而這在基督教的神學中是不被允許的。

西元一二七七年，巴黎的主教艾提尼・田比爾（Étienne Tempier）召集學者們討論亞里斯多德的哲學觀，或者可以說是抨擊它。田比爾廢除許多亞里斯多德學說中與神的全能相衝突的信條，譬如：「神不可能以直線挪動天體，因為這會留下真空。」（旋轉的星球不會造成任何問題，因為它們佔有同樣的空間。唯有直線挪移天體時，你必須先預備一個空間來挪移天體，而且在挪動之後會留下真空。）只要神願意，祂就可以創造真空。突然之間，空無被接納了，因為神的全能不須要遵循亞里斯多德的學說，神想做什麼，自然命立就立。

田比爾的決定對亞里斯多德的哲學並非最後一擊，但是這些宣言的確是亞里斯多德哲學崩潰的前兆。教會仍然繼續堅守著亞里斯多德的哲學達數世紀之久，但是，亞里斯多德哲學的顛覆以及空無與無限的興起，很明顯在此時已經開始了。對零而言，這是個適合降臨西方的時刻。在十二世紀中期，花拉子模所寫的解初級方程式的書籍傳播到西班牙、英國及歐洲各地。零也隨之傳播。就在教會掙脫亞里斯多德哲學的枷鎖時，零恰逢其時地到達。

零的勝利

> 一個深奧重要的概念，對我們現代人而言太簡單，以致於我們忽略了它真正的重要性。但它的簡單與容易計算的性質，使算術成為最有用的發明。
>
> ——皮爾西蒙・拉普拉斯（Pierre-Simon Laplace）

基督教剛開始的時候拒絕零，但是商業貿易很快地需要它。再次將零引進西方世界的是里歐納督・斐波那契（Leonardo Fibonacci）。他是一位義大利商人的兒子，出生於比薩，後來遠行到北非。這位年輕人向伊斯蘭教徒學習數學，由於他天賦聰穎，不久就成為傑出的數學家。斐波那契最為人熟知的，是他在一二〇二年發表的《算盤書》（*Liber Abaci*）中所提出的一個問題。假設一個農夫擁有一對剛出生的兔寶寶。兔寶寶要兩個月以後才會成熟，而且從兩個月起這對兔子每個月的月初都會生一對兔寶寶。當這些兔寶寶成熟能夠繁殖時，原來那些兔子還是繼續繁殖，以此類推。如此一來，每個月這個農夫會擁有多少對兔子？

嗯！第一個月，他只有一對兔子，因為牠們還沒有成熟，不能生育。

第二個月，他仍然只有一對兔子。

但是，在第三個月的月初，第一對兔子生了小兔子：現在他有兩對兔子。

在第四個月的月初，第一對兔子又生了，但是第二對兔子還沒有成熟，不能生育：現在他有三對兔子。

下個月，第一對兔子生產，第二對兔子也生產，但是第三對還太年輕，不能生育。於是，他又多了兩對兔子：現在總共有五對兔子。

兔子的總數遵循下面的次序：1、1、2、3、5、8、13、21、34、55……；任何一個月份的兔子數目是前兩個月的兔子數目的總和。數學家領悟到這個序列的重要性。舉例來說，讓任何一個項目除以它的前一個項目（8/5=1.6；13/8=1.625；21/13=1.61538……），這些比例趨近於一個特別有趣的數字：黃金比例，即1.61803。

畢達哥拉斯早已注意到大自然似乎被黃金比例所支配。斐波那契發現了這個重要的序列。鸚鵡螺的任何兩個連續腔室的比例，以及鳳梨順時針方向的溝紋相對於逆時針方向溝紋的數目都是遵循這個序列的規律。這就是為什麼它們的比例趨向黃金比例的緣故。

雖然這個序列使斐波那契成名，但斐波那契《算盤書》的影響比這些兔子更重要。斐波那契由伊斯蘭教徒習得數學，所以他學到含有零的阿拉伯數字。他的《算盤書》中包含了新的數字系統，終於，他將零介紹給歐洲。這本書中記載了如何運用阿拉伯數字進行複雜的數學運算，於是，義大利的商人與銀行家很快抓到這個新系統的要領。這回零也在其中。

在阿拉伯數字盛行之前，金錢的計算必須使用算盤或計數板。日耳曼人把計數板稱為Rechenbank，這就是為什麼英文中稱銀行為bank的緣故。那個時候，銀行業務的處理方式還很原始。他們不但使用計數板，還使用計帳木條來記載貸款：金額寫在木條的側面，然後將木條分割成兩塊（請見圖十六）。放債的人保有較大的那一半，因為他是債權人（註一）。

義大利商人非常喜愛阿拉伯數字，因為這些數字讓他們擺脫計數板。商人雖然看到它們的好處，但是當地政府卻討厭它們。西元一二九九年，佛羅倫斯禁止使用阿拉伯數字，表面的原因是由於數字很容易竄改及偽造。（譬如：簡單一撇就可以把0改成6。）然而，零與其他阿拉伯數字的好處並不是那麼容易被抹滅的；義大利商人繼續使用它們，甚至利用它們傳送機密訊息——這就是為什麼零（cipher）這個

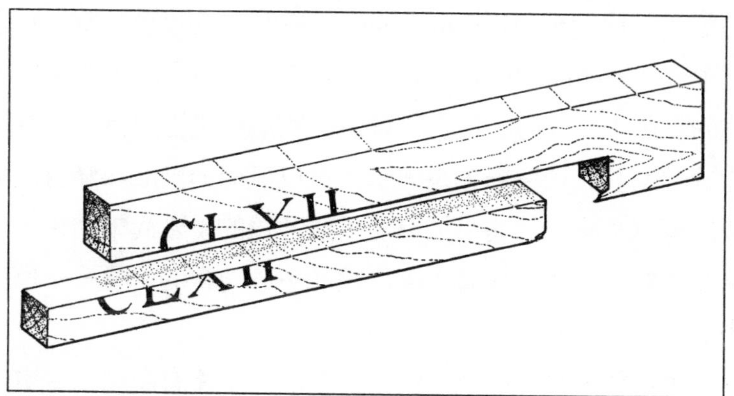

圖十六：計帳木條

字也有「密碼」的意思。

最後，在商業的壓力之下，政府的態度開始緩和。義大利終於允許使用阿拉伯數字，此後，阿拉伯數字很快就遍及整個歐洲。零與空無終於登上台面。亞里斯多德的厚牆粉碎了，這一切要歸功於伊斯蘭及印度。到了西元一四○○年代，歐洲堅守亞里斯多德哲學觀的支持者甚至開始懷疑自己

註一：記帳木條惹出無窮的麻煩。直到西元一八二六年，英國國庫一直都使用各種記帳木條管帳。查爾斯·狄更斯（Charles Dickens）敘述了這個過時方法的結果：「一八三四年，國庫發現累積了大量的記帳木條；於是，麻煩出現了——要如何處理這些蟲蛀腐蝕的舊木塊呢？這些木條被存放在威斯敏斯（Westminster）。任何聰明人都會想到，何不讓居住在附近的窮人把它們拿去當柴火燒？然而，這些木條並沒有派上用場。官方並不允許這種做法，他們下令將這些木條秘密銷毀。他們使用上議院的一個爐灶進行銷毀，後來，那個爐灶塞進太多這些可笑的木條，結果壁板跟著起火燃燒，並且延燒到下議院。最後，上下兩個議院燒成一片灰燼。建築師奉命重建上下議院，因而損失了相當於現在的二百多萬英磅。」

的信念。坎特柏里（Canterbury）樞機大主教湯姆斯・布雷德華登（Thomas Bradwardine）試圖駁斥原子論，亞里斯多德的老仇人。同時，他也懷疑自己的邏輯是否正確，因為他的論點是基於幾何學，幾何學中可以無窮分割的線條自然地駁斥了原子論。然而，抵擋亞里斯多德的爭戰尚未結束。如果亞里斯多德哲學垮臺，神的證明——教會的堡壘——也就失去效力。人們需要新的證明。

更糟糕的是，如果宇宙是無限的，就沒有所謂的宇宙中心。那麼地球如何可以成為宇宙的中心呢？

答案就在零裏面。

空無的無限神

（零的神學）

新的哲學喚醒所有的懷疑，
火的元素徹底被撲滅；
太陽消失了，地球也一樣，沒有人類的智慧
能夠正確地指引他到何處找尋它……
直到化成碎片，所有的凝聚力都消失；
所有的生活所需，所有的人際關係：
君臣父子都被遺忘。

——約翰・但恩（John Donne），
〈世界的剖析〉（An Anatomy of the World）

零與無限是文藝復興的中心。當歐洲由黑暗時期慢慢甦醒，空無與無限摧毀了教會的亞里斯多德哲學，並打開通往科學革命的大道。

起初教皇無視於危險的存在。高階神職人員體驗了虛無及無限的概念，這些概念衝擊著教會所珍視的古希臘哲學核心。零出現在每幅文藝復興的繪畫中，有一位紅衣樞機主教宣告宇宙是無限的——無窮無盡。然而，這場與零和無限的戀愛並不持久。

當教會受到威脅時，它又退回自己的老哲學，回頭尋找自己支持多年的亞里斯多德哲學。一切都太遲了！零已經掌控西方，僅管教皇頻頻反對，它已經強壯到再也無法驅逐。亞里斯多德被零與空無所擊敗，神存在的證明也是如此。

教會只有一個選擇：接受零與無限。更確切地說，對虔誠的信徒而言，神能夠被尋見，祂隱藏在空無及無限之中。

堅殼裂開

神啊！若不是我做了惡夢，

我可以躲在堅殼中，在自己的無限空間稱王。

——威廉・莎士比亞（William Shakespeare）

《哈姆雷特》（*Hamlet*）

在文藝復興之初，零對教會所造成的威脅並不顯著。它是藝術家所使用的工具；無限的零引進視覺藝術的偉大文藝復興。

在十五世紀之前，繪畫與素描主要是平面、不生動的構圖。畫中的圖像是扭曲的二維空間；龐大的平面武士出現在變形的小城堡（請見圖十七）。即使是當時最傑出的藝術家，也畫不出一幅逼真的景緻。他們不知道如何使用零。

義大利建築師菲利波・布魯內勒斯基（Filippo Brunelleschi）首先展示出零的威力：他使用隱沒點（vanishing point）創作了一幅逼真的繪畫。

圖十七：平面武士與變形的城堡

根據定義，由空間的觀念來看，一個點就是一個零。在日常生活中，你所處的環境是三維空間。（實際上，愛因斯坦揭露我們的世界是四維空間，我們在後面的篇章會討論。）你梳妝台上的時鐘，你早上喝的那杯咖啡，你現在看的這本書——這些都是三維空間的物件。假設現在有一隻大手把這本書壓扁，這本書就不再是一個三維空間的物件，它變成平面的長方形。它失去了一維空間——只有長與寬，但沒有高——它現在屬於二維空間。假設現在這隻大手又擠壓這本書的側面，這本書就不再是長方形，它成了一條線。它再度失去一維空間——它沒有寬，只有長度——它成了一維空間的物件。你甚至可以取走這一維空間。由這條線的一端擠壓到另一端，線就變成一個點，一個沒有長度、寬度、高度、無窮小的空無。一個點就是零維空間。

西元一四二五年，布魯內勒斯基將一個定點放置在一幅畫的中間，這幅畫描繪的是著名的佛羅倫斯洗禮堂（Baptistery）。這個零維空間的隱沒點代表距離觀看者無窮遠的一點（請見圖十八）。在畫中，物件的距離愈遠，就愈靠近隱沒點，也就壓縮得愈小。所有極遠處的東西（包括人、樹、建築）都被擠壓成零維空間的點，並且消失。在繪畫中心的零，包含了一個無限的空間。

這個矛盾的點使得布魯內勒斯基畫中的洗禮堂，神奇地變成逼真的三維空間建築，與真實的景物幾乎沒有分別。更確切地說，如果你使用一面鏡子比較那幅圖畫與鏡中的建築物，映照出來的形象會完全符合建築物的幾何結構。隱沒點

圖十八：隱沒點

使二維空間的圖畫，變成完美的三維空間結構。

零與無限在隱沒點上的結合不是巧合。就像零的乘積使整條數線瓦解成一點一樣，隱沒點也使大部分的宇宙坐落在一小點之上。這就是奇點（singularity，黑洞的中心，體積為零，密度為無限大），後來這個概念在科學史上變得非常重要。但是在這個早期的階段，數學家對零的認識並不比藝術家多。事實上，在十五世紀，藝術家也是業餘的數學家。里奧納多・達文西（Leonardo da Vinci）寫了一本有關透視畫法的介紹。他在另一本有關繪畫的書中聲稱：「不允許任何不懂數學的人閱讀我的作品。」這些數學藝術家將透視畫法改進到臻於完美，他們能夠很快地描繪出三維空間。藝術家不再受限於平面。零已經扭轉藝術的世界。

零可說是布魯內勒斯基的繪畫重心。教會也淺嚐零與無限的滋味，雖然當時的教義還是取決於亞里斯多德的觀點。與布魯內勒斯基同時代的一位德國紅衣主教，庫薩的尼古拉斯（Nicholas of Cusa）看到了無限，並且立即宣告“Terra non est centra mundi”：地球不是宇宙的中心。教會在此時尚未領悟到這個概念是多麼危險，多麼具有革命性。

中世紀亞里斯多德哲學中的另一項舊宣言——地球是獨特的——也和真空的禁令一般強硬。地球是宇宙的中心，這個特別的位置使它成為唯一具有生命的世界。亞里斯多德曾經主張，所有的物件都會找到適合自己的位置。沉重的物體，像岩石或人類，屬於地上；輕的物體，像空氣，屬於穹蒼。這不僅暗示著天空中的行星是由光或氣體所組成，也暗示著任何在天空的人自然會掉到地球來。因此，生物只能居住在堅殼宇宙中心的核仁。別的行星中有生物存在的想法，就像主張一個球體有兩個中心點一樣愚蠢。

田比爾宣告，萬能的神可以創造真空，只要祂願意如此行。田比爾堅持，神可以打破任何亞里斯多德的定律。如果神願意，祂自然可以在其他的世界裏創造生命。宇宙中可能充滿幾千個像地球的世界，每個世界都充滿生物；神當然可以做到這些，不管亞里斯多德同不同意。

尼古拉斯相當大膽地宣稱，神必然會如此行，他說：「其他星球都和地球類似，因為我們相信，每一個星球都擁有它們的居民。」天空充滿無數的星球；行星在穹蒼中閃爍，月亮與太陽都散發著光芒。為什麼天上的星星不可能是其他的行星、月亮或太陽？也許地球正在它們的天空閃爍放光，就像它們在我們的天空發光一樣。尼古拉斯認為神的確已經創造了其他無數的世界，地球不是宇宙的中心。然而，尼古拉斯並沒有被宣告為異端，教會對這個新說法也沒有半點反應。

就在這段時期，另一位尼古拉斯把庫薩的尼古拉斯的哲學變成科學定理。尼古拉斯・哥白尼（Nicolaus Copernicus）指出，地球不是宇宙的中心；它繞著太陽旋轉。

哥白尼是一位波蘭籍修士，也是一位醫師。哥白尼懂得數學，所以他可以計算天文學的表格，他認為這是醫治病人的好方法。哥白尼對行星與恆星的初步接觸，讓他覺得計算行星軌道的舊希臘系統太複雜。托勒密的「天動說」是以地球為中心，這個學說非常精密，然而卻非常複雜。行星整年在天空運轉，但是每隔一陣子它們就停止，往回走，然後再繼續往前行。托勒密為了說明行星的奇異運動，在他的「天動說」中加上周轉圓（epicycles）：在大圓圈上有小圓圈，這可以解釋行星後退或逆轉的現象（請見圖十九）。

哥白尼的構想簡潔有力。他不認為地球是宇宙的中心，也不贊成天體沿著周轉圓的方式運轉。他認為太陽是運轉的中心，而且行星沿著簡單的圓形軌跡運行。當地球超越其他行星的時候，它們看起來就像是往後退；這種構想不需要周轉圓。雖然哥白尼的系統並不完全符合天體運行的記錄（因為圓形的軌跡是錯的，然而太陽為中心的想法是對的），但

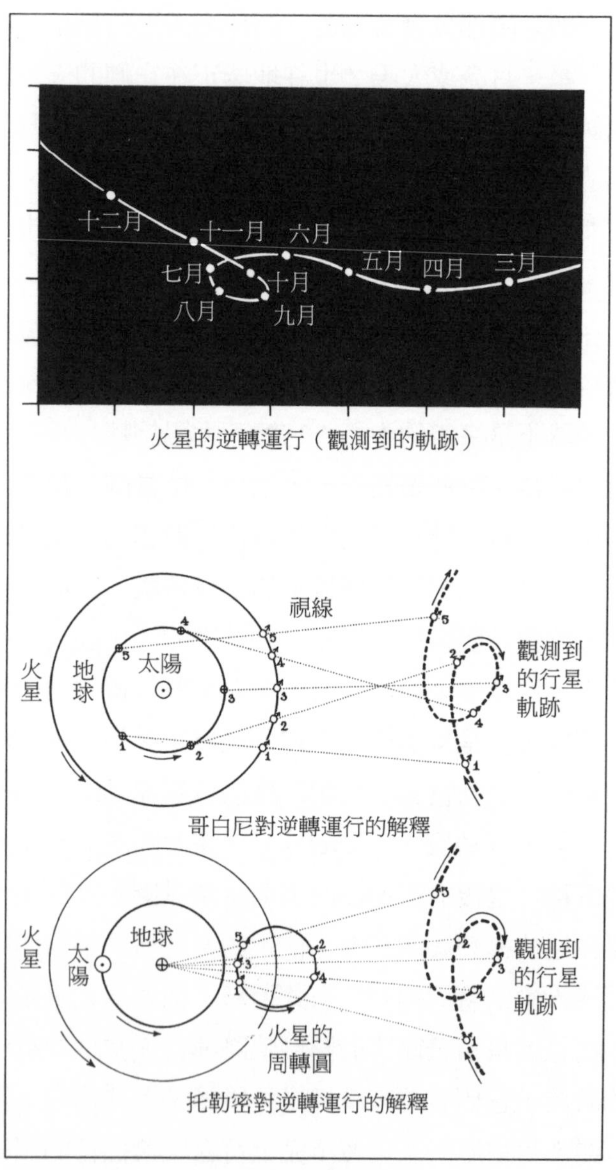

圖十九：周轉圓、逆轉運行與太陽中心說

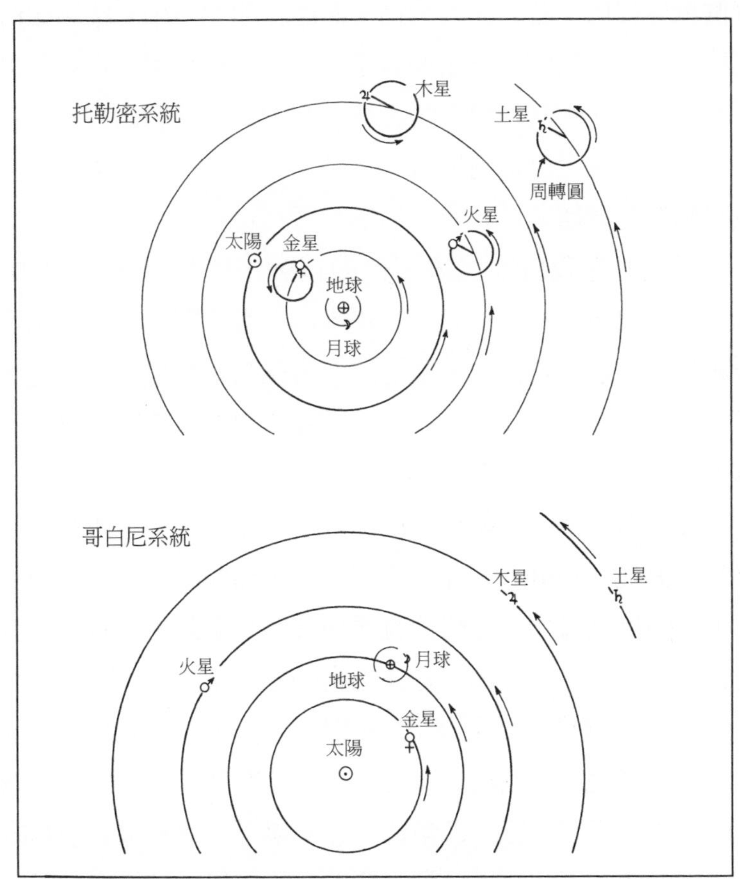

圖十九：周轉圓、逆轉運行與太陽中心說（接上圖）

是這個理論比托勒密的系統簡單得多。地球繞著太陽轉。地球不是宇宙的中心！

尼古拉斯與哥白尼敲開了亞里斯多德與托勒密的堅殼宇宙學說。地球不能再安逸地待在宇宙的中心；宇宙之上也沒有覆蓋著堅殼。宇宙繼續往無限發展，佈滿數不盡的世界，每個世界都居住著神祕的生物。然而，如此一來，羅馬如何能夠宣稱自己是唯一真正的教皇，因為它的權勢並不能延伸到其他世界。在其他星球是否存在其他教皇？對羅馬天主教會而言，這是很恐怖的前景，特別是當時它與自己臣民之間也開始發生問題。

哥白尼在臨終前發表了他的巨著《天體運行論》（*De Revolutionibus*）——一五四三年，恰在教會開始強行限制發表新想法之前。哥白尼甚至把這本書呈獻給教皇保祿三世。然而，教會感受到攻擊。結果，質疑亞里斯多德的新概念不再被容忍。

真正對教會的抨擊是始於一五一七年，一位患便秘的德國修士路德（Luther）在威登堡（Wittenberg）的教會門上釘了一張抗議條列。（路德有便秘問題是個傳說。有些學者認為他最偉大的信心揭示是在如廁時想出來的。「路德掙脫恐懼的束縛就像他的腸子得到釋放。」有一篇文章如此註解。）這就是宗教改革的開始；各地的有智之士開始拒絕教皇的威權。到了一五三〇年代，在一場王位繼承權的爭奪戰中，英國國王亨利八世一腳踢開教皇的威權，宣佈自己是英國所有神職人員的首領。

羅馬天主教會必須要反擊。雖然在過去幾個世紀以來，它也曾面對其他哲學，但是當面對分裂的威脅時，它又回到自己原來的傳統教條——以亞里斯多德理論為基礎的哲學（像聖奧古斯丁與波伊丟斯），以及亞里斯多德對神的存在的證明。任何紅衣主教與神職人員都不可以質疑這古老的教義。零被視為異端邪說。你必須接受堅殼宇宙，拒絕空無與無限。其中一個推廣這些教條的重要團體是耶穌會（Jesuit），成立於一五三〇年代。耶穌會的成員是受過高等教育的知識分子，很適合攻擊改革後的新教（基督教）。羅馬天主教會還有其他攻擊異端邪說的工具；西班牙宗教法庭在一五四三年焚燒基督教教徒，同一年，哥白尼過世，教皇保祿三世頒佈禁書索引。反改革是教會重建舊秩序、壓迫新想法的一種嘗試。十三世紀的主教田比爾與十五世紀的紅衣主教尼古拉斯的想法若在十六世紀提出，可能會招致死刑。

這就是不幸的蓋爾達諾・布魯諾（Giordano Bruno）的下場。一五八〇年代左右，這位天主教道明會的神職人員出版了《無限的宇宙及世界》（*On the Infinite Universe and Worlds*）。在這本書中，他像尼古拉斯一樣，認為地球不是宇宙的中心，而且宇宙中存在著無數個像我們一樣的世界。一六〇〇年，他被燒死在火刑柱上。一六一六年，著名的伽利略（Galileo Galilei）（另一個哥白尼）被教會勒令停止他的科學研究。同一年，哥白尼的《天體運行論》被列在禁書索引中。任何對亞里斯多德的攻擊就等於攻擊教會。

儘管教會如火如荼展開反改革行動，新的哲學觀並沒有那麼容易被摧毀。隨著時間的演進，它愈來愈茁壯，這要歸功於哥白尼的後繼者的研究結果。在十七世紀初期，另一位天文學家兼修士約翰尼斯・克卜勒（Johannes Kepler）修正了哥白尼的理論，使這個理論比托勒密的系統更準確。包括地球在內，所有的行星軌道都不是圓形的，而是以橢圓形的軌跡繞行太陽。這個理論準確地解釋了天空中行星的運轉；天文學者再也不能夠堅持太陽中心學說不如地球中心學說。克卜勒的模型比托勒密的模型簡單，而且更精確。儘管教會反對，克卜勒的太陽中心說還是普遍流行起來，因為克卜勒是正確的，托勒密是錯誤的。

教會想辦法要以老方法堵住缺口，但是，亞里斯多德的地球中心說與封建制度兩者都已千瘡百孔。千年來哲學家認為理所當然的每一件事都開始被質疑。亞里斯多德的系統是不可信的，但是它卻不能被拒絕。那麼，在那個時候有什麼是可信的？完全沒有！

零與空無

就某種意義而言，我居於神與零之間。

——笛卡兒（Rene Descartes），

《方法導論》（*Discourse on Method*）

零與無限是十六世紀與十七世紀哲學爭戰的核心。空無削弱了亞里斯多德的哲學觀，無限宇宙的概念粉碎了堅殼宇宙的主張。地球不是神創造萬物的中心。教皇對會眾失去控制權，於是羅馬天主教開始全力排拒零與空無。但是木已成舟，零已經生根了。即使是最虔誠的知識份子——耶穌會成員——也被舊的亞里斯多德學說與零、空無、無窮及無限這些新思想撕扯著。

笛卡兒出身於耶穌會，他也處在新舊兩難之間。他拒絕空無，但是卻把它放置在世界的中心。一五九六年，笛卡兒出生於法國中部。他把零加入數線，並且在空無與無限之中尋找神存在的證明。然而，笛卡兒無法完全拒絕亞里斯多德；他也害怕空無，拒絕它的存在。

和畢達哥拉斯一樣，笛卡兒是一位數學家兼哲學家；他留給後世最大的遺產也許是一項數學發明——現在我們稱之為「笛卡兒坐標」(Cartesian coordinates)。任何在中學上過

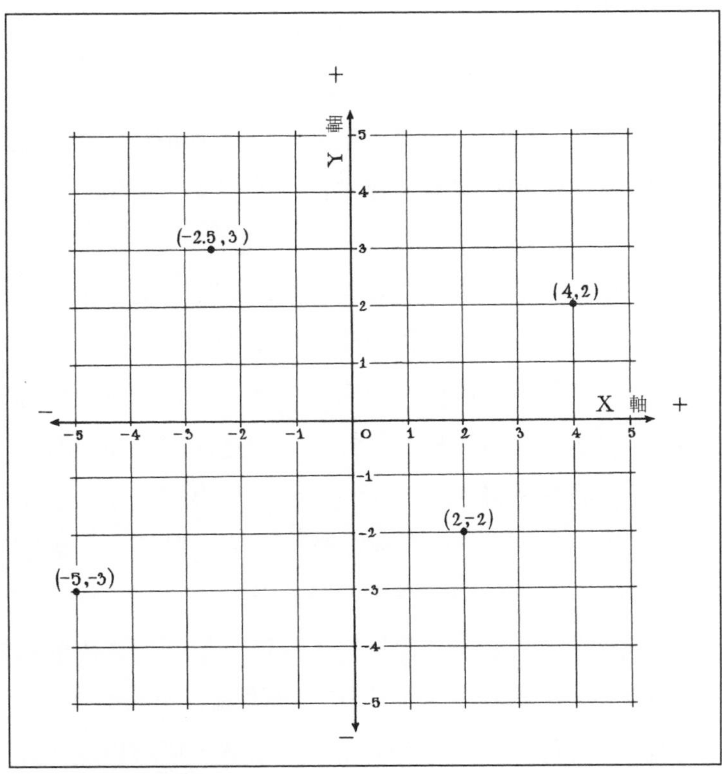

圖二十：笛卡兒坐標

幾何學的人都看過它，它是在括弧內的數字集合，代表空間中「點」的位置。譬如說：符號（4，2）代表位於右方4單位且上方2單位的一點。但是，相對的基準點是什麼？就是原點零（請見圖二十）。

笛卡兒領悟到他不可能由1開始標示那兩條參考線（或稱軸線），否則就會遇到像當年聖比得修補曆法時所出現的問題。然而，他和聖比得不一樣，他所居住的時代背景是阿拉伯數字普及的環境，所以，他開始由零開始計數。在坐標系統的中心點——也就是兩條軸交叉之處——坐落著零。原點（0，0）是笛卡兒坐標系統的基礎。（笛卡兒所使用的標記與我們現今所使用的標記稍有不同。其中一項是，他沒有將坐標系統延伸到負數，雖然他的同僚不久就幫他加上這一部分。）

笛卡兒很快地領悟到這個坐標系統的威力有多大。他使用坐標系統把圖形與形狀轉換成方程式與數字；每一個幾何物件——正方形、三角形、曲線——都可以在笛卡兒坐標系統上以方程式（一種數學的關係式）表達出來。舉例來說：一個圓心在原點的圓可以用$x^2+y^2-1=0$的點集合表示；拋物線可以用$y-x^2=0$的形式表達。笛卡兒統一了數字與圖形。西方幾何的藝術與東方代數的藝術不再是不相干的領域。它們是同一回事，也就是說，每個圖形都可以用簡單的$f(x, y)=0$的方程式表達出來（請見圖二十一）。

對笛卡兒而言，零也包含在神的領域，無限也是如此。因為舊有的亞里斯多德教義已經粉碎了，出身於耶穌會的笛

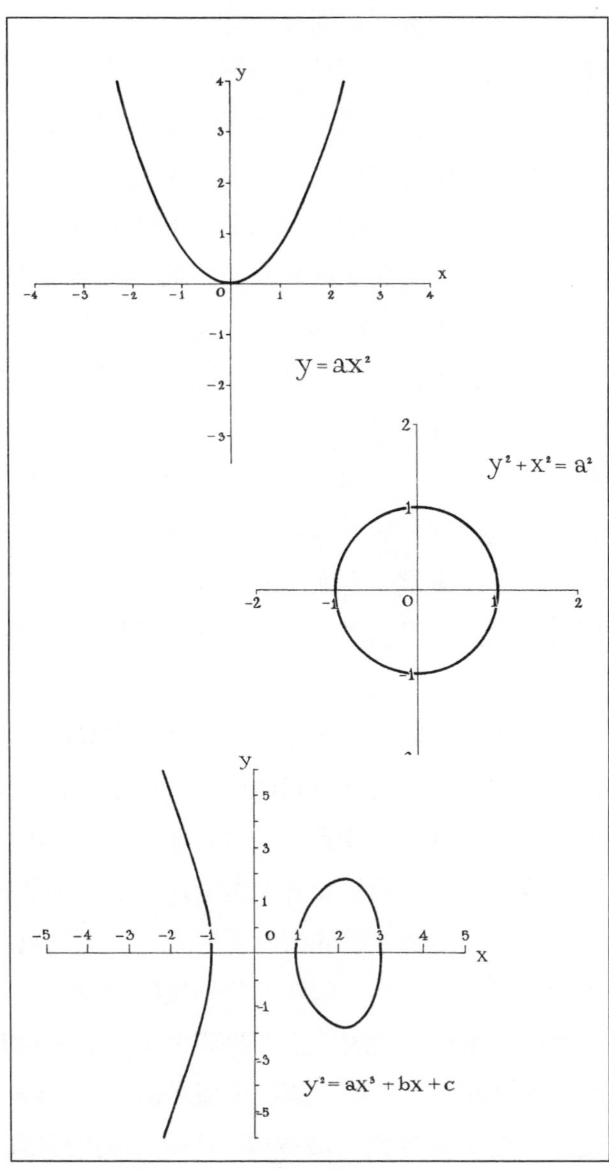

圖二十一：拋物線、圓及橢圓曲線

卡兒，想要使用零與無限重新證明神的存在。

和前人一樣，笛卡兒假設沒有任何事物（甚至包括知識在內）可以從空無中創造出來；這意味著所有的信念與想法——所有的哲學、所有的概念、所有未來的發明——在出生時就已經存在人類的頭腦中了。學習只不過是解開事先烙印在腦中的宇宙定律的密碼。既然我們的腦中已存在無限多的完美概念，那麼這位無限、完美的本體——神——必然存在。所有的生物都不是神；他們是有限的。大家都處於神與零之間，是無限與零的組合。

雖然零在笛卡兒的哲學觀中一再出現，但他終其一生都堅持空無（終極的零）並不存在。笛卡兒深受反宗教改革的影響，他在教會最倚重亞里斯多德信條的時代學習亞里斯多德的哲學觀。因此，已被灌輸亞里斯多德哲學觀的笛卡兒，拒絕真空的存在。

這是個兩難的立場；笛卡兒必定留意到完全拒絕真空所造成的抽象問題。他後來寫下對於原子與真空的想法：「針對這些彼此矛盾的東西，我們可以肯定地說，它們不可能發生。然而，我們不該拒絕接受神能做到這些事，如果祂要改變自然律的話。」就像之前的中世紀學者，笛卡兒也相信沒有任何東西可以直線移動，因為如此一來會造成真空。他認為宇宙萬物的行徑都是圓的，這正是亞里斯多德式的思考方式。然而，空無在不久之後就讓亞里斯多德永遠下台。

即使在今日，孩童們也被教導：「大自然憎惡真空。」儘管老師們不見得了解這句話語出何處。它是亞里斯多德哲學觀的延伸：真空並不存在。如果某人試圖要創造真空，大自然會付上所有的代價避免它的發生。伽利略的學生伊凡傑利斯塔・托里切利（Evangelista Torricelli）證明了以上的論點是不正確的——他製造了第一個真空。

義大利的工人使用一種唧筒，它很像一個大型的注射器，把水由井裏或水道中汲取出來。唧筒是由一根管子與密合的活塞組成，管子的底端放在水中，當這個活塞被拉高時，水位會隨著活塞上升。

伽利略聽說這些唧筒有個問題：它們只能使水升高三十三英尺。到了這個水位，活塞會繼續升高，但是水位不變。這是個古怪的現象，伽利略把這個問題交給他的學生托里切利。於是，托里切利開始做實驗，想要找出造成唧筒奇怪限制的原因。在一六四三年，托里切利拿了一根一端封閉的長管，然後裝滿水銀。他倒置這根管子，把開口端放入一個裝滿水銀的器皿。如果托里切利在空氣中倒置這根管子，水銀一定會流出來，它很快就會被空氣所取代，不會製造出真空。但是，當它倒置在裝滿水銀的器皿內，如果自然真的那麼憎惡真空，水銀勢必要保持原狀，才不會製造出真空。但水銀並沒有保持原樣；它往下沉了一些，管子上方出現了一段空間。在那段空間中有什麼東西？無。這是歷史上首次有人製造出一個持續真空的狀態。

不管托里切利使用什麼容積的管子，水銀總是下沉到距離器皿中水銀面上方三十英寸高的地方。或者，我們以另一個角度來看，水銀只上升三十英寸，自然只憎惡真空到三十英寸的地方。這需要一位反對笛卡兒的人來解釋此現象背後的原理。

一六二三年，笛卡兒廿七歲，後來變成笛卡兒對手的布萊斯・巴斯卡（Blaise Pascal）才剛出生。巴斯卡的父親艾提恩（Étienne）是一位科學家兼數學家；虎父無犬子，巴斯卡也是一位天才人物。他年輕的時候就發明了一種機械式的計算器，叫做巴斯卡輪（Pascaline，採用齒輪旋轉的進位方式），這是在電子計算機發明之前，工程師們所使用的計算器。

巴斯卡二十三歲那一年，他的父親在冰上滑一跤，摔斷了大腿骨。他當時受到詹森派教徒（Jansenist）的照顧。詹森教派屬於天主教的一支，他們是建立於強烈反對耶穌會的基礎之上。不久，巴斯卡全家都被說服了，於是巴斯卡就成為一位反耶穌會者，一位反－反宗教改革者。新的信仰並不能讓這位年輕的科學家感到快意自在。詹森主教是這個支派的建立者，他宣稱科學是有罪的；對大自然的好奇心就像情慾。幸運的，巴斯卡的情慾曾一度高過他的宗教熱情，他使用科學闡明真空的秘密。

大約在巴斯卡接受信仰的時候，艾提恩的朋友（一位軍方的工程師）來拜訪他們，並且重複托里切利的實驗給他們看。巴斯卡被深深吸引住，並且開始自己做實驗，使用水、酒精及其他的液體。實驗結果《有關真空的新實驗》（*New experiments concerning the vacuum*）在一六四七年發表。這份著作留下一個尚未解答的問題：為什麼水銀只升高三十英寸，而水卻升高三十三英尺？當時的理論想要拼湊亞理斯多德哲學的殘留碎片，宣稱大自然對真空的厭惡是「有限」的；它只摧毀某一數量的真空。巴斯卡的想法則不同。

一六四八年秋天，巴斯卡全憑直覺，要求自己的妹夫帶著一根裝滿水銀的管子爬上山。在山頂，水銀上升的高度不到三十英寸（請見圖二十二）。是否在山頂上，大自然受到

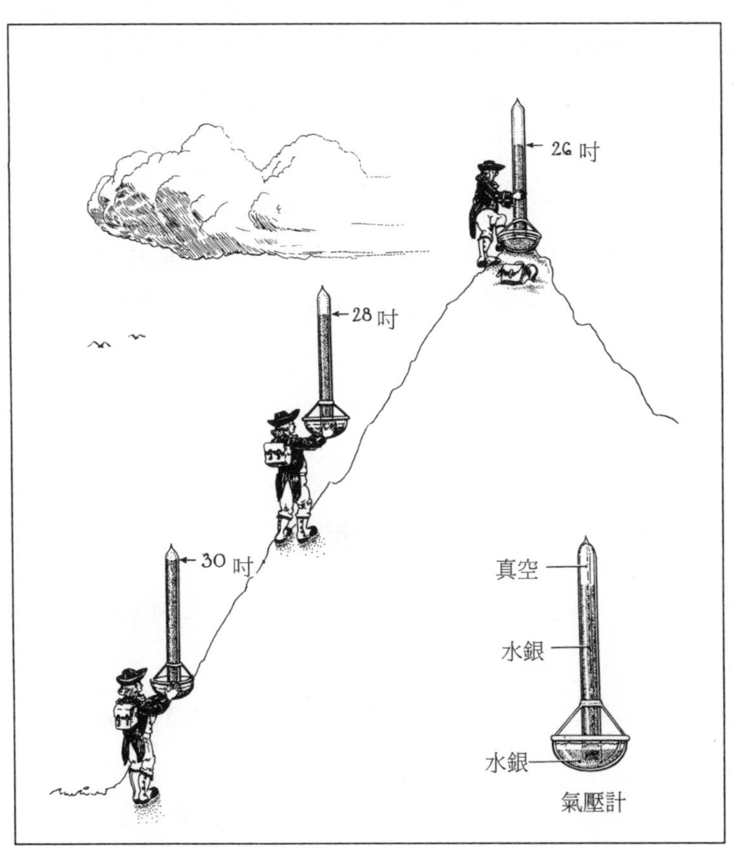

圖二十二：巴斯卡的實驗

真空的威脅比山下少？

對巴斯卡而言，這個奇妙的現象證明了導致水銀上升的原因不是大自然對真空的憎惡，而是空氣的重量壓迫器皿裏的水銀擠進管子裏。「大氣壓力」壓在器皿中的液體上（它可能是水銀、水或酒精），使管內的液體升高，就好像擠壓牙膏的底部，管子裏的物質就會流出來一樣。因為大氣壓力並不是無窮大，它只能把水銀擠到三十英寸的高度。而在山頂上，空氣較稀薄，所以水銀無法上升到三十英寸。

這裏有一點相當微妙：真空不會吸，而是大氣的擠壓。巴斯卡的實驗推翻亞里斯多德「大自然憎惡真空」的主張。巴斯卡寫道：「但是，直到如今，沒有人接納這個觀點；大自然與真空之間並沒有抵觸，不需要避免它，承認真空是件毫不費力的事。」亞里斯多德被打敗，科學家們停止害怕空無，並且開始研究它。

巴斯卡這位虔誠的詹森派教徒在零與無限中證明神的存在。他以世俗的方式證明。

信仰的賭注

> 什麼是人類的本質？和無限相關的空無，和空無相關的萬物；人類的本質是空無與萬有的平均值。
>
> ——巴斯卡，《沉思錄》（*Pensées*）

巴斯卡是一位數學家，也是一位科學家。在科學的領域，巴斯卡研究真空——自然中的空無。在數學的領域，巴斯卡協助發明了數學中的新支派：機率理論。當巴斯卡把機率理論與零及無限連結起來時，他找到了上帝。

機率理論的發明是為了幫助富有的王公貴族們在賭博時能夠贏更多錢。巴斯卡的理論極其成功，但是他的數學生涯並不長。一六五四年十一月二十三日，巴斯卡曾有一段深刻的心靈體驗。也許是詹森教派的反科學信念在他的心中日益壯大，但是不管真正的原因是什麼，巴斯卡新建立的信仰使他完全放棄數學與科學。（四年後曾有一段例外時期，當時他因為牙痛睡不著覺。於是，他開始做數學，痛苦就緩和多了。巴斯卡認為這表示神不會不喜歡他的研究。）他變成一位神學家——但是，他無法脫離自己世俗的過去。即使在討論神存在的問題時，他還是脫離不了好賭的法國人本性。巴斯卡主張人最好要相信神，因為這是個聰明的賭注。真的！

就像他分析賭博值（或期望值）一樣，巴斯卡分析了接受基督為救主的期望值。由零與無限的數學觀點，巴斯卡下了一個結論：人應該假設有神存在。

在下賭注之前，你可以很容易地分析每個大同小異的賭博。假設有兩個信封，分別做記號A和B。在你打開信封前，必須先擲硬幣決定哪個信封裏面有錢。如果擲硬幣的結果是人頭的話，信封A裏面會有一張全新的一百元鈔票。如果擲硬幣的結果是背面的話，信封B裏面有錢——但是，有一百萬元。那麼你要選擇哪一個信封？

當然要選信封B啦！因為它裏面的金額大得多。如果使用機率理論中的「期望值」來解釋，就不難理解這個觀念。

期望值是我們對每個信封的預期價值。

信封A裏面不一定有一百元鈔票；它有價值，因為它裏面可能有錢，但是不見得有一百元那麼多，因為你並不是完全肯定信封裏面一定有東西。事實上，數學家可能會列出信封A裏所有可能的錢數，然後乘上每個結果的機率：

贏得＄0的機率是1／2	1／2×＄0	＝ ＄0
贏得＄100的機率是1／2	1／2×＄100	＝ ＄50
	期望值	＝ ＄50

數學家會下結論：信封A的期望值是＄50。同時，信封B的期望值是：

贏得＄0的機率是1／2	1／2×＄0	＝ ＄0
贏得＄1,000,000的機率是1／2	1／2×＄1,000,000	＝＄500,000
	期望值	＝＄500,000

所以，信封B的期望值＄500,000是信封A的期望值的一萬倍。顯然，如果你有權從這兩個信封選擇，最聰明的抉擇是選信封B。

巴斯卡的賭注和這個例子一模一樣，除了他所使用的是不一樣的信封：基督徒與無神論者。（事實上，巴斯卡只研究了基督徒一方，而無神論者是以相同的邏輯延伸。）為了討論，我們暫且假設神存在的機率是百分之五十。（當然啦！巴斯卡在此假設的是基督教的神。）現在，選擇基督徒信封等於選擇虔誠的基督徒。如果你選擇了這條路徑，則有兩種情況可能會發生。如果你是忠誠的基督徒而並沒有神的存在，當你死的時候，你就消失成空無。但是，如果神是存在的，你就可以上天堂，享受永生的極樂：無限。所以，做基督徒的期望值是：

消失成空無的機率是1／2	1／2×0	＝	0
上天堂的機率是1／2	1／2×∞	＝	∞
	期望值	＝	∞

畢竟，無限的一半仍舊是無限。因此，做基督徒的期望值是無限。現在，如果你是無神論者，結果會是什麼？如果你是正確的，也就是神並不存在，那麼正確並沒有為你帶來任何好處。畢竟，如果沒有神，自然就沒有天堂。但是，如果你錯了，神是存在的，你就會永世下地獄：負無限。所以，無神論者的期望值是：

消失成空無的機率是1／2	1／2×0	＝	0
下地獄的機率是1／2	1／2×－∞	＝	－∞
	期望值	＝	－∞

負無限！這是你所能得到最糟糕的數值。聰明人無疑地會選擇信仰基督，而不會選擇無神論。

但是，我們這裏有個假設——神存在的機率是百分之五十。要是神存在的機率是千分之一，結果會如何呢？做基督徒的數值會是：

消失成空無的機率是999／1000	999／1000×0	＝	0
上天堂的機率是1／1000	1／1000×∞	＝	∞
	期望值	＝	∞

答案還是一樣：無限，而無神論者的期望值還是負無限。還是做基督徒比較好。如果機率是1／10000或1／1000000或1／極大數量，它的結果還是一樣。唯一的例外是零。

如果神存在的機率是零的話，巴斯卡著名的賭注就沒有意義了。做基督徒的期望值會是0×∞，這就成了胡言亂語。然而，沒有人願意說神存在的機率是零。不管你的觀點如何，相信神總是上上之選。這都是拜神奇的零與無限所賜。巴斯卡當然知道該押哪個賭注，甚至他以放棄數學來贏得人生的賭注。

無限的零與不虔敬的數學家

（零與科學革命）

由於無窮小與無窮大的出現，一向合乎嚴謹道德觀的數學，失去上帝的恩寵……數學的絕對正確與無可反駁的聖潔地位從此一去不返；數學進入爭論時期，大多數人計算微分或積分不是因為他們了解自己在做什麼，而是基於純粹的信心，因為到目前為止答案總是對的。

——弗萊德里奇・恩格斯（Friedrich Engels）

《反杜林》（*Anti-Duhring*）

零與無限摧毀了亞里斯多德的哲學觀；空無與無窮的宇宙消滅了堅殼宇宙學說與自然憎惡真空的觀念。古代的智慧被揚棄，科學開始發現大自然運行的定律。然而，科學革命遇見了一個麻煩：零。

科學界極具影響力的工具「微積分」的深處有個矛盾。發明微積分的艾查克・牛頓（Isaac Newton）與格特弗瑞德•萊布尼茲(Gottfried Wilhelm Leibniz)藉著除以零與加上無窮多的零，創造了有史以來最有威力的數學方法。這兩種做法都違反數學規則，就像1＋1等於3一樣。微積分公然挑戰數學的邏輯，接受它是一種信心的跳躍。科學家們掌握了這個跳躍，因為微積分是大自然的語言。為了要完全了解這個語言，科學必須要征服無窮多的零。

無限的零

> 在千年的沉睡之後，當歐洲的思想從天主教教父巧妙灑下的安眠藥粉中甦醒過來，無限是首先覺醒的問題。
>
> ——但茲格，《數字：科學的語言》

季諾的咒詛威脅著數學長達兩千年之久。阿奇里斯似乎註定一輩子都得追趕那隻陸龜，怎麼追也追不上。無限潛伏在季諾的簡易謎題中。希臘人被阿奇里斯的無窮步伐難倒。儘管阿奇里斯的步伐大小逐漸趨近零，希臘人卻從來沒有想到要把這些長度加起來；沒有零的觀念，希臘人根本沒有辦法把趨近於零長度的步伐加起來。然而，一旦西方接納零，數學家開始馴服無限，結束阿奇里斯的賽跑。

雖然季諾的數列有無窮的步伐，但我們可以把這些步伐的長度都加起來，結果仍舊是個有限的數字：

1＋1／2＋1／4＋1／8＋1／16＋……＝2

第一個把無限的項目加起來得到有限值的人是十四世紀英國邏輯學家理察・蘇西茲（Richard Suiseth）。他列出一個無限多項的數列：

1／2，2／4，3／8，4／16，……，n／2n，……

然後把這些項目加起來，得到答案2。我們可能會天真地猜想，只要數列中的數目逐漸趨近於零，就能保證無窮項的總和一定是有限的數目。哎呀！無限可不是那麼簡單的事。

大約在蘇西茲寫下自己的發現的同時，法國數學家尼古拉斯・奧雷斯姆（Nicholas Oresme）也試圖要針對另一個無窮數列做加法運算，這個數列就是所謂的調和數列：

1／2＋1／3＋1／4＋1／5＋1／6＋……

這個數列就像季諾與蘇西茲的數列一樣，所有的項目愈來愈趨近於零。然而，當奧雷斯姆想要把這些項目依序加起來的時候，他發現總和愈來愈大。雖然每個項目愈來愈趨近於零，但總和卻往無窮大的方向進行。奧雷斯姆把這些項目分堆加起來：

1/2＋（1/3＋1/4）＋（1/5＋1/6＋1/7＋1/8）＋……

第一組的答案明顯是1/2；第二組的總和大於（1/4＋1/4），或1/2。第三組的總和大於（1/8＋1/8＋1/8＋1/8），或1/2，以此類推。1/2加1/2，再加1/2……結果總和愈來愈大，直到無窮大。即使這些項目愈來愈趨近於零，但它們接近的速度顯然不夠快。即使數列趨近於零，這個數列的總和也可能會是無窮大。然而，這還不是無窮數列總和最奇怪的地方。即使是零自己也脫離不了這奇怪的無限性質。

以這個數列來說：

1－1＋1－1＋1－1＋1－1＋1－……

要說明這個數列等於零，一點也不困難。因為

（1－1）＋（1－1）＋（1－1）＋（1－1）＋（1－1）……

就等於0＋0＋0＋0＋0＋……，零的總和一定是零。但是，要小心！如果我們把這個數列以不同的方式分組：

1＋（－1＋1）＋（－1＋1）＋（－1＋1）＋……

就等於1＋0＋0＋0＋0＋0＋……，它的總和很明顯是1。無窮多的零的總和可以同時等於0或1。義大利神父桂多・葛蘭第（Guido Grandi）甚至使用這個數列證明宇宙（1）是由空無（0）中產生的。事實上，這個數列可以等於任何東西。如果要得到總和5，我們以5及－5代替1及－1，然

後，我們就可以證明0＋0＋0＋0＋……等於5。

把無窮多的東西加起來可能會產生異常的矛盾結果。有時候，這些無窮項目趨近於零，總和是有限的數字，像2或53。但是有時候，總和可能會趨近於無窮大。無窮多的零的總和可能會同時等於任何數目——或任何事。這是個奇怪的現象；沒有人知道該如何駕御無限。

幸運的，真實世界比數學容易理解些。把無窮多的東西加起來似乎在大部分時候都會有好結果，只要你是處理現實生活的事件，譬如：計算一桶酒的體積。西元一六一二年是酒的大豐年。

那一年，克卜勒（就是發現行星軌道是橢圓形的人）看著那些酒桶，他發現葡萄酒商人和製桶匠用來測量酒桶大小的方法十分粗略。為了幫助那些賣酒的商人，克卜勒在想像中將酒桶切割成無限多的小部分，然後把它們加起來，得到桶子的總體積。這個測量酒桶的方法看起來好像有點落伍；但這是個聰明的主意。

為了更容易解釋問題，讓我們以二維空間的物件代替三維空間做為例子。在圖二十三中，三角形的底是8，高也是8；因為三角形的面積是長乘以寬的一半，所以這個三角形的面積是32。

現在，假設我們要以內接長方形的方法來測量三角形的面積。如果內接一個長方形，得到面積16；這答案與正確的面積相差很遠。內接三個長方形的結果稍有進步；它們的面積總和是24。接近了一些，但是還不夠好。內接七個長

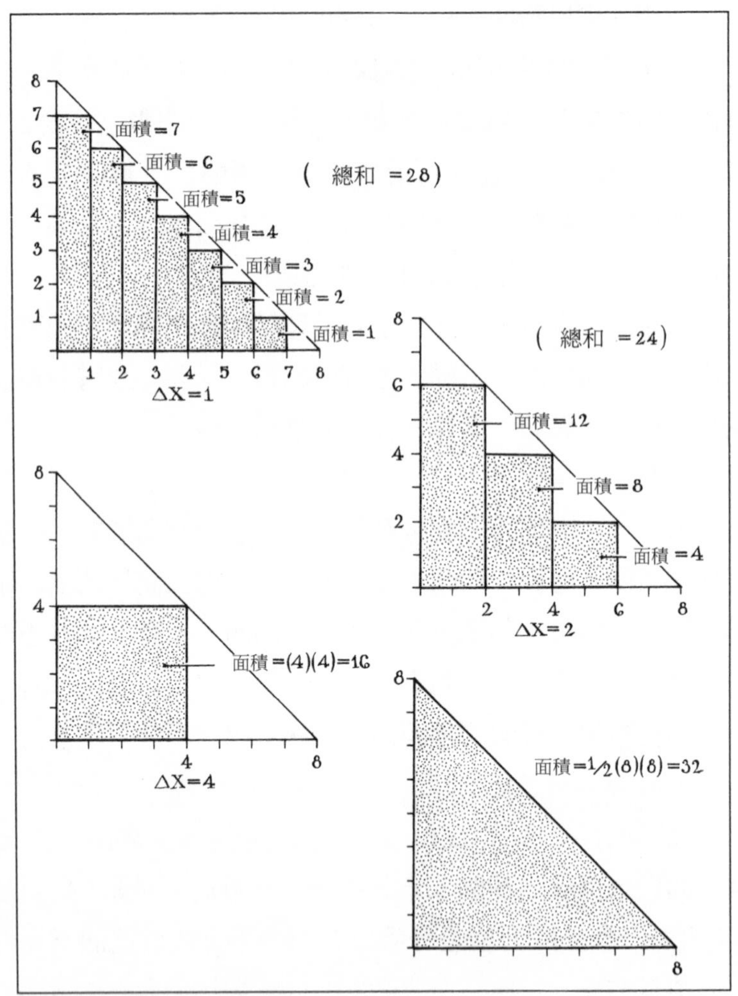

圖二十三：測量三角形面積

方形的結果是28——又近了些。誠如所見，這些長方形的寬度（我們以Δx符號表示）愈趨近於零，長方形的面積總和就愈接近正確的面積32。（這些長方形的總面積等於Σ

$f(x)\triangle x$，在這裏希臘文Σ代表某個範圍之內的總和，而$f(x)$是長方形的高度所形成的曲線。在現代的記號中，當$\triangle x$趨近零時，我們以新的符號∫代替Σ，並且以dx代替$\triangle x$。於是，方程式變成$\int f(x)dx$，也就是積分。）

克卜勒有個較鮮為人知的著作《酒桶體積的測量》（*Volume-Measurement of Barrels*），他以三維空間計算這個問題。他先把桶子分割成平面，然後把平面加起來。至少，克卜勒並不擔心一個明顯的問題，那就是當$\triangle x$趨近零時，總和是否等於無窮多的零相加——一個沒有意義的結果。克卜勒略過這個問題；雖然以邏輯的角度來看，無窮多的零相加根本沒有意義，但是他的計算結果是正確的。

克卜勒不是唯一一位把物件切割成無限薄片的傑出科學家。伽利略也曾仔細思考過無限與無窮多的小面積。這兩個觀念超越了當時人們的有限思考，他寫著：「前者是由於它們的廣大，而後者是出於它們的微小。」雖然無限的零是個奧秘，但伽利略感受到它們的威力。「要是它們聚集起來會變成什麼樣子？」他暗想著。伽利略的學生柏納凡都拉・卡瓦列里（Bonaventura Cavalieri）提供了部分的解答。

卡瓦列里不是切割酒桶，他切割幾何物件，比如將三角形無窮分割成寬度等於零的線條，或將體積無窮分割為高度等於零的平面。這些小得不能再小的直線與平面就和原子一樣，無法再分割。就像克卜勒以薄平面的方法測量酒桶體積一樣，卡瓦列里以無窮多的不可分割的零，計算幾何物件的面積或體積。

對幾何學者而言，卡瓦列里的方法實在有些麻煩。將無窮多的線條（零面積）相加，並不能產生一個三角形的平面；把無窮多的平面（零體積）加起來，也不能產生一個三維空間的結構體。這是同樣的問題：無限多的零不合邏輯。然而，卡瓦列里的方法總是導出正確的答案。數學家略過無窮多的零相加所造成的邏輯與哲學問題（尤其是不可分割與無窮小），然而他們終於解決了一個存在已久的難題：正切線的問題。

正切線是一條直線，恰恰觸及一條曲線。對一條平滑曲線上的任何一點而言，只有一條直線會擦過曲線，恰恰觸及這一點。這條線就是切線，數學家領悟到切線在研究物體的運動時是非常重要的概念。舉例來說，假設在一條線的尾端繫上一粒小球，並在你的頭部上方甩圈，則這粒球的軌跡是圓形的。然而，如果你突然剪斷這條線，球便會沿著切線方向飛出；同樣的，棒球投手投球時以一種弧度擺動手臂，而當他投出球的那一剎那，球會沿著切線飛出（請見圖二十四）。另一個例子，如果你想知道一顆球最後會停在山谷中的什麼位置，你只要尋找切線呈水平的那一點就對了。切線的傾斜程度（斜率）在物理上具有重要的性質。舉例來說：假設你以一條曲線代表腳踏車的位置，那麼在任何一點的切線斜率可以告訴你腳踏車在這一點的速度。

因此，好幾位十七世紀數學家，像：托里切利、笛卡兒、法國的皮爾・費馬（Pierre de Fermat，以「費馬最後定理」聞名於世）及英國的艾查克・巴羅（Isaac Barrow），都

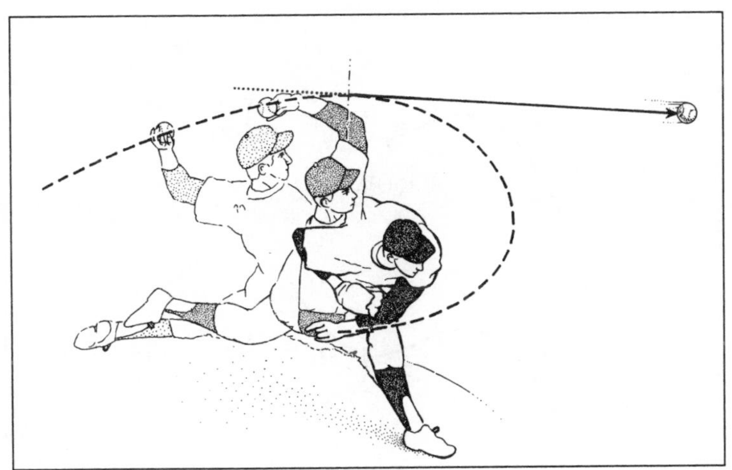

圖二十四：沿著切線方向飛出

分別發明了不同的方法，計算曲線上任一點的切線。然而，和卡瓦列里一樣，他們都遇到無窮小的問題。

若想在曲線上的某一點畫出一條切線，你最好先推論一下。你可以選擇鄰近的另一點，然後連接這兩個點。此時你所得到的線並不是你要的切線，但是如果這條曲線是平滑的，這兩條線會十分接近。兩點的距離愈近，這條線就愈接近切線（請見圖二十五）。當這兩點的距離為零的時候，這條線就達到理想——你找到切線了！當然，這裏有個問題。

斜率是一條線最重要的性質。為了要測量斜率，數學家會觀察這條線在某段已知的長度所上升的高度。舉個例：假設你在斜坡上往東開車；每往東開一英里，車子的高度就上升半英里。此時，斜坡的斜率就是高度（半英里）除以水平距離（一英里）。數學家會說這個斜坡的斜率是1／2。直線

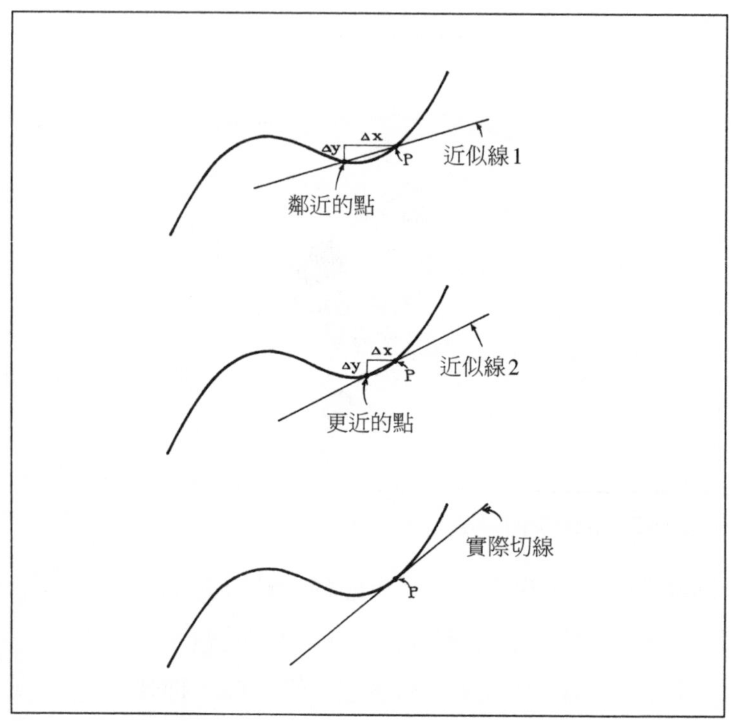

圖二十五：尋找切線

也是如此；要測量一條線的斜率，就要看這條線在已知的水平長度範圍內（數學家以△x的符號代表），上升多少高度（以△y的符號代表）。這條線的斜率就是△y／△x。

當你試圖計算切線的斜率時，零會破壞你的推近過程。你的近似線愈接近切線，你取的那兩點就愈靠近。這代表高度△y以及水平距離△x都趨近於零。當近似線愈來愈趨近切線時，△y／△x就愈來愈趨近0／0。零除以零可以等於宇宙中任何一個數字。這條切線的斜率有任何意義嗎？

每一回數學家嘗試處理無限與零的時候，他們就遇到不合邏輯的困擾。為了要測量出酒桶的體積或拋物線之下的面積，數學家將無窮多的零加在一起；為了要找到曲線的切線，他們讓零除以零。零與無限使得測量切線及體積的運算變得自相矛盾。要不是因為無限與零是了解自然的關鍵，這些麻煩可能會就此打住，只成為一個有趣的註腳。

零與神祕的微積分

> 如果我們撩起面紗，瞧瞧面紗下有什麼，我們會發現許多空洞、黑暗及混亂；甚至，如果我沒弄錯，這些正是不可能與矛盾。它們既不是有限的量，也不是無窮小的量，更不是空無。我們能不稱它們為已逝量的幽靈嗎？
>
> ——柏克萊主教（Bishop Berkeley），
>
> 《分析者》（*The Analyst*）

切線問題與面積問題都陷在無限與零的困境中。這一點也不奇怪，因為切線與面積實際上是同樣一碼事；它們都是微積分的問題，而微積分是有史以來最有威力的科學工具。舉例來說：望遠鏡提供科學家尋找過去從未觀察到的衛星與恆星。另一方面，微積分則提供科學家表達天體運行定律的方法——這些定律最終可以顯示出衛星與恆星是如何形成的。微積分是大自然的語言，然而它的結構卻充滿著零與無限，幾乎摧毀這個新的工具。

第一個發現微積分的人幾乎在他出生前就沒了命。一六四二年的聖誕節，牛頓倜促不安地來到這個世界。他是個早產兒，出生的時候小到可以放入一個一夸脫的鍋子中。他的父親是位農夫，在牛頓出生前兩個月去世。

雖然他的童年充滿創傷（註一），而且他的母親要他做個農夫，但是牛頓在一六六〇年左右進入劍橋大學就讀，並且極為活躍。在一、兩年之內，他發展了一系列解決切線問題的方法；他可以計算出任何曲線上任何一點的切線。這個過程現在被稱為微分，是微積分的前半部；然而，牛頓的微分方式與我們今日所使用的微分方法不盡相同。

牛頓的微分是基於流數（fluxion）與流（fluent）的概念。以方程式$y = x^2 + x + 1$為例，x與y是流。牛頓假設x值與y值會隨著時間而不斷改變（或流動）。它們的改變速率（也就是流數）分別以$\dot{x}$與$\dot{y}$表示。

牛頓的微分方法是基於一個訣竅：他讓流數改變，但是他只容許它們微量的改變。實際上，他根本就不讓它們有時間可以流動。在牛頓的符號中，當x改變到（$x + o\dot{x}$）時，y也在一瞬間改變到（$y + o\dot{y}$）。（符號o代表經過的時間；它趨近於零，但不等於零。）於是，這個方程式變成

$$(y + o\dot{y}) = (x + o\dot{x})^2 + (x + o\dot{x}) + 1$$

把（$x + o\dot{x}$）^{2}的項目乘開，我們可以得到

註一：牛頓三歲那一年，他的母親再嫁，搬離開家。牛頓並沒有跟隨母親與繼父。之後，他和母親也少有聯絡；除非你揚言要放火燒死他的母親與繼父。

$$y + o\dot{y} = x^2 + 2x(o\dot{x}) + (o\dot{x})^2 + x + o\dot{x} + 1$$

重新整理上面的方程式，可以得到

$$y + o\dot{y} = (x^2 + x + 1) + 2x(o\dot{x}) + 1(o\dot{x}) + (o\dot{x})^2$$

因為$y = x^2 + x + 1$，我們可以在等式的左邊刪除y，右邊刪除$x^2 + x + 1$，其餘項目不變。於是得到

$$o\dot{y} = 2x(o\dot{x}) + 1(o\dot{x}) + (o\dot{x})^2$$

接下來就是技巧所在：牛頓宣稱$o\dot{x}$的數值非常小，所以$(o\dot{x})^2$的數值更小；在本質上，它等於是零，可以被忽略。於是，我們導出

$$o\dot{y} = 2x(o\dot{x}) + 1(o\dot{x})$$

這意味著$o\dot{y} / o\dot{x} = 2x + 1$，也就是曲線上任何一點的切線斜率（請見圖二十六）。無窮小的時間片段o可以消去，於是$o\dot{y} / o\dot{x}$變成$\dot{y} / \dot{x}$，從此我們不需要考慮o。

這個方法導出正確的答案，但是牛頓的消失策略問題很多。如果像牛頓所堅持的，$(o\dot{x})^2$、$(o\dot{x})^3$或更高次方的項目都等於零，那麼$o\dot{x}$也一定會等於零（註二）。另一方面，如果$o\dot{x}$是零，那麼除以$o\dot{x}$就像除以零一樣；而消去$o\dot{y} / o\dot{x}$的分子與分母的o也是，在數學的邏輯中，除以零是不合邏輯的。

牛頓的流數法疑點重重。這個方法取決於一個不合邏輯

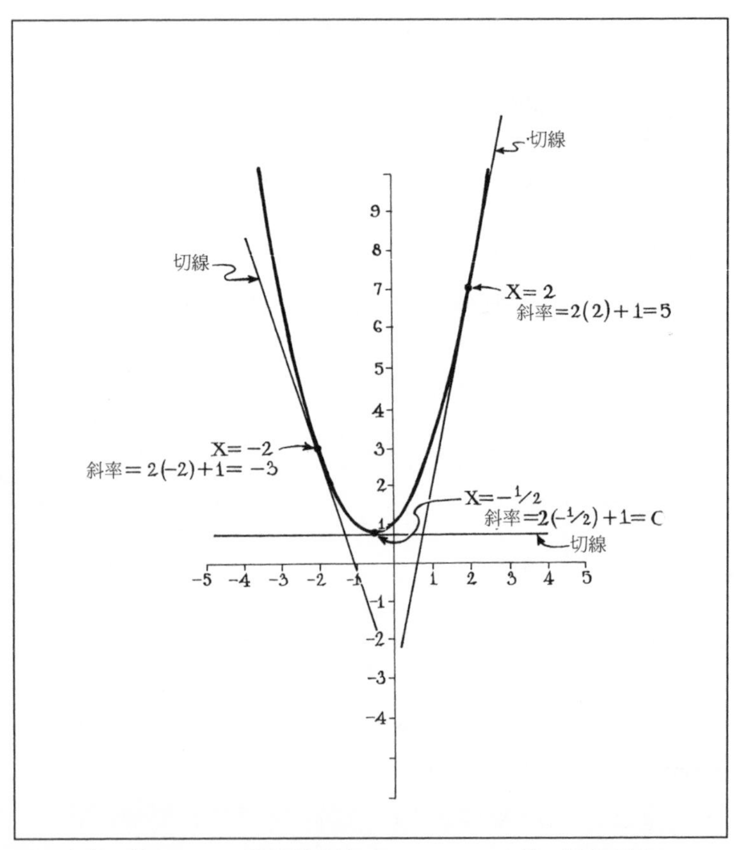

圖二十六：使用2x＋1計算拋物線y＝x²＋x＋1上某一點的斜率。

的運算，但是它有極大的優勢：它的結果是正確的。流數法不僅解決切線的問題，也解決了面積問題。計算一條曲線（或一條直線，直線也是曲線的其中一個類型）之下所覆蓋

註二：如果兩個數字的乘積是零，那麼這兩個數字之中至少有一個數字是零。（以數學式表達就是：若ab＝0，則a＝0或b＝0。）這代表如果$a^2＝0$，那麼aa＝0，因此a＝0。

的面積（這個運算我們現在稱為積分），事實上是微分的倒轉運算。

就像計算曲線$y = x^2 + x + 1$的微分可以得到切線方程式$y = 2x + 1$一樣；計算曲線$y = 2x + 1$的積分，可以得到曲線下的面積。這個面積的公式是$y = x^2 + x + 1$；所以，在$x = a$到$x = b$的範圍之內，曲線下的面積是（$b^2 + b + 1$）－（$a^2 + a + 1$）（請見圖二十七）。（嚴格地說，公式是$y = x^2 + x + c$，而c是任意常數。微分的過程會毀掉資訊，所以積分無法得到確切的答案，除非你附加其他條件。）

微積分是兩種工具——微分與積分——的組合。雖然牛頓使用零與無限，打破了一些重要的數學規則，但微積分的威力是那麼強大，以致於沒有任何的數學家可以拒絕它。

方程式是大自然的語言。這是很奇怪的巧合。數學的規則建立於數羊與測量，而這些規則也主宰著宇宙的運行。方程式可以描繪出大自然的定律，就某種意義來說，方程式是讓你代入一個數，然後得到另一個數的簡易工具。

古代人知道一些定律方程式，譬如槓桿原理，然而因著科學革命的萌芽，這些定律方程式開始在各種領域出現。克卜勒第三定律描述行星繞行軌道一圈所需的時間：$r^3 / t^2 = k$（t是時間，r是距離，k是常數值）。一六六二年，羅伯特・波以耳（Robert Boyle）證明：如果有一個裝滿氣體的密閉容器，擠壓這個容器會使容器內部的壓力增加；壓力（p）乘以體積（v）永遠等於某個常數值，也就是$pv = k$（k是常數）。一六七六年，羅伯特・虎克（Robert Hooke）計

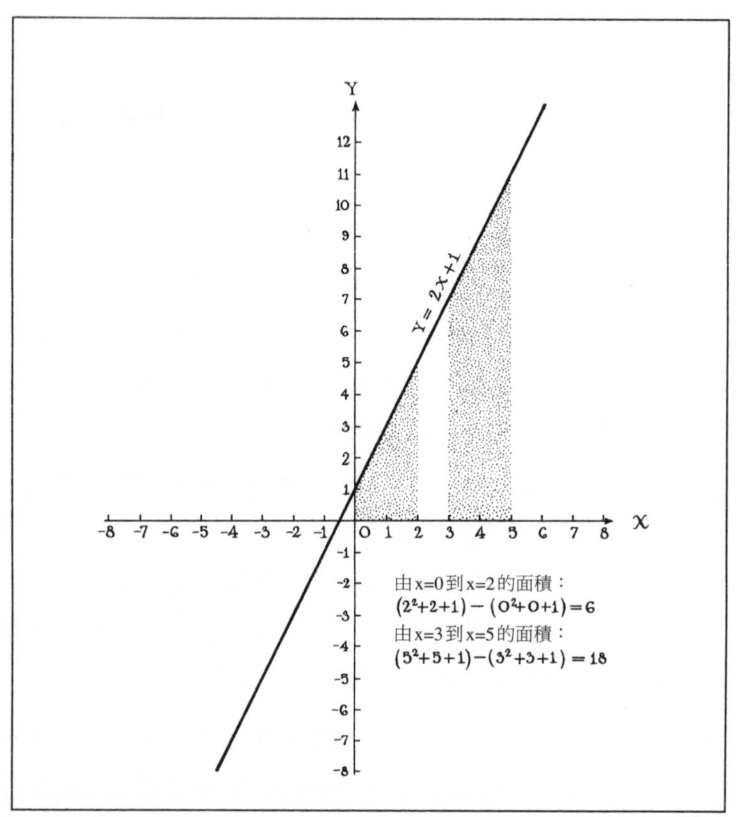

圖二十七：使用公式$y = x^2 + x + 1$計算曲線$y = 2x + 1$下的面積

算出彈簧的彈力強度f等於一個負常數（$-k$）乘以彈簧被拉長的距離（x），也就是$f = -kx$。這些早期的定律方程式在表達簡單的關係時非常好用，但是方程式本身是有限制的；它們的固定不變使它們無法成為普遍定律（universal law）。

舉例來說，讓我們回想中學時代常見的方程式：速率乘以時間等於距離。當你以每小時v英里的速率跑了t小時，這個公式可以計算出你跑了多遠的距離（x英里），也就是vt＝x；每小時跑幾英里乘以跑了幾小時就等於總英里數。當你要計算由紐約搭乘時速120英里的火車到芝加哥要花費多少時間時，這個方程式十分有用。但是，世界上究竟有多少事物像數學問題裏的火車一樣，是以恆速前進的？我們由高處往下丟一個球，它的速度愈來愈快；在這個例子中，公式x＝vt根本不管用。在自由落體的問題中，距離的公式應是$x = gt^2 / 2$，而g是重力加速度常數。另一方面，如果在球上施予逐漸增加的作用力，x也可能等於$t^3 / 3$。速率乘以時間等於距離不是普遍定律，它不能夠應用在所有的情況。

微積分讓牛頓可以結合所有的方程式，組成一套偉大的定律——能夠通用在所有例子及任何情況的定律。有史以來，科學家第一次看到由小的定律組合而成的普遍定律。雖然數學家知道微積分的深層有許多缺陷（乃是由於牽扯到零與無限），但他們欣然接受這個新的數學工具。事實上，普通的方程式無法描述大自然，微分方程式才具有這種能力。微積分是建立與解答微分方程式的必要工具。

微分方程式並不像我們日常生活中所遇見的方程式。一般的方程式像機器一樣，你餵一些數字給它，這個機器就會吐出另一個數字。微分方程式也像機器一樣，但是這回你要餵方程式給這個機器，然後它會吐出一個新的方程式。代入描述狀態的問題方程式（例如：這個球是否以等速度前進，或是否有外力作用在這個球上？），然後你就會得到一個解答方程式（例如：這個球是以直線前進，或以拋物線的軌跡前進）。一個微分方程式掌管所有數不清的定律方程式。微分方程式不像小小的定律方程式，有時行得通，有時行不通；微分方程式總是正確的。它是普遍定律，它讓我們一瞥大自然的規律性。

牛頓的微積分（流數法）把位移、速度及加速度的概念綁在一起，成為普遍定律。牛頓以變數 x 來代表位移，同時他也領悟到速度就是流數，以 $\dot{x}$ 表達（當今的數學家稱之為 x 的導數）。而加速度就是速度的導數，以 $\ddot{x}$ 表達。由位移到速度，再到加速度，或是倒過來，就和微分與積分的過程一樣。有了這個符號系統，牛頓就可以創造一個簡易的微分方程式，來形容宇宙所有物體的移動：$F = m\ddot{x}$，F 代表作用在物體上的力，m 是質量。（事實上，這還不算是普遍定律，因為這個方程式只有在質量 m 是恆定的情況下才適用。更具普遍性的式子是 $f = p$，而 p 是物體的動量。當然啦！牛頓的方程式後來又被愛因斯坦修正。）

如果一個方程式描述出一個物體上的作用力，那麼微分方程式會展現出這個物體的軌跡。例如自由拋落的球，它的軌跡是拋物線；一個沒有摩擦力的彈簧，會持續上下擺動；而有摩擦力的彈簧，則會漸漸停止下來（請見圖二十八）。它們所呈現的結果雖然不同，但是它們的運動都能用同樣的微分方程式表示。

也就是說，如果你知道物體的移動方式，不管它是玩具球或是巨大的行星，微分方程式都可以告訴你作用在這個物體之上的力有多大。（牛頓的成功在於他能夠由描述重力的

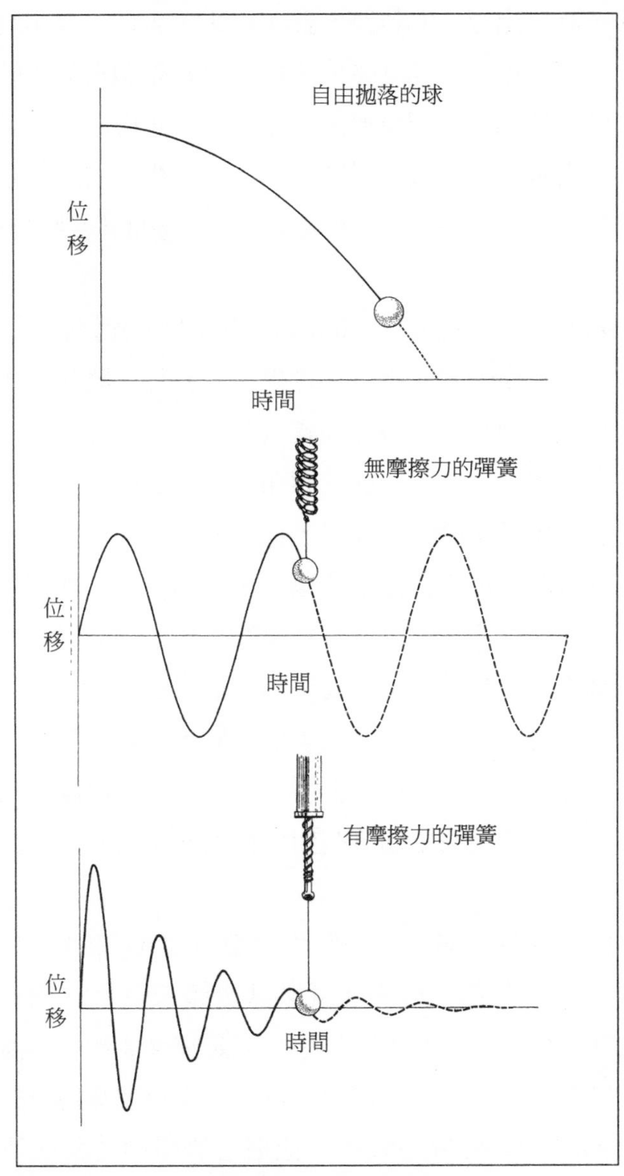

圖二十八：不同的運動都能夠以同樣的微分方程式表示

方程式，計算出行星的軌跡。長久以來，人們一直假設作用力與1／r^2成正比。當牛頓的微分方程式導出橢圓形軌跡時，人們開始相信牛頓所導出的結果才是正確的。）雖然微積分的威力強大，但關鍵問題仍然存在。牛頓的成果是基於一個非常不穩固的基礎——零除以零。牛頓的對手也有相同的瑕疵。

一六七三年，受人尊敬的德國律師兼哲學家萊布尼茲訪問倫敦。他與牛頓兩人將科學世界拆成碎片，雖然他們兩人並沒有解決微積分之中零的問題。

沒有人曉得這位卅三歲的萊布尼茲是否曾經在這次倫敦之行，看到牛頓未發表的成果。但是，當他在一六七六年再次造訪倫敦時，他也發現了微積分，然而他的形式與牛頓稍有不同。

回顧歷史，微積分似乎是萊布尼茲自己想出來的，與牛頓無關。但是在一六七〇年代，他們倆人曾經有聯繫，因此我們很難界定他們是否彼此影響。雖然這兩個理論的結果相同的，但是他們所使用的符號與他們所使用的原理，卻是大不相同。

牛頓不喜歡無窮小，在他的流數方程式中的符號「*o*」有時像零，有時卻不像零。就某種意義來說，它代表無窮小，比任何你說得出的正數都小，但是它又比零大。對那個時代的數學家而言，這個概念很荒謬。牛頓因為自己的方程式中有無窮小而覺得很丟臉，他把它們掃到地毯底下藏起來。*o*在他的演算過程中只是支持整個運算的中間產物，直到計算的末了，它才神祕的消失。相反的，萊布尼茲沉迷於無窮小。牛頓用o$\dot{x}$表示無窮小的x，而萊布尼茲以dx表達。在萊布尼茲的演算過程中，這些無窮小自始至終不曾消失。y / x的導數並不是$\dot{y} / \dot{x}$（消去無窮小的流數比），而是等於無窮小的比值dy / dx。

在萊布尼茲的計算中，dy與dx可以像其他普通的數字一樣進行運算，這就是為什麼現代數學家及物理學家通常使用萊布尼茲的符號，而不使用牛頓的符號。萊布尼茲的微積分與牛頓的微積分威力相當，但是因為所使用的符號，萊布尼茲的微積分還要更勝一籌。然而，在所有的數學架構之下，萊布尼慈的微分方程式還是有牛頓的流數方法中0／0的禁忌問題。只要這個缺陷存在，微積分就是基於信心，而不是基於邏輯。（事實上，當萊布尼茲導出像二進位數字的新數學時，他所憑的就是信心；任何數字都可以用0與1的字串表達。對萊布尼茲而言，這就是creation ex nihilo，也就是宇宙的創造全都出自於神〔1〕與空無〔0〕。萊布尼茲甚至試圖要耶穌會的傳教士使用這套觀念，向中國人傳播基督教的信仰。）

許多年之後，數學家們才開始將微積分由神祕中釋放出來，因為數學界當時陷入誰是微積分發明者的爭執中。

我們毫不猶疑地肯定是牛頓先有這個概念——在一六六○年代——但是他整整廿年沒有發表自己的發明。牛頓是個魔術師、神學家、煉金術士，也是科學家（他曾從聖經經文中下結論，預言耶穌大約會在一九四八年再度降臨）。他有許多看法相當離經叛道，所以他遮遮掩掩，遲遲不願意透露自己的成果。在牛頓擱置自己發現的同時，萊布尼茲發展了自己的微積分。這兩個人立即互相指責對方剽竊。支持牛頓的英國數學家與歐陸的數學家劃清界線，因為歐洲大陸的數學家支持萊布尼茲。因此，英國人執意使用牛頓的符號，拒絕採用萊布尼茲所發明的比較好的符號——因為賭氣，跟自己過不去。結果，在微積分的發展上，英國遠遠落後歐洲大陸。被後世紀念的不是英國人，而是一位法國人，他是第一位對微積分裏面神秘的零與無限深入探究的人。數學家學習微積分時，首先學到的原理是羅必達法則（l'Hôpital's rule）。說也奇怪，羅必達並不是發現這個規則的人，而這個規則卻以他的名字命名。

羅必達（Guillaume-François-Antoine de l'Hôpital）出生於一六六一年。他是位伯爵，因此他非常富有。他從小就喜愛數學，他曾在軍隊中待了一段時間，後來晉昇到騎兵隊上尉，但是不久他就回到他真正喜愛的數學。

羅必達聘請了最昂貴的老師：約漢・白努利（Johann Bernoulli，發現「白努利定律」的丹尼爾・白努利的父親）。他是瑞士早期專精於萊布尼茲微積分的數學家。一六九二年，白努利教羅必達微積分，羅必達對這個新數學深深著迷，他說服白努利交出他所有數學上的新發現，任由他使用；而他付給白努利一筆金錢。結果，羅必達出版了一本教科書。一六九六年，《無窮微量的解析》（*Analyze des infiniment petits*）成為第一本微積分的教科書，將萊布尼茲的微積分介紹給許多歐洲人。羅必達不僅在教科書中解釋微積分的基本原理，書中也囊括許多新的研究成果；其中最有名的就是羅必達法則。

羅必達法則突破了微積分0／0的問題。這個法則讓我們可以計算出數學函數趨近0／0的某一點的真正數值。羅必達法則是：分數的數值等於分子的導數除以分母的導數。舉個例：如果你要計算x／（sinx）在x＝0的值，因為x＝0時，sinx也是0，所以這個數學式會等於0／0。若運用羅必達法則，這個數學式會變成1／（cosx），因為1是x的導數，而cosx是sinx的導數。當x＝0時，cosx＝1，所以，這個數學式等於1／1。使用羅必達法則也可以聰明地解決許多其他怪異的數學式，如：∞／∞，0^0，0^{∞}，∞^0。

所有像0／0這類的數學式可以等於你想要的任何數值，只要你在分子與分母放上適當的函數。這就是為什麼0／0被稱為未定數（indeterminate）的緣故。它不再是全然神秘、難以理解的；如果數學家處理得當，他們可以由0／0導出一些資訊。零不再是個需要迴避的敵人；它是個有待研究的謎。

一七〇四年羅必達死後，白努利開始暗示羅必達偷竊了自己的成果。當時，數學界拒絕接受白努利的控訴；不僅是因為羅必達的數學能力毋庸置疑，更因為白努利本身就惡名昭彰。他以前曾經試圖將其他數學家的證明，剽竊為自己的研究結果。（這位數學家正是他的親兄弟雅各。）後來，這個案子白努利的控訴獲勝，因為他與羅必達過去的師生關係可以支持他的說法。唉！可憐的白努利，羅必達法則這個名稱已經約定俗成，再也改不回來了。

羅必達法則對於解決0／0的問題極為重要，但是潛藏的問題仍舊存在。牛頓與萊布尼茲的微積分建立於除以零的基礎，以及微小的數字在平方之後自動消失。羅必達法則以基於0／0的工具檢視0／0的問題。在此，問題又繞回原點。在全世界的物理學家及數學家開始使用微積分解釋大自然，並以絕對空間的觀念解釋運動的同時，教會發出了反對的呼聲。

一七三四年，也就是牛頓去世後七年，愛爾蘭主教喬治・柏克萊（George Berkeley）寫了一本書叫做《分析者，向一位無神論數學家的論述》（*The Analyst, Or a Discourse Addressed to an Infidel Mathematician*）。（這位被指稱的數學家很可能就是艾穆德・哈雷〔Edmund Halley，哈雷彗星的發現者〕，他一直是牛頓的支持者。）在《分析者》一書中，柏克萊抨擊牛頓（與萊布尼茲）玩弄零的技巧。

柏克萊稱無窮小的數目為「已逝量的幽靈」，他證明刪除這些無窮小的數值會導致矛盾的結果。他下結論說：「任何接受二階與三階流數，或是二次與三次微分的人，我想他對神學也不會太嚴謹。」

儘管那個時代的數學家被柏克萊的邏輯所中傷，但這位虔誠的主教是完全正確的。當時，微積分與其他數學領域截然不同。幾何學的每個定理都已經被嚴謹地證明；一個數學家若使用歐幾里德的定律小心謹慎地推論，他就可以證明三角形的內角和是180度。然而從另一個角度來看，微積分是基於信心。

沒有任何人能夠解釋那些無窮小的平方值如何消失；他們只是憑信心接受這個事實，因為在適當的時刻使它們消失會導出正確答案。沒有人擔心除以零會有什麼後果，因為忽略這些數學規則可以解釋每一件事，從蘋果落地到天空中行星的運轉。儘管微積分給予正確的答案，但使用微積分與相信神一樣，都還是必須憑藉著信心。

神秘主義的終止

> 數量不是有，就是無。如果有，那就是它還沒消失；如果無，那麼它就是消失了。在這兩者之間還有中間狀態的想法真是荒唐。
>
> ——達朗貝爾（Jean Le Rond D'Alembert）

在法國革命的光芒之下，微積分的神秘性被驅逐了。

儘管微積分的根基並不穩固，但所有十八世紀末的歐洲數學家們都驚嘆這個新工具的成就。在英國數學孤立於歐洲大陸的時代，柯林・麥克勞林（Colin Maclaurin）與布魯克・泰勒（Brook Taylor）兩人可說是最優秀的英國數學家；他們運用微積分寫出完全不同形式的函數。舉例來說，在運用一些微積分的技巧之後，數學家領悟到1／（1－x）可以被寫做

$$1 + x + x^2 + x^3 + x^4 + x^5 + \cdots\cdots$$

雖然這兩個數學式外表看起來全然不同，但實際上它們完全相同（加上些限制）。

然而，這些由零與無限的性質所引起的限制，變得非常重要。瑞士數學家里昂哈德・尤拉（Leonhard Euler）由微積分容易操作零與無限的優點中得到了靈感，他使用與泰勒及麥克勞倫相同的推理「證明」

$$\cdots\cdots 1 / x^3 + 1 / x^2 + 1 / x + 1 + x + x^2 + x^3 \cdots\cdots$$

的總和是零。（如果你感到可疑，不妨可以把1代入x，看看會得到什麼結果。）尤拉是位傑出的數學家（事實上，他是歷史上最多產、最富影響力的數學家），但是在這個例子中，他因為沒有細心處理零與無限的運算，而誤入歧途。

一位棄嬰終於馴服了微積分中的零與無限，揭開數學的神秘面紗。一七一七年，在巴黎的聖施洗約翰・羅德教堂（Saint Jean Baptiste le Rond）的台階上發現了一個嬰兒。為了紀念這個地點，這個孩子被命名約翰・羅德，他的姓氏最後被取為達朗貝爾。他被一位窮困的勞工階級夫婦撫養長大（他的養父是一位上釉的工人），後來卻發現他的生父是一位將軍，而生母是貴族。

達朗貝爾最有名的著作是他與丹尼斯・狄德羅（Denis Diderot）合編的《百科全書》（*Encyclopedie*），他們花了廿年的心血編輯此書。然而，達朗貝爾的貢獻不只是編纂百科全書，他領悟到過程與目的一樣重要的道理。他孕育出極限（limit）的概念，並解決了微積分裏面零的問題。

讓我們再看一次阿奇里斯與陸龜賽跑的問題——無窮與愈來愈趨近零的步伐。不管是阿奇里斯問題、計算曲線下的面積、或是數學函數的不同形式，計算無窮項目總和讓數學家導出矛盾的結果。

達朗貝爾領悟到，如果你考慮這場賽跑的極限，阿奇里斯的問題就不存在了。在第二章的例子中，陸龜與阿奇里斯一步步愈來愈接近二英尺的標記。沒有任何一步會拉遠或維持原來的距離；他們距離兩英尺的標記愈來愈近。因此，賽跑的極限就是兩英尺，也就是阿奇里斯超過陸龜的地方。

但是你如何能證明兩英尺真的是競賽的極限？我請你挑戰我。給我一小段距離，不論多麼小都可以，我可以讓你明白阿奇里斯與陸龜永遠差極限一點點。

舉例來說，假設你給我千分之一英尺的距離。經過計算之後，我會告訴你在第十一步，阿奇里斯距離兩英尺極限還有百萬分之九百七十七英尺，而陸龜離兩英尺極限的距離是阿奇里斯的一半；這個距離比你的挑戰還少了百萬分之廿三英尺。要是你向我挑戰十億分之一英尺的距離呢？在第卅一步之後，阿奇里斯離兩英尺極限是萬億分之九百卅一英尺，比你的要求還近了萬億分之六十九英尺，而陸龜離兩英尺極限的距離還是阿奇里斯的一半。不管你如何挑戰我，我一定可以告訴你哪個時候阿奇里斯就超過你挑戰的距離。這顯示比賽一開始，阿奇里斯就愈來愈靠近兩英尺的標記：兩英尺是這項比賽的極限。

現在，我們不把競賽看成無限項目的總和，我們把它看成有限的小競賽的極限。舉例來說，在第一場比賽，阿奇里斯跑到一英尺的標記。阿奇里斯跑了一英尺的距離：

$$1$$

在下一場比賽，阿奇里斯先跑一英尺，再跑半英尺。所以，阿奇里斯總共跑1.5英尺的距離：

$$1+1/2$$

在第三場比賽，阿奇里斯跑了1.75英尺：

$$1+1/2+1/4$$

每次小競賽的距離都是有限且定義明確；我們永遠不會遇到無限。

達朗貝爾使用非正式的方法證明，但後來法國的奧古斯丁・柯西（Augustin Cauchy）、捷克的伯恩哈德・勃查諾（Bernhard Bolzano）與德國的卡爾・維爾斯特拉斯（Karl Weierstrass）都以正式的方法證明。達朗貝爾所使用的方法是把無限項總和

$$1+1/2+1/4+1/8+\cdots\cdots+1/2^n+\cdots\cdots$$

重新表達為

limit（當n趨近∞）$1+1/2+1/4+1/8+\cdots+1/2^n$

在符號上，這是很微妙的改變，但是它對世界造成全然的改變。

當數學式中有無窮的項目，或當你試圖除以零的時候，所有的數學運算——即使是簡單的加減乘除——都無法進行。沒有一件事是有意義的。所以當你處理級數中的無窮項目時，甚至連加法記號也不是那麼確定。這就是為什麼在本章的開頭我們看到無窮項的＋1與－1的總和，似乎同時等於0與1。

然而，藉著在級數前面加上極限符號，我們可以把過程和目的分開來。如此一來，就可以避免操作無限和零。如同阿奇里斯的小競賽的步伐是有限的，在極限中每個部分的和也都是有限的。你可以針對它們做加法、除法或計算平方值；你可以為所欲為。它們仍舊遵循數學的規則，因為每個項目都是有限的。然後，在結束所有的運算時，你可以計算極限值：推斷這個數學式究竟等於什麼。

有時候，極限並不存在。舉例來說：＋1與－1的無窮項目總和沒有極限值。部分和的數值在1與0之間跳動；它並沒有趨向一個可預測的數值。但是，在阿奇里斯的比賽中，部分和由1、1.5、1.75、1.875、1.9375……愈來愈接近2。部分和愈來愈接近終點——極限值。

導數也是一樣。現代的數學家不像牛頓與萊布尼慈一樣除以零，他們除以一個數字，並且讓這個數字趨近零。他們做除法運算（完全合乎數學的法則，因為數學式中並不存在零），最後再取極限值。如此一來，就沒有必要使無窮項目的平方值消失，然後再除以零來取得導數（請見附錄C）。

這套邏輯似乎令人難以捉摸，就像牛頓的「幽靈」主張一樣神秘。但事實上剛好相反，它滿足數學家嚴格的邏輯要求。極限的觀念有穩固的基礎。更確切地說，你完全可以脫離「我向你挑戰！」的爭議，因為極限還有其他的定義方式，例如用lim sup與lim inf的共同收斂值（我手上有完美的證明，但是……唉！這本書太小，無法容納它。）因為極限在邏輯上是無懈可擊的，所以用極限定義的導數也無懈可擊。因此，微積分被放置在穩固不動搖的地位。

再也沒有必要除以零。神祕難解的事物再次從數學領域中消失無蹤，邏輯再度掌控全局。這份平靜一直持續到恐怖統治時代的來臨。

無限的孿生兄弟

（零的無限性質）

自然數是神造的，其它的都是人造的。

——利奧波德・克羅內克（Leopold Kronecker）

零與無限似乎是同一回事。任何數字乘上零，還是得到零；任何數字乘上無限，還是得到無限。任何數字除以零，得到無限；任何數字除以無限，得到零。任何數字加上零，仍舊等於它自己；任何數字加上無限，還是等於無限。

自文藝復興時代以來，這些相似之處顯而易見，但是，數學家們一直到法國大革命結束，才弄清楚零的大秘密。

零與無限是一體兩面——相同與相反，陰與陽——是數字領域的兩個極端，勢均力敵的對手。零的棘手性質必須倚賴無限的奇妙能力，而研究零可以幫助我們了解無限。為了研究，數學家冒險進入虛數的世界。在這個怪異的世界中，圓等於直線，直線等於圓，而且無限與零坐在相反的兩個軸極上。

虛數

> 神聖靈魂的完美隱匿處，具有生物與非生物的二元性。
>
> ——萊布尼茲

零不是唯一被數學家拒絕好幾世紀的數字。就像零當初受到希臘人的歧視和迫害一樣，還有其他的數字也被漠視；因為這些數字沒有幾何意義。其中的一個數字是i，它握有了解零的怪異性質的關鍵。

代數以另一種方式看待數目字，它與希臘人的幾何觀念截然不同。早期的代數學家不像希臘人試圖要測量拋物線內的面積，他們嘗試在數學方程式中解釋數字之間的關係。舉例來說：簡單的方程式4x－12＝0描述出一個未知數x與4、12、0的關係。學習代數的學生必須找出x的數值。在這個例子中，x等於3。把3代入上面的方程式，你可以很快地看到方程式的條件得到滿足。換句話說，3是方程式4x－12＝0的一個「解」或「根」。

當你開始把符號串在一起的時候，你可能會得到一些出乎意料的答案。舉個例，把上面的數學方程式的減號（－）改成加號（＋），我們可以得到一個看起來很單純的數學方程式4x＋12＝0，但是這回它的解答變成－3，是個負數。

就像好幾世紀以來印度的數學家接受零而歐洲人拒絕零一樣，東方欣然接受負數，而西方試圖漠視負數。直到十七世紀，笛卡兒仍然拒絕接受負數可以是方程式的根。他稱它們為「謬誤根」（false roots），這就是為什麼他的坐標系統沒有擴展到負數的原因。笛卡兒是搭上否認負數最末列車的前朝遺老，他是自己結合代數與幾何之後的受害者。一直以來，負數對代數學家助益很大——甚至連西方的代數學家也嚐到它的甜頭。在解方程式的過程中，負數始終不斷地出現，譬如二次方程式。

像4x－12＝0之類的線性方程式是非常容易計算及解答的，所以這種方程式不會讓代數學家感受到足夠的挑戰性。他們很快地轉向較困難的問題：二次方程式——擁有x^2項目的方程式，像$x^2-1=0$。二次方程式遠比一般的方程式複雜；其中一個原因是它們可以有兩個根。譬如說$x^2-1=0$有兩個解：1與－1。（如果將1與－1代入方程式，你就可以看到結果。）這兩個解都可以滿足方程式的條件。數學式x^2-1可以被分解成（$x-1$）（$x+1$），這樣一來，我們很容易看出：如果x是1或－1，數學式會等於零。

雖然二次方程式比線性方程式複雜得多，但是有個簡單的方法可以找到二次方程式的根。這就是著名的二次方程式公式，也是中學代數課的重點。二次方程式$ax^2+bx+c=0$的根的公式是：

$$x=\frac{-b\pm\sqrt{b^2-4ac}}{2a}$$

由加號（＋），我們可以得到一個解答；由減號（－），我們可以得到另一個解答。這個公式在好幾個世紀以前就已經被發現。西元九世紀的數學家花拉子模就知道如何計算所有二次方程式的解答，雖然他似乎沒有把負數當做方程式的根。不久之後，代數學家就學會把負數納入方程式的解答。然而，虛數的待遇卻稍有不同。

虛數從未出現在線性方程式的解答中，但是它們開始大量出現在二次方程式的解答中。考慮方程式$x^2+1=0$。似乎沒有任何數字可以滿足這個方程式的條件；不管代入－1, 3, －750, 235.23，或是任何你可以想到的正數與負數，都不能導出正確答案。這個數學式根本不能夠分解。更糟糕的是，當你想要將二次方程式公式代入這個方程式時，你會得到兩個看起來很荒謬的答案：

$$+\sqrt{-1} \text{ 與 } -\sqrt{-1}$$

這些數學式子看起來似乎沒啥意義。印度數學家婆什迦羅在十二世紀時寫道：「負數的平方根並不存在，因為沒有數字的平方會等於負數。」婆什迦羅與其他的數學家認為，正數的平方是正數（比方說2乘2等於4）；負數的平方還是正數（－2乘－2也等於4）；零的平方還是零。正數、負數及零的平方值都不是負數，而這三個可能性覆蓋了整條數線。這代表在數線上的任何數字的平方值絕對不會是負數。負數的平方根看起來是很荒謬的觀念。

笛卡兒認為這些數字比負數還要糟糕。所以，他把負數的平方根取了一個輕蔑的名字：幻想中的數字——虛數（imaginary numbers）。這個名字就流傳下來，而後，－1的平方根就以i這個符號代表。

代數學家熱愛i，但幾乎所有其他的人都憎惡它。它對尋求多項式的解助益極大。多項式是指以x的各種乘冪表現的數學式，例如x^3+3x+1。事實上，一旦容許i進入數學的領域，每個多項式都有解：x^2+1可以分解成$(x-i)(x+i)$——這個方程式的解是$+i$與$-i$。三次多項式x^3-x^2+x+1可以被分解成三個項目：$(x-1)(x-i)(x+i)$。四次多項式（由x^4帶頭的多項式）一定可以被分解成四個項目；五次多項式（由x^5帶頭的多項式）可以被分解成五個項目。所有的n階多項式（由x^n帶頭的多項式）都可以被分解成n個項目。這就是代數基本定理（fundamental theorem of algebra）。

早在十六世紀以前，數學家就使用虛數——也就是所謂的「複數」(complex numbers)——來計算三次方程式與四次方程式的解。許多數學家看到複數是很有用的工具，而有些人則由複數看到神。

萊布尼茲認為虛數是存在與不存在的奇特綜合體，就像他的二元論：1（神）與0（空無）的綜合一樣。萊布尼茲把虛數比擬為聖靈——兩者都是微妙而不具實體的。然而，即使是萊布尼茲也沒有領悟到*i*可以顯示出零與無限的關係。我們還需要經過另外兩個重要的數學發展，才能揭露這個真正的環節。

點與對稱點

> 於是，一個人可以看到簡潔之美；由這些觀念可以導出已知的性質，也可以導出一般幾何學不易解答的無數問題。
>
> ——金維克特・龐塞勒（Jean-Victor Poncelet）

第一個重要的數學發展——射影幾何（projective geometry）誕生於戰亂之中。在一七〇〇年代，法國、英國、奧地利、普魯士、西班牙、荷蘭等國家彼此交戰。聯軍分分合合；大家都了為新的殖民地爭鬥，各國都想獨佔與新世界的貿易。在十八世紀前半，法國、英國與其他國家之間衝突不斷，大約在牛頓死後二十五年，爆發了全面性的戰爭。法國、奧地利、西班牙、荷蘭、俄國對英國及普魯士打了九年的仗。

在一七六三年，法國投降，結束了七年戰爭。（在全面宣戰前兩年早已開戰。）這場勝利使英國躍居世界強國，然而，英國也為這個地位付出慘痛的代價。當時法國與英國都精疲力竭，並且債台高築。結果，這兩個國家都遭受相同的後果：革命。在七年戰爭結束後十年多，美國革命開始；這場叛變使英國失去了富饒的殖民地。一七八九年，喬治・華盛頓（George Washington）宣佈就職美國第一任總統。同年，法國革命開始。四年後，革命者取了法國國王的腦袋。

數學家加斯帕德・蒙日（Gaspard Monge）簽署了革命政府處死國王的文件。蒙日是一位幾何學專家，擅長於三維空間的幾何。他發明了建築師與工程師繪製藍圖的方法：將設計物投射到垂直平面與水平面，並且保存了建造這個物體的所有資訊。蒙日的發明對軍隊很重要，所以他大部分的研究成果都被革命政府與後來接續的拿破崙列為軍事機密。

龐塞勒是蒙日的學生。他在拿破崙軍隊中擔任工程師的時候，學習到三維空間幾何學。不幸的龐塞勒！當他加入軍隊時，正是拿破崙在一八一二年遠征莫斯科的時候。

當拿破崙的軍隊由莫斯科撤退時，在嚴酷的寒冬以及與同樣嚴酷的俄國軍隊攻擊之下，拿破崙的軍隊幾乎全軍覆沒。在克拉斯諾宜（Krasnoy）之戰，龐塞勒被誤認陣亡，而留在戰場上。然而，他還活著，並被俄軍擄獲。在俄國的俘虜營中，龐塞勒找到一個新的學科：射影幾何。

龐塞勒的射影幾何始於十五世紀的藝術家及建築師（像布魯內勒斯基與達文西），他們發現如何以透視法畫出寫實的物體。在畫中，當平行線向隱沒點收斂時，由觀賞者看來，這兩條線永遠不會相交，而地板上的正方形變成不規則的四邊形。畫中的每一樣東西都略微扭曲，但是在觀賞者眼中卻是很自然的。這就是無窮遠的點——坐落在無限的零。

發現橢圓行星軌道的克卜勒將這個無窮遠的點的觀念更推進一步。橢圓形有兩個圓心，或稱為焦點（foci）。橢圓形愈長，兩個焦點的距離愈遠。所有的橢圓形都有相同的性質：如果你有一面橢圓形的鏡子，把燈泡放在其中一個焦點，不管你如何拉長這個橢圓形，所有的光線都會收斂到另一個焦點（請見圖二十九）。

克卜勒想像將這個橢圓不斷地拉長，直到另一個焦點落在無窮遠處。最後，橢圓形變成拋物線，所有收斂到一點的直線都變成平行線。拋物線只不過是「其中一個焦點坐落在無窮遠處」的橢圓形（請見圖三十）。

如果你使用手電筒照射，就可以清楚地看到這一點。進

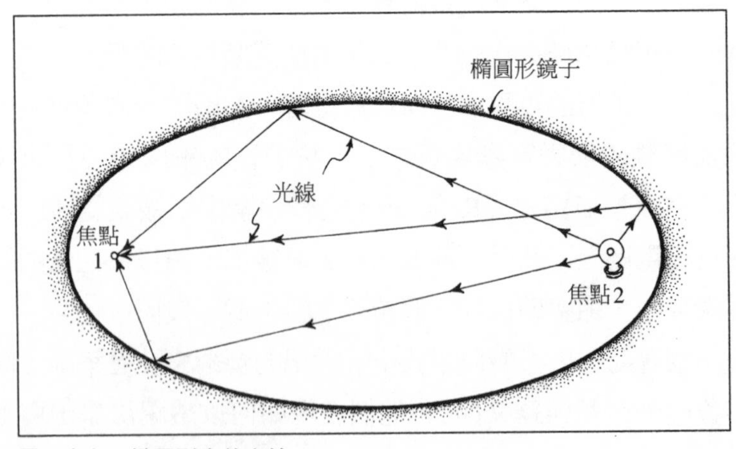

圖二十九：橢圓形中的光線

入一間暗室，站在牆邊，使用手電筒正對牆壁照射，你可以看到牆壁上圓形的光線投影（請見圖三十一）。現在，慢慢偏移手電筒，你將會看到圓形被拉長成為橢圓形。愈往上照

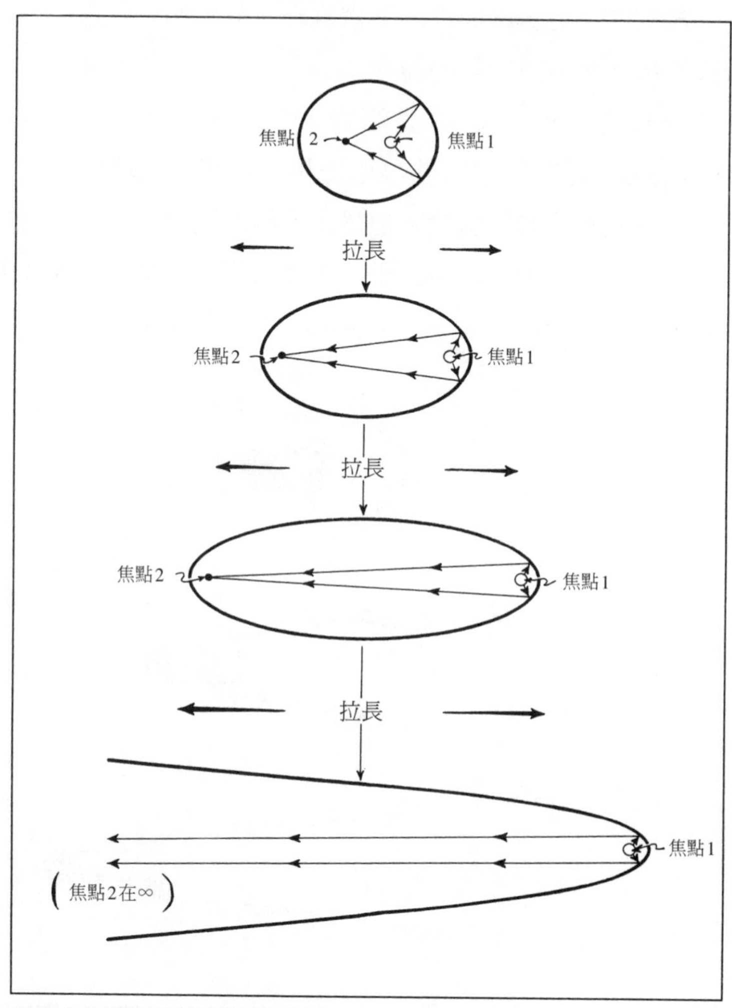

圖三十：橢圓形拉長形成拋物線

射，橢圓形就愈來愈長，最後變成一條拋物線。因此，克卜勒認為拋物線與橢圓形實際上是同樣一回事。這就是射影幾何學的開始，數學家們觀察幾何物體的投影，找尋比「拋物線等於橢圓」更具震撼性的隱密真理。無論如何，這一切都取決於接納無窮遠的點的觀念。

十七世紀的法國建築師吉若德・笛沙格（Gerard Desargues）是射影幾何的早期先驅。他使用無窮遠的點證明了好幾個重要的新理論，但是笛沙格的同僚們不了解他的術語，他們認為笛沙格是瘋子。雖然有少數幾位數學家（像

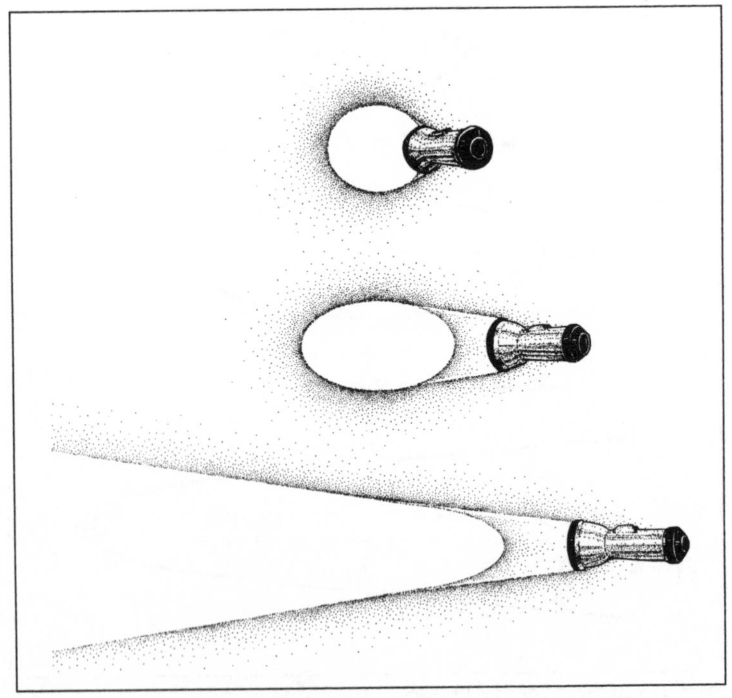

圖三十一：手電筒照射出的拋物線與橢圓形

巴斯卡）認同笛沙格的發現，但是他的成果仍然被遺忘。

這些對龐塞勒來說毫無影響。身為蒙日的學生，龐塞勒已經學會投射到兩個平面的投影作圖法，而做戰俘的時候，他又有許多空閒。他利用待在戰俘營的這段時間，重新創造無窮遠的點的概念，並且結合了蒙日的研究成果。他成為第一位射影幾何學家。他從俄國回國之後（帶著一個俄國算盤，當時這是個古式的怪東西），他將這門學問提升為更高的藝術（註一）。然而，龐塞勒並不知道射影幾何可以揭露零的神祕本質，因為我們還需要第二個重要的發展——複數平面。我們必須轉向德國尋覓線索。

卡爾・高斯（Carl Friedrich Gauss）出生於一七七七年，是位德國奇才，他以研究虛數展開他的數學生涯。他的博士論文是證明代數基本定理——n階多項式有n個根。這個定理只有在你同時接受虛數與實數的前提下才能成立。

高斯終其一生在許多不同的研究領域都有驚人的成就；他在曲率方面的研究成果，變成愛因斯坦的廣義相對論的關鍵要素。不但如此，他的圖解複數方法揭露了一個數學的新架構。

在一八三〇年代，高斯領悟到每個複數（有實數與虛數

註一：龐塞勒的射影幾何帶來數學中最古怪的觀念：二元性。在國中幾何的範圍，你會學到兩點決定一條線。但是，如果你接受無窮遠的點的觀念，兩條線會決定一個點。點與直線之間彼此有二元性。在歐幾里德幾何學中的每個理論都可以在射影幾何中得到二元性，因此，射影幾何建立了一套完整的新理論。

部分的數字，像 $1-2i$）都可以在笛卡兒坐標系上表達出來。水平軸代表複數的實數部分，而垂直軸代表虛數部分（請見圖三十二）。這個簡單的結構稱為複數平面，揭示了許多數字的運作。舉例來說：數字i與x軸之間的夾角是90度（請見圖三十三）。如果你計算i的平方值，會得到多少？嗯，依照定義：$i^2=-1$——它與x軸之間的夾角是180度；角度是i的兩倍。i^3等於$-i$——它與x軸之間的夾角是270度；角度為三倍。$i^4=1$——我們繞了一圈360度；恰是原來角度的四倍（請見圖三十四）。這不是巧合。讓我們任取一個複數，測量它的角度。計算一個數字的n次方就等於將這個數字的角度乘以n倍。當你繼續提高次方數，這個數字會以螺旋的方式向內或向外旋轉，旋轉的方向取決於這個數字是在單位圓的裏面或是外面；單位圓是以原點為中心，半徑為1的圓（請見圖三十五）。在複數平面上，你可以親眼看見乘法與指數

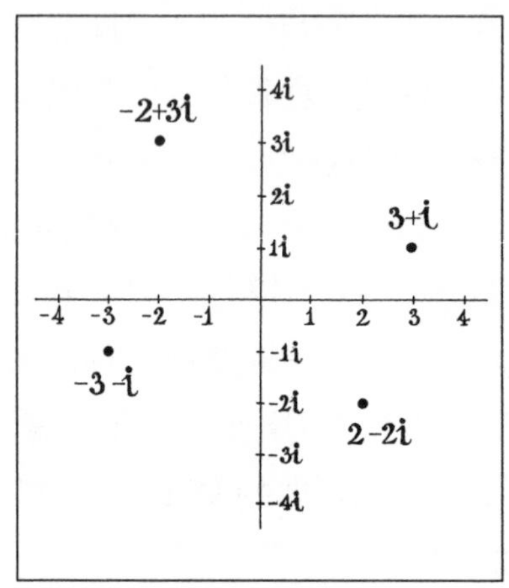

圖三十二：複數平面

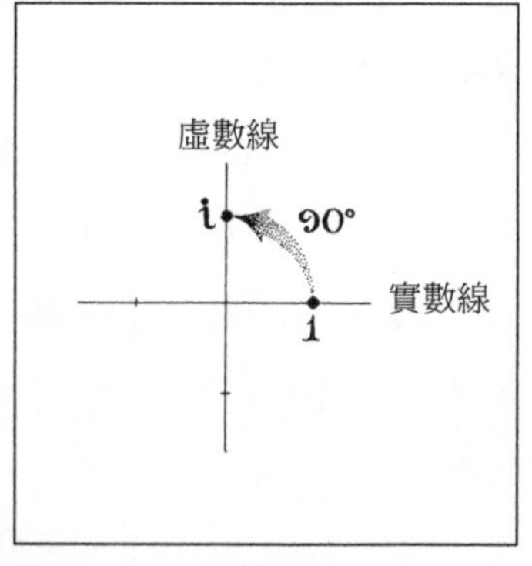

圖三十三：i在90度

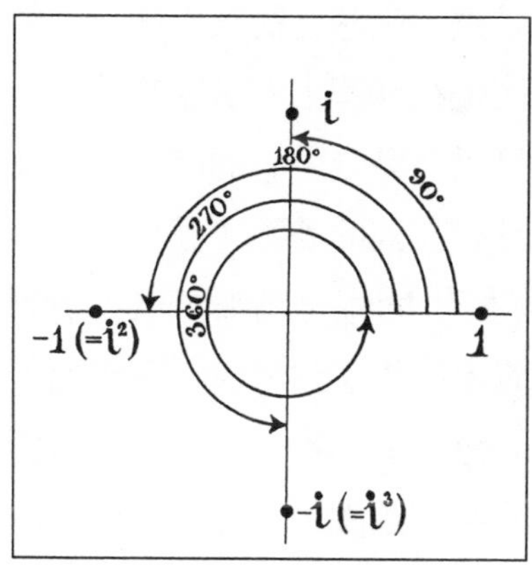

圖三十四：i的乘方

轉換為幾何的概念。這是第二個大進展。

把這兩個概念合併的人是高斯的學生：喬格・黎曼（Georg Friedrich Bernhard Riemann）。黎曼結合射影幾何與複數的概念，突然之間，直線變成圓圈，圓圈變成直線，零與無窮大變成數字球體的兩極。

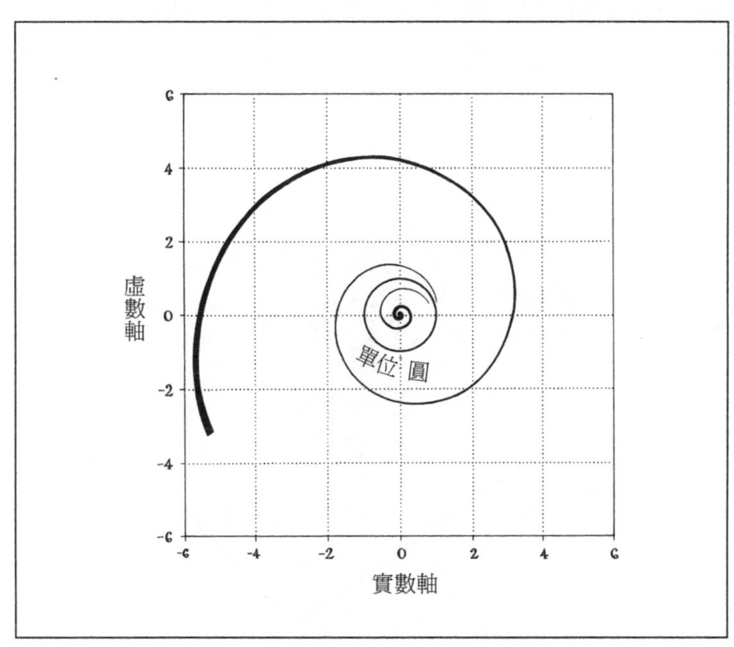

圖三十五：單位圓向內與向外的螺旋

黎曼想像有一個半透明的球體，坐落在複數平面上。如果球體的北極有一盞小燈，任何畫在球體上的數字都可以投射到下方的平面。赤道的投影是以原點為中心的圓。南半球投射在這個圓以內，而北半球投射在圓的外面（請見圖三十六）。南極相當於原點零。在球體上的每一點都可以投射到平面上；就某種意義而言，球體上的每個點等於它在平面上的投影，反之亦然。在平面上的每個圓圈都在球體上，球體上的某個圓圈也對應於平面上的某個圓圈……唯有一個情況例外。

如果一個圓通過球體的北極點，那麼這個圓的投影就不再是一個圓，而是一條直線。北極就像克卜勒與龐塞勒所想像的一樣，是無窮遠的一點。在平面上的直線只不過是球體

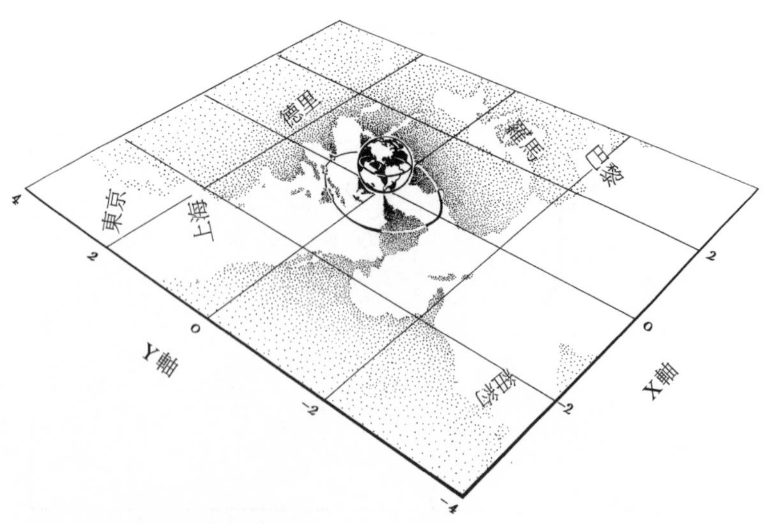

圖三十六：球體的立體投影

上通過北極點（無窮遠的點）的圓（請見圖三十七）。

一旦黎曼發現複數平面（加上無窮遠的點）可以等於球體之後，數學家們便可藉著分析球體的變形與旋轉，看到乘法、除法及其他更困難的運算。舉例來說：乘上複數i等於將這個球體以順時針方向旋轉90度。如果你將一個數字代入（x－1）／（x＋1）就等於把這個球體旋轉90度，讓南北極坐落在赤道上（請見圖三十八、三十九、四十）。最有意思的是，如果你將一個數字代入倒數1／x，就等於把這個球體上下倒轉，並且得到鏡像；北極點變成南極點，南極點變成北極點；零變成無窮遠的點，無窮遠的點變成零。這些都在球體幾何的架構之上：1／0＝∞；1／∞＝0。無限與零在黎曼的球體上是相反的極點；但它們可以在轉瞬間互換位置。它們擁有相同與相反的能力。

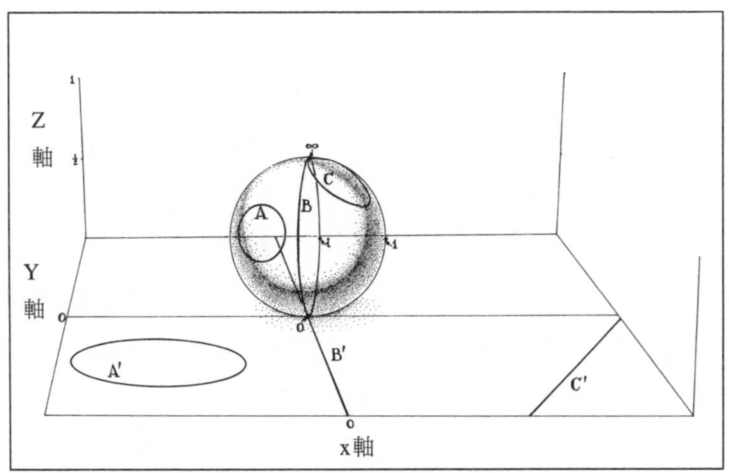

圖三十七：直線就是圓

圖三十八：黎曼球體

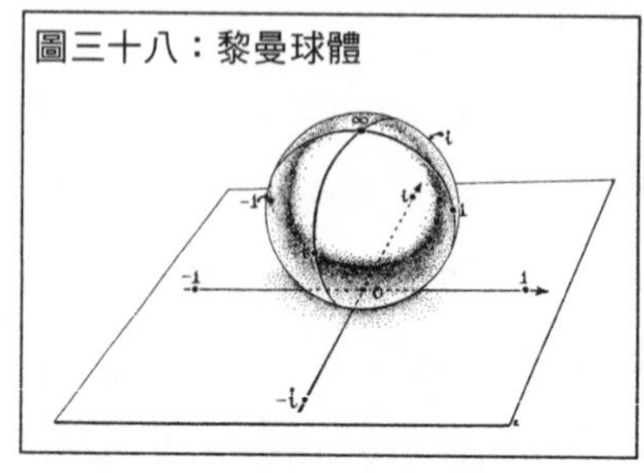

圖三十九：黎曼球體的 i 轉換

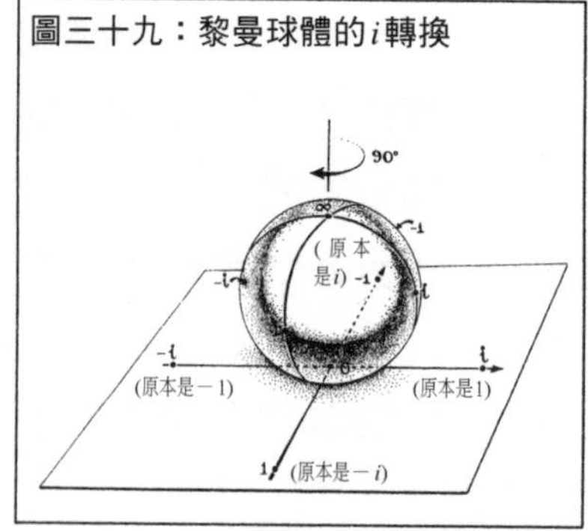

圖四十：黎曼球體的（x－1）／（x＋1）轉換

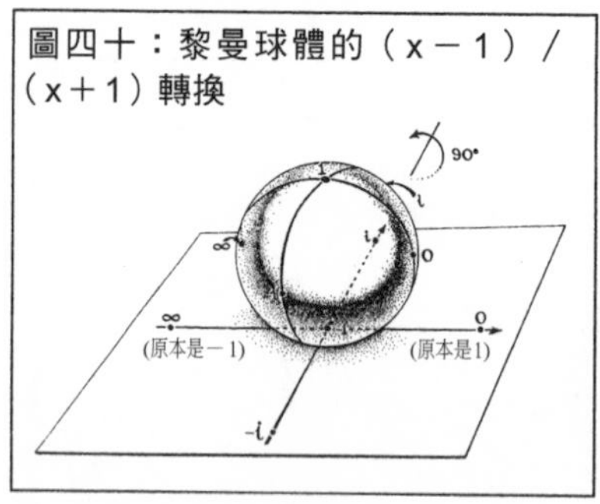

把複數平面上的所有數字乘以2，就好像把手放在橡膠球的南極點，由南極往北極擠壓。乘以1／2則有相反的效果，就像把手放在北極點，往南極點擠壓。乘以無窮大就好像在南極點戳根針，所有的橡膠表面都往北極點收縮：任何數乘以無限仍舊等於無限。乘以零就好像在北極點戳根針，所有的橡膠表面都往南極點收縮：任何數乘以零仍舊等於零。無限與零是相同的，也是相反的——兩者同樣具有毀滅的能力。

零與無限永遠與所有的數字纏繞在一起。就好像摩尼教徒的惡夢，零與無窮大坐落在數字球體的相反極點上，像黑洞一樣把所有的數字吸進去。為了易於討論，我們挑選 i／2這個數字，計算它的平方、立方、四次方、五次方、六次方、七次方……繼續乘上去。它會以螺旋的方式往零的方向旋轉，像水流進排水管一樣。若是計算 $2i$ 的次方又

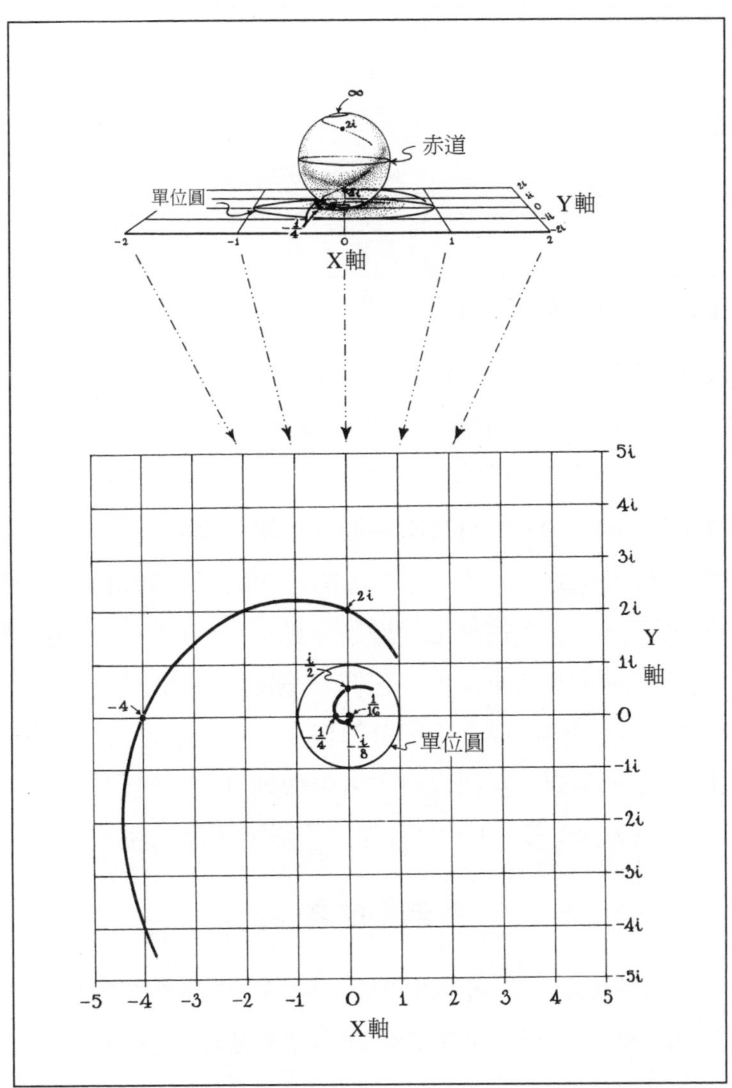

圖四十一：平面上向外及向內的螺旋

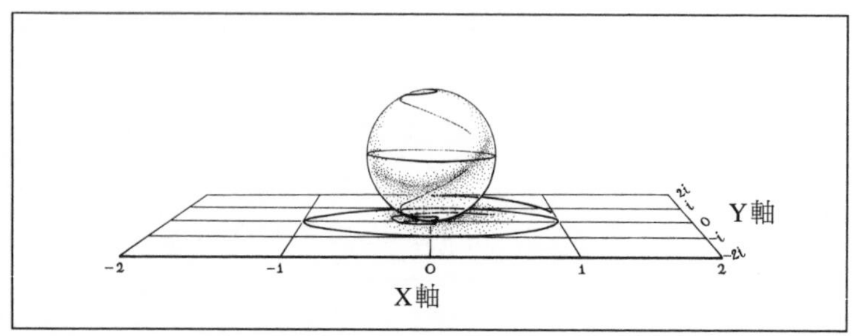

圖四十二：在球體上的投影

會如何呢？恰恰相反。計算$2i$的平方、立方、四次方……則會以螺旋的方式向外旋轉（請見圖四十一）。但是，在數字球體上，這兩條線是彼此重疊的；它們彼此是對方的鏡像（請見圖四十二）。所有複數平面上的數字都會如此；它們被無情地拉向0或∞。唯一逃脫這個命運的，是與這兩端等距離的數字——在赤道線上的數字，像1、−1、i等。這些數字同時被零與無限所拉扯，它們永遠繞行在赤道線上，永遠無法脫離兩者的掌控。（在計算機上，你可以看到這一點。任何數目一再乘以自己之後，會很快地向零或無限推近，而唯一的例外是1與−1。沒有其他的數字可以逃脫。）

無窮的零

> 我的理論像岩石一樣堅定不移；每支射向它的箭都會被彈回攻擊它的射手。我怎麼知道呢？我已經研究過……我已找到它的根源，那就是萬物被創造的起源。
>
> ——喬格・康托（Georg Cantor）

無限不再神祕；它成為一個普通的數字。它像個被大頭針釘住的標本，等著人們研究它。於是，數學家很快地著手探究。但是，在無限的深處，若隱若現隱藏在巨大的數字系統中，零一再出現。最可怕的是，無限有時候會變成零。

古時候，在黎曼看到複數平面實際上是一個球體之前，像1／x之類的函數會難倒數學家。當x趨向零，1／x的值會愈來愈大，最後爆炸成為無限。黎曼使無限能夠完美地被人們接納；因為無限在球體上只是一點，就像其他的點一樣，它不再是任何可怕的東西。事實上，數學家開始分析，並且將那些函數的爆破點區分出來，稱為「奇點」。

曲線1／x在點x＝0的地方有個奇點——這是一種很單純的奇點，數學家稱它為「極點」（pole）。除此之外，還有其他類型的奇點。舉例來說，曲線sin（1／x）在點x＝0的地方有個「必要奇點」（essential singularity）。必要奇點是頭怪異的野獸；在靠近它時，曲線的行徑會變得十分狂暴。靠近這個奇點時，曲線上下擺動的速度會愈來愈快，在正數與負數之間來回跳動。在奇點附近，曲線高密度地上下擺動。雖然這些奇點的性質十分怪異，但對數學家而言，它們不再神秘，數學家們開始學習剖析無限。

康托是剖析無限的大師。雖然康托在一八四五年出生於俄國，但他一生多半是住在德國。而德國也是高斯與黎曼的家鄉，就是無限的祕密被揭發之處。不幸的，德國也是克羅內克的家鄉，他不斷逼迫康托，最後康托住進了精神病院。

康托與克羅內克的衝突是源自於對無限的見解不同。我們可以用一個很簡單的謎題來比喻。假設有一個擠滿人的大型運動場，你想知道是人比較多，還是座位較多，或是一樣多。你可以數人頭，再數座位，然後比較兩個數字，但這個方法得花費許多時間。還有個比較聰明的方法，就是要求所有的人就座。如果還有空位，就表示人比較少；如果還有人站著，就表示位子比較少；如果位子坐得滿滿的，而且沒有人站著，就表示人數等於座位數。

康托就是應用這個技巧。他說，如果一個集合的數字能夠「坐在」另一個集合的上面——每個座位一個，而且沒有剩餘，則這兩個集合的大小相等。以集合｛1，2，3｝為例，它與集合｛2，4，6｝大小相同，因為它們可以有完美的對應關係，所有的數字都「坐著」，而且所有的「座位」都被佔滿：

```
1   2   3
|   |   |
2   4   6
```

但是，集合｛1，2，3｝與集合｛2，4，6，8｝大小不相同，因為8是個「空位」：

```
1   2   3
|   |   |   |
2   4   6   8
```

當你考慮無窮項的集合時，事情會變得很有趣。以整數的集合為例：｛0，1，2，3，4，5，……｝明顯地，這集合等於它自己；我們可以讓所有的數字「坐」在它自己的上面：

0	1	2	3	4	5	……
|	|	|	|	|	|	
0	1	2	3	4	5	……

在這裏，一點兒也不需要動用任何技巧。每個集合明顯都等於自己的大小。然而，當我們開始把數字由集合中取走，會發生什麼現象？譬如說，我們移走0的結果會怎樣？真夠詭異！移開0居然沒有改變整數集合的大小。我們只要稍微移動一下坐位，照樣可以保證人人有座位，並且所有的座位都被佔滿：

1	2	3	4	5	6	……
|	|	|	|	|	|	
0	1	2	3	4	5	……

即使我們從中移走一些項目，集合的大小仍然一樣。事實上，我們可以從整數集合中移走無窮多的項目。譬如說：我們可以移開所有的奇數，集合的大小還是一樣；人人有座位，並且所有的座位都被佔滿：

0	2	4	6	8	10	……
|	|	|	|	|	|	
0	1	2	3	4	5	……

這是無限的定義：在你拿走其中的組成分子之後，它的

大小仍舊相等。

偶數、奇數、正整數、整數——所有這些集合的大小都一樣。康托於是為這個集合大小取名為$\aleph_0$（阿爾法零〔aleph nought〕，阿爾法是希伯來文的第一個字母）。因為這些集合的大小相同，任何$\aleph_0$大小的集合都被稱為「可數的」（countable）。（當然啦！你不能夠真的去數算它們，除非你有無限的時間可以使用。）即使有理數（所有可以寫成a／b形式的數字集合，且a與b都是整數）也是可數的。康托使用一個很聰明的辦法，把這些有理數指定到它們合宜的座位，來證明有理數是$\aleph_0$大小的集合（請看附錄D）。

但是，正如畢達哥拉斯所知，有理數並非是日光底下所有的一切；有理數與無理數組合成所謂的「實數」。康托發現實數比有理數集合的大小要大得多。他的證明很簡單。

假設實數已經有了完美的座位——每個實數都有位置，且每個位置都被填滿。也就是說，我們可以列出一長列的座位號碼，以及對號入座的實數。舉個例，我們可以列出下面的數列：

座位	實數
1	.3125123……
2	.7843122……
3	.9999999……
4	.6261000……
5	.3671123……
等等	等等

問題出在當康托再舉出其他實數時。

我們觀察數列上第一個數字的第一位數；在我們的例子中，是數字3。假設我們的新數字的第一位數是2，那麼我們知道這兩個數字並不相同。（嚴格來說，這不見得正確。數字0.30000……等於0.29999……，因為表達有理數的方法有兩種。但是，這一點可以很容易克服。為了便於解釋，我們會略過這個例外情況。）

讓我們開始考慮第二個數字。我們如何能夠保證新數字不會等於第二個數字呢？這個嘛！我們已經決定了新數字的第一位數，所以我們不能夠動它，但是我們可以使用一樣的技巧。第二個數字的第二位數是8，如果新數字的第二位數是7，那麼我們可以保證新數字與第二個數字不相同。以同樣的技巧繼續做下去；觀察第三個數字的第三位數，並且改變它，再觀察第四個數字的第四位數，然後改變它，以此類推……。

座位	實數	
1	.(3)125123……	新數字的第一位數是2（不同於3）
2	.7(8)43122……	新數字的第二位數是7（不同於8）
3	.99(9)9999……	新數字的第三位數是8（不同於9）
4	.626(1)000……	新數字的第四位數是0（不同於1）

5	.3671(1)23……	新數字的第五位數是0（不同於1）
等等	等等	等等

如此一來，我們導出一個新數字.27800……，它
與第一個數字不同（它們的第一位數不同），
與第二個數字不同（它們的第二位數不同），
與第三個數字不同（它們的第三位數不同），
與第四個數字不同（它們的第四位數不同），
以此類推。

以對角線的方向往下運作，我們可以創造出新的數字。這個運作的過程可以保證新數字與數列中的任何數字都不相同，這個數字不可能在數列裏。但是，我們已經假設我們所開列的數目包括所有的實數，因為它已經是完美就座的數列。這是個矛盾。完美就座的數列並不存在。

實數是比有理數更大的無限集合。這類無限稱為N_1，即第一不可數無限（the first uncountable infinity）。（在技術上，實數數線上的無限稱為C，或是連續統無限〔continuum infinity〕。多年來，數學家們努力想證明C是否就是N_1。一九六三年，數學家保羅・科恩〔Paul Cohen〕證明了這個難解的「連續統假設」既不是可證，也不是不可證。多虧哥德爾〔*Godel*〕的不完備定理〔incompleteness theorem〕，現在大多數的數學家都接受連續統假設是正確的，雖然一些研究非康托超限數〔non-Cantorian transfinite numbers〕的數學家認為連續統假設是不正確的。）在康托的心目中存在無限個無限（即超限數），源源不絕。N_0比N_1小，N_1比N_2小，N_2比N_3小，以此類推。在這個連鎖的頂端坐落著最終極的無限，它吞沒所有的無限：那就是神，祂是涵括萬有的無限。

不幸的康托！並不是每個人都與他擁有相同的神學觀。克羅內克是柏林大學著名的教授，也是康托的老師。克羅內克認為神永遠不可能容許像無理數那麼醜陋的東西存在，更別提這個沒完沒了的無限集合。整數代表神的純一，而無理數與其他怪異的數字集合是令人憎惡的，是不完美的人類頭腦所虛構出來的。而康托的超限數是其中最糟糕的。

克羅內克十分厭惡康托，他對康托的研究發出強烈的抨擊，讓他的論文無法發表。在一八八三年，康托申請柏林大學的教職被拒絕，他只好接受比較沒有名聲的哈勒大學（University of Halle）的教職。這很可能是克羅內克從中作梗，因為克羅內克在柏林大學的勢力很大。同一年，他寫了一篇論文為自己辯護，抵抗克羅內克的攻擊。後來，在一八八四年，康托第一次精神崩潰。

唯一令人安慰的是，康托的研究成果後來成為數學新支派「集合論」（set theory）的基礎。透過集合論的概念，數學家們不僅創造出前所未有的數字，更造出前所未聞的數字——無限的無限。而且它們彼此之間可以進行加減乘除的運算，就像普通的數字一樣。康托開創了數字的新宇宙。德國的數學家大衛・希爾伯特（David Hilbert）曾說：「沒有人能夠把我們從康托創造出的樂園中驅逐。」但是，對康托而言，這一切都太遲了。康托的餘生就在進出精神病院中渡過，最後他在一九一八年死於哈勒的精神病院。

在克羅內克與康托的戰爭中，康托得到最後的勝利。康托的理論顯示出，克羅內克視為珍寶的整數，甚至包括有理數，都微不足道。它們都是無限中的零而已。

有理數集合的大小是無限大。任兩個數字，不管它們有多麼接近，它們之間還是有無窮多的有理數；它們充滿了數線。但是，康托的無限層次會導衍出不同的結果：他的理論證明有理數只佔有數線的一小部分。

要做出如此錯綜複雜的計算需要聰明的技巧。不規則形狀的物體可能很難測量。舉個例，假設在你的地板上有塊污漬，這塊污漬的面積有多大？這個答案沒有辦法一眼看穿。如果這個污漬的形狀像個圓形，或像正方形、長方形，答案就呼之欲出；只要拿一支尺測量它的半徑或它的長與寬，就可以得到答案。但是，要測量像變形蟲般污漬的面積是沒有公式的。然而，我們還有別的方法。

拿一塊長方形的地毯蓋在污漬上。如果地毯能夠蓋住整個污漬，那麼我們知道污漬的面積一定小於地毯的面積。如果地毯的面積是1平方公尺，那麼污漬的面積一定小於1平方公尺。如果我們用小一點的地毯，我們的估算可能會愈來愈準確。也許污漬可以被五塊1／8平方公尺的地毯遮住；於是，我們知道污漬的面積至多是5／8平方公尺，這個估計比原來的1平方公尺小。當你剪裁地毯，使它愈來愈小塊，地毯所蓋過的區域就愈來愈貼切，地毯總面積會趨近於污漬真正的面積。事實上，我們可以定義污漬的大小是當地毯大小逼近零時的極限值（請見圖四十三）。

讓我們把同樣的技巧運用在有理數。但是，這回我們的地毯是數字的集合。譬如說，數字2.5被一塊地毯所覆蓋，例如2與3之間的數字集合（大小為1的地毯）。使用這類地毯覆蓋有理數會導致非常奇怪的結果。康托的座位圖表代表

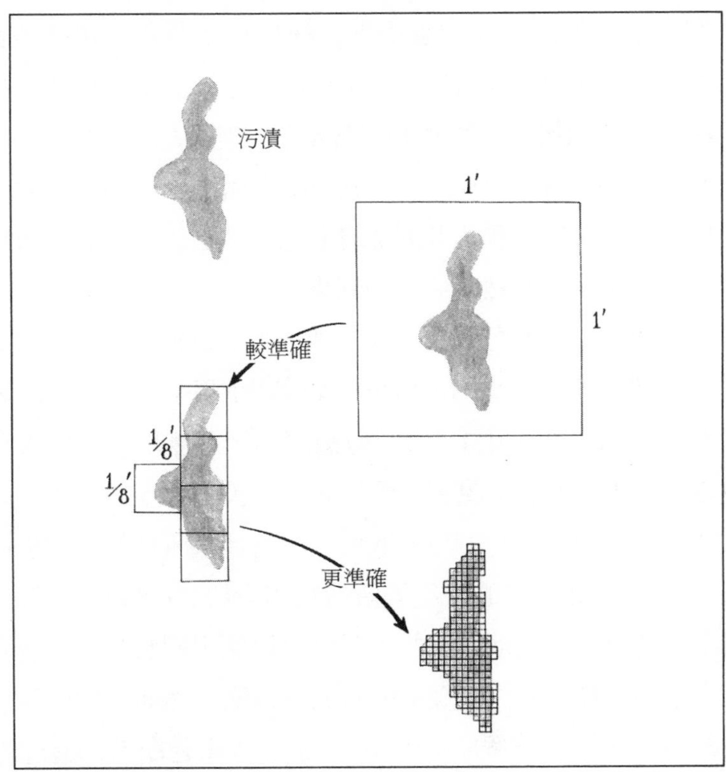

圖四十三：覆蓋污漬

所有的有理數，而且每個數字都有自己的座位，所以我們可以依照它們的座位號碼一一點名。取第一個有理數，並將它放在數線上。讓我們以一塊大小為1的地毯覆蓋它。雖然這塊地毯也覆蓋了許多其他的數字，但是我們不用擔心，只要它覆蓋了這個數字，我們就滿意了。

現在取第二個有理數，以一塊大小1／2的地毯覆蓋它。再取第三個有理數，以一塊大小1／4的地毯覆蓋它。以此類推，直到無窮大。每個有理數在座位圖表上都佔有一席之地，每個有理數也都被一塊地毯所覆蓋。那麼地毯的總大小是多少？它是我們的老朋友阿奇里斯的總和。把地毯的大小加起來，我們看到當n趨近無限大時，1＋1／2＋1／4＋1／8＋……＋1／2n的總和趨近2。因此，我們可以使用一塊總面積大小是2的地毯蓋住數線上所有的有理數，這意味著有理數所佔的空間少於2。

就和我們處理污漬的方式一樣，我們以縮小地毯的方式估算有理數集合大小的近似值。如果我們不由大小為1的地毯開始，而是從大小1／2的地毯開始，那麼地毯的總大小會趨近於1；也就是說，有理數總共佔有少於1的空間。如果我們始於大小1／1000的地毯，所有地毯所佔的空間少於1／500；因此所有的有理數佔的空間少於1／500。如果我們由半個原子大的地毯開始，我們可以使用總數少於一個原子大小的地毯，蓋住數線上所有的有理數。然而，即使是最小的地毯（小於一個原子大小），也可以蓋住所有的有理數（請見圖四十四）。

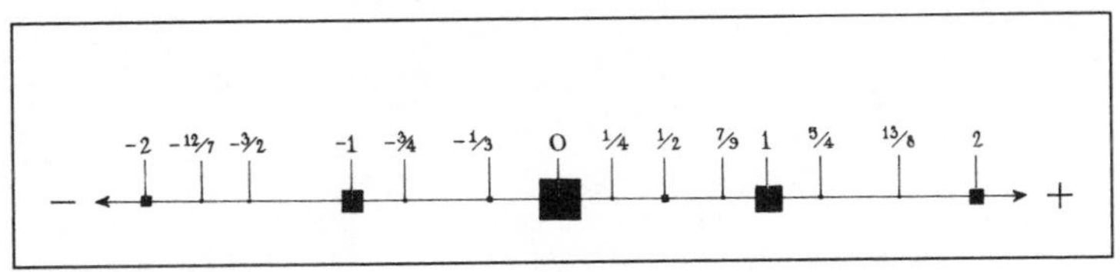

圖四十四：覆蓋有理數

我們可以讓它愈來愈小，小到半個原子、或是中子、或是夸克（譯註：夸克是質子或中子的構成部分），或是我們能夠想到的最小單位。

那麼，到底有理數的集合有多大？我們定義極限為有理數的大小，也就是當地毯的大小趨向零時的總和。然而，我們看到地毯愈來愈小，覆蓋區域的總和也愈來愈小——比一個原子、一個夸克、或億萬分之一夸克還小——我們照樣可以蓋住所有的有理數。什麼是愈來愈小的東西的極限？

零。

有理數的集合到底有多大？它們根本不佔任何空間。這是個令人難以接受的概念，但這是事實。

雖然在實數數線上到處都是有理數，但是它們沒有佔據任何空間。如果你向實數數線射一支飛鏢，它永遠不會命中任何一個有理數。永遠不會！雖然有理數的集合很微小，但是無理數卻不是如此；因為我們不能製作一個座位圖表使它們一一入座。克羅內克厭惡無理數，但是它們佔滿數線的每個地方。

有理數的無限只不過是零。

絕對的零

（零的物理學）

高明的數學需要略去微小的量，卻又不能忽視它；

因為它是無限，你卻不想要它！

——狄拉克（P. A. M. Dirac）

一切終於真相大白：無限與零密不可分，而且它們對數學是不可或缺的。數學家們毫無選擇的餘地，只有學習如何與它們共處。然而，對物理學家而言，零與無限似乎和宇宙的運行毫無關係。無限的加法運算及除以零可能是數學的一部分，但它們不是大自然的法則。

也可以說，科學家們是如此期待。但是，在數學家發現零與無限之間的關係時，物理學家也在大自然的世界中開始遇見零；零由數學橫跨到物理學。在熱力學中，零成為一個不可跨越的障礙：最冷溫度的可能性。在愛因斯坦的廣義相對論中，零變成一個黑洞，一個異乎尋常的巨大星球，可以吞下全部的恆星。在量子力學中，零是一種怪異能量的來源；它是無限，並且無所不在，甚至存在於最深的真空裏，在空無中隱隱作怪。

零熱量

> 對於你所提及的東西，如果你可以測量它，並且以數字表達它，那麼你對它就有所認識；當你無法測量它，也無法以數字表達的時候，那麼你對它的認識是既貧乏且不肯定：它可能是另一類知識的開端，但是你卻認為它不可能登上科學的舞台。
>
> ——威廉・湯姆森，凱爾文爵士（William Thomson, Lord Kelvin）

在物理學中第一個不可避免的零，是由一個被使用了半世紀的定律所推演出來的。這個定律是法國物理學家傑克斯—亞力桑卓・查理（Jacques-Alexander Charles）在一七八七年所發現。當時查理已經相當出名，他是第一個搭乘氫氣球飛行的人。查理並不是以飛行特技為後人所紀念，而是以他的自然定律留名後世。

查理就像當時的許多物理學家一樣，驚嘆氣體的不同性質。氧氣會讓煤炭急速燃燒，而二氧化碳會撲滅它。氯氣的顏色是綠的，並且會致人於死；一氧化二氮是無色的，會讓人咯咯笑個不停。然而，這些氣體都有一個共同的基本性質：熱脹冷縮。

查理發現這個性質非常固定而且可預期。將兩種相同體積的不同氣體放入一模一樣的氣球中，同時加熱，它們膨脹的大小程度一樣；冷卻之後，它們會縮小到一樣的大小。不管溫度是上升或下降，每一度溫度的改變，造成氣體體積膨脹或縮小的比例是一樣的。查理定律就是描述氣體的體積與溫度的關係。

在一八五〇年代，英國物理學家湯姆森注意到，查理定律中有個奇怪的現象：幽靈般的零。隨著溫度降低，氣球的體積會愈來愈小。若以穩定的速度降低溫度，氣球也會以持續不變的速率縮小，但是它們不能永無止境的減少。理論上，氣體會收縮到不佔任何空間；根據查理定律，氣球內的氣體體積會縮小到零。當然啦！零是最小的體積；當氣體到達這一點的時候，它就不佔有任何空間。（氣體不可能佔有負空間。）倘若氣體的體積與溫度成比例，最小體積的存在意味著最低溫度的存在。換句話說，氣體的溫度不可能永無止境的低下去；當你無法再繼續縮小氣球時，你也不能夠再降低溫度。這就是絕對零度（absolute zero）。這是氣體所能夠達到的最低溫度，比攝氏零下273度稍稍低一點。

湯姆森就是著名的凱爾文爵士。全世界所使用的凱氏溫標（Kelvin scale）就是以他的名字命名。在攝氏溫標中，零度是水凝固的冰點。在凱氏溫標中，零度就是絕對零度。

絕對零度是容器中的氣體已經耗盡所有能量的狀態。這在現實的情況是不可能達到的；你不可能將一個物體冷卻到絕對零度。你可以達到非常接近絕對零度的程度；物理學家可以使用雷射冷卻技術（lacer cooling），將原子冷卻到比絕對零度高幾百萬分之一度。然而，宇宙中每件事都聯合起來阻止你達到絕對零度，因為每個具有能量的物體都會互相碰撞，並散發輻射。譬如說，人類是由水分子與一些有機物混合而成，所有的原子都在空間中振動；溫度愈高，振動的速度愈快。這些振動的原子互相碰撞，使它們周圍的原子也跟著振動。

假設你嘗試要把一根香蕉冷卻到絕對零度。為了除去香蕉內所有的能量，你必須要使原子停止振動；你必須把它放在一個盒子裏，冷卻它。然而，這個盒子也是由原子構成的；盒子的原子在周圍振動，它們也會撞擊香蕉的原子，使香蕉的原子又開始活動。即使你讓香蕉浮在盒子的中心，而且盒子裏是理想真空狀態，你仍然無法完全停止原子的振動，因為跳動的粒子會發出輻射。射線不斷地從盒子發出，打在香蕉上，使香蕉的分子又開始活動。

所有組成鑷子、冰箱線圈、液態氮的原子都在振動與輻射，所以香蕉不斷由盒子、夾香蕉的鑷子、以及用來冷凝的冰箱線圈中的原子吸收能量。你不可能為香蕉擋開盒子、鑷子及冰箱線圈的影響，因為護罩本身也在振動與輻射。每個物體都被自己的環境所影響，所以要將宇宙中的任何東西（不論是香蕉、冰塊、液態氦）冷卻到絕對零度，都是不可能做到的。這是無法突破的障礙。

絕對零度與牛頓定律大相逕庭。牛頓的方程式賦予物理學家能力，讓他們可以準確地預測行星運轉的軌道以及物體的運動。然而，絕對零度的發現卻讓物理學家知道什麼是自己做不到的事。對物理界而言，這是個令人失望的消息，但它是一個物理學新支派的開端：熱力學。

熱力學是研究熱與能量的科學。就像絕對零度的發現一樣，熱力學定律建立了難以跨越的阻礙，不管科學家們多麼努力，任何人都不可能克服這個阻礙。譬如說：熱力學告訴你製造一部永恆運動的機器是不可能做到的事。發明家們日以繼夜地在物理學界及科學雜誌中發表巧妙的機器藍圖，想製造出不需要消耗任何能量就可以不停運作的機器。然而，熱力學的定律告訴我們，要製造這類機器是不可能的事。不管你花費多少功夫，這是另一個無法達成的任務。即使是想製造出運作時不損耗額外能量、不會將部分能量以熱能的方式發散到宇宙中的機器，也是不可能的事。（熱力學比賭場還糟糕；不管你投資多少時間、精力與智力，你永遠不可能贏。連打成平手的機會也沒有。）

熱力學衍生出統計力學（statistical mechanics）的基本原理。物理學家可以藉由觀察原子的集體運動，預測物質的性質。例如：氣體的統計力學可以解釋查理定律。當你提高氣體的溫度，分子的平均運動速率會增加，對容器內壁的碰撞也更猛烈，以致於氣體對容器內壁的壓力增加。統計力學（振動理論）能夠解釋一些物質的基本性質，也似乎可以解釋光線的性質。

幾個世紀以來，科學家們為了光的性質傷透腦筋。牛頓認為光是由微小的粒子所組成，每個發光的物體都會發射出這種微小粒子。後來，科學家們漸漸相信光不是粒子，而是一種波動。一八〇一年，一位英國科學家發現，光線會干擾光線本身，這個觀察使光的問題終於有了解答。

各種波都具有干涉現象（interference）。當你把一塊石頭擲進平靜的水塘，水面會激起一圈圈的漣漪——水波。水面上下擺動，向外展開一圈圈的波峰與波谷。如果你同時丟兩塊石頭到平靜的水面，它們所產生的波紋會彼此干擾。如果你在一盆水中置入兩個上下擺動的活塞，這個現象便可以看得更清楚（請見圖四十五）。當其中一個活塞激起的波峰，遇見另一個活塞激起的波谷時，這兩個力量就抵消了。如果你仔細觀察波紋的形狀，你可以看到沒有波的線條。

光線也是一樣。當光線透過兩個縫隙射進來，有些區域會是黑暗的——波的抵消（請見圖四十六）。（你可以自己做個小實驗：緊併攏你的手指，透過手指的縫隙凝視一個燈

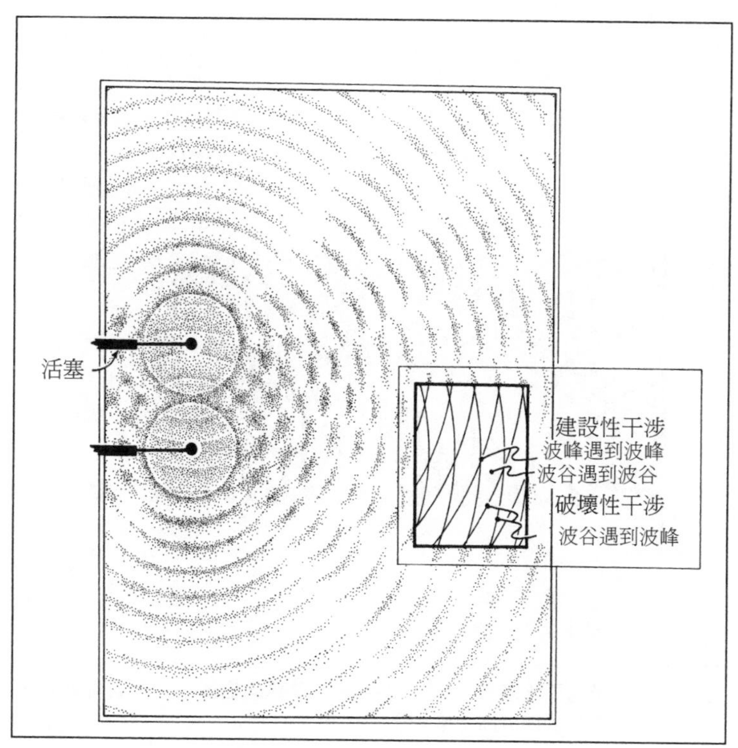

圖四十五：水的干涉現象

泡，你將會看到一些微微的黑線，特別是在縫隙的頂端及底端。這些黑線也是由於光線的波動性質所產生的。）干擾現象是波的性質，而粒子則沒有這個性質。因此，光的干擾現象似乎解答了光的性質問題。物理學家下了結論：光線不是粒子，而是電場與磁場的波動。

這是一八〇〇年代中期的論述，它似乎完全符合統計力學的定律。統計力學敘述物質中的分子如何振動；光的波動論暗示著這些分子的振動引起了輻射的波動——光波。更棒

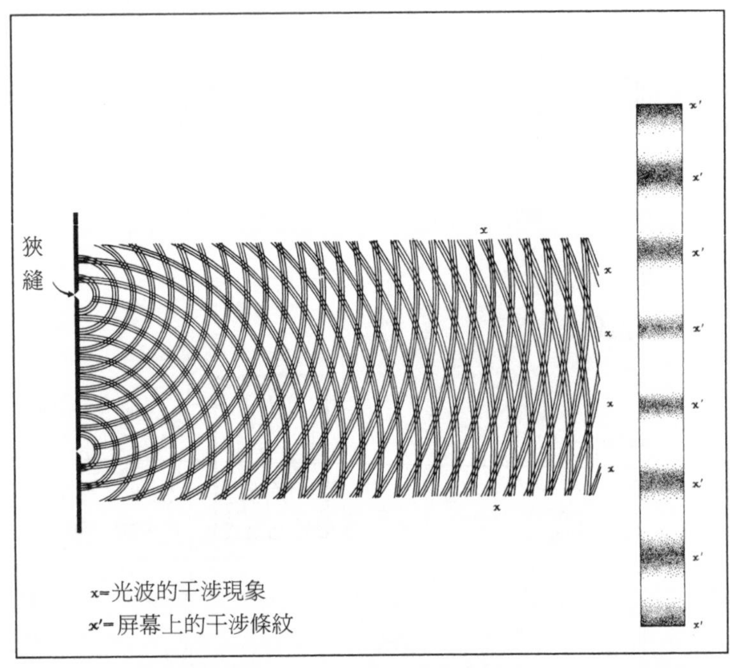

圖四十六：光的干涉現象。如果你把這本書轉向側面，沿著頁面觀看，你可以在頁面上看到干涉現象。

的是，當物質的溫度愈高，它的分子振動愈迅速，物體所輻射的光波能量就愈高。這理論似乎很合理。以光線而言，波動愈快，頻率愈高，它的能量就愈高。（此外，頻率愈高，波長愈短；波長是指兩個波峰之間的距離。）熱力學的最重要定律——史特凡－波茲曼定律（Stefan-Boltzmann）——似乎以分子的振動就能完全解釋光線的振動。這個定律說明物體的溫度與光線輻射的能量之間的關係。它是統計力學與光的波動論的最大勝利。（這個定律是：物體輻射的能量與物體溫度的四次方成正比。它不只告訴我們一個物體發散多少能量，也告訴我們這個物體的溫度變化。根據這個物理定律，我們可以由《聖經》以賽亞書的一段信息推測，天堂的溫度超過凱氏溫標500度。）

不幸的，這個勝利並沒有維持很久。在十九世紀末，兩位英國物理學家想要使用這個振動理論去解決某個簡單的問題。這是個相當直接的計算：一個封閉的空室可以輻射多少光？他們應用統計力學的基本方程式(告訴你分子如何振動)與描述電場與磁場交互作用的方程式（告訴你光線如何振動），得到一個新的方程式，可以描述在任何已知的溫度下，空室輻射的光波波長。

這就是所謂的雷利一琴斯定律（Rayleigh-Jeans），這個名字是來自雷利爵士（Lord Rayleigh）與詹姆斯・琴斯爵士（Sir James Jeans）。它可以成功地預測物體發散出的長波長、低能量的光線。然而，這個定律對高能量的光就不是那麼準確。雷利一琴斯定律預測，物體會不斷地發散光線，而且波長愈來愈短（因此，能量愈來愈高）。最後，在靠近零波長的範圍時，物體會放射出無窮高能量的光線。根據雷利一琴斯方程式，不管物體的溫度如何，每個物體都會持續輻射無限多的能量；即使是一塊冰塊也可以輻射出足以蒸發周圍所有東西的紫外線、X射線、伽瑪射線。這是「紫外線災難事件」。零波長等於無限能量；零與無限同心協力打破了一個美好純淨的定理。於是，解決這個矛盾問題成為物理界最重要的課題。

雷利與琴斯並沒有錯。他們使用物理學家認為正確的方程式，並以可被接受的方式處理它，但卻得到了一個不合現實情況的結果。事實上，冰塊並不會輻射大量的伽瑪射線。其中的一個物理定律一定有問題。然而，是那一個呢?

量子零：無限的能量

對物理學家而言，真空中潛伏著所有的粒子與力量；它遠比哲學家的虛空更豐富。

——馬丁・里斯爵士（Sir Martin Rees）

紫外線災難事件導致量子革命。量子力學由傳統光學理論擺脫了零，解決了假設中物體所輻射的無限能量。然而，這並不是太大的勝利。零在量子力學中代表整個宇宙（包括真空），它充滿了無限的能量：零點能量（zero-point energy）。零點能量導出宇宙中最古怪的零，一種神出鬼沒的力量。

一九〇〇年，德國的實驗學者嘗試解釋紫外線災難事件。他們仔細地測量在不同的溫度下，物體會輻射多少光。結果顯示，雷利—金斯方程式無法正確預測物體所輻射的光。年輕的物理學家馬克斯・蒲朗克（Max Planck）看到這些新的數據，並且在幾小時之內就得到一個新的方程式，取代了雷利—琴斯方程式。蒲朗克的公式不僅解釋了新的測量結果，也解決了紫外線災難事件。蒲朗克公式在波長減短時，並沒有往無限推移；也就是，隨著波長減短，能量並沒有愈來愈大，反而愈來愈小（請見圖四十七）。不幸的，雖

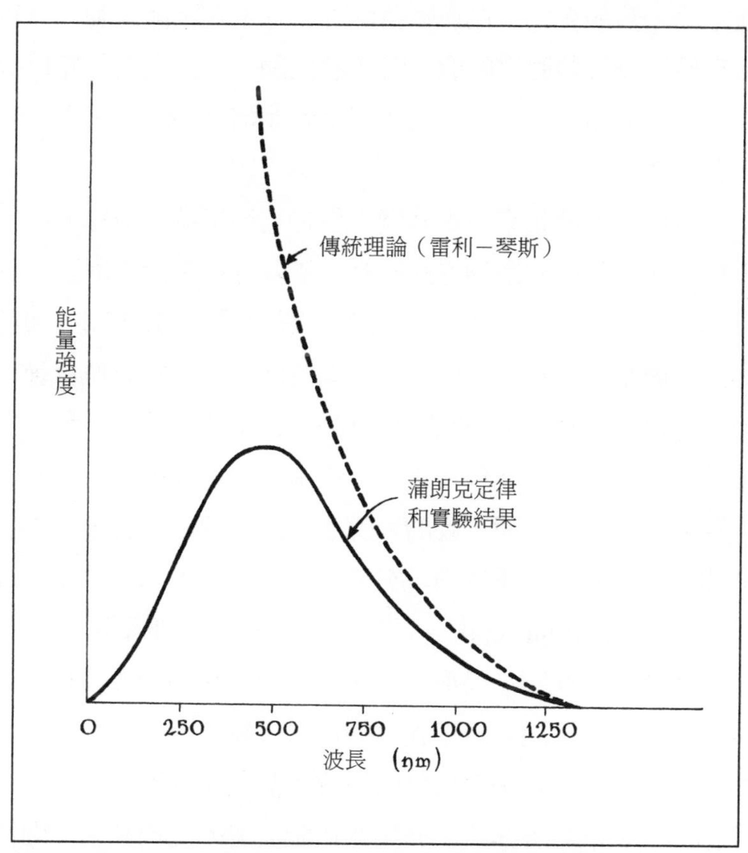

圖四十七：雷利－琴斯走向無限，而蒲朗克待在有限的範圍內。

然蒲朗克的公式是正確的，但是它所帶來的影響卻比紫外線更麻煩。

問題發生在統計力學的一般假設（物理定律）並不支持蒲朗克的公式。為了符合蒲朗克公式，物理定律必須略作調整。蒲朗克後來解釋，他的做法是絕望中的情急之舉。這也難怪，若非迫不得已，物理學家怎麼可能提出如此荒謬的物理定律。蒲朗克說，在多數情況下，分子並不能運動；只有當它們擁有某些固定的能量時才會振動，這些固定的能量稱為量子（quantum）。除了某些固定的能階之外，分子不可能具有其他能量。

這個假設聽起來並不奇怪，但是它卻不符合現實情況。大自然並不是以跳躍的方式移動。這就好像是說，除了五英尺與六英尺高的人之外，不可能有人的身高介於中間一樣可笑；或像是說，車子只能以卅英里或四十英里的時速行駛，不可能以卅三英里或卅八英里行駛一樣荒謬。然而，量子力學就是這樣。你可能現在正以卅英里的車速前進，但是當你一踩油門，突然之間，轟的一聲，變成時速四十英里。兩者之間沒有中間值，所以由卅英里到四十英里，你必須進行量子跳躍（quantum leap）。同樣的，量子人不是那麼容易長高；他會停留在四英尺很多年，然後瞬間咻的一聲，長到五英尺高。量子假說違背了我們的日常經驗。

雖然它並不合乎大自然的運行，蒲朗克的奇怪假說（量子化的分子振動）卻能正確預測物體發射的光線頻率。即使科學家們很快地領悟到蒲朗克公式是正確的，他們還是不願接受量子假說。這假說實在太怪異，令人難以接受。

一個看起來不太有希望的候選人改變了量子假說的命運，把它從怪異的學說變為可接納的事實。當時廿六歲的專利局職員亞伯特・愛因斯坦（Albert Einstein）向物理界證明，自然的運行是以量子能階的方式，而不是循序漸進。他後來成為自已創立的理論的主要勁敵。

愛因斯坦不像革命家。當蒲朗克刺激物理界的同時，愛因斯坦正急著找工作。因為沒有錢，他在瑞士的專利局做臨時工，和他理想中的大學助教職務相距甚遠。一九〇四年，他結了婚，生下一個兒子，並且在專利局工作——這根本不會促成任何偉大的成就。然而，在一九〇五年，他寫了一篇論文，使他後來贏得諾貝爾獎。這篇論文解釋了光電效應（photoelectric effect），使量子力學進入研究主流。一旦量子力學被接納，零的神祕能力也隨之被接納。

光電效應在一八八七年被發現。當時德國的物理學家海瑞・赫茲（Heinrich Hertz）發現，紫外線光束照射金屬板時會發出火花；也就是電子很容易從金屬板中突然跳出。這個光線使金屬板發出火花的現象，令傳統物理學家大惑不解。紫外線帶有很高的能量，所以科學家們自然認為，要把電子從原子中移除需要相當大的能量。但是根據光的波動論，較亮的光具有較高的能量。譬如說：一束非常亮的藍光可能與一道暗暗的紫外光能量相當；因此，藍光應該也可以像暗淡的紫外光一樣，把電子從原子中移除。

實驗證明事實並非如此。即使是一道暗淡的紫外光（高頻率），也可以把電子移出原子。然而，如果你將頻率降低到臨界點之下——讓光線稍微帶有紅色——火花立即停止。不管這道光束有多麼亮，如果光的顏色不對，金屬板的電子就只能維持原狀，動彈不得。這違背了光的波動性質。

愛因斯坦解決了這個困惑——光電效應之謎，但是他的解答比蒲朗克的假說更具革命性。蒲朗克假設分子的振動是量子化的，而愛因斯坦則假設光是一種具有能量的粒子，稱為光子（photon）。這個觀念與當時物理界接受的光學理論相衝突，因為它意味著光不是波。

另一方面，如果光是粒子，那麼光電效應就很容易解釋了。光就好像一顆一顆的小子彈，往金屬板上射。當一顆子彈射到一個電子時，電子就會被輕輕推動。如果子彈的能量足夠（頻率夠高）的話，它就可以讓電子脫離原子。但是，如果光沒有足夠的能量，那麼電子就會保持原狀，只有光子飛掠而過。

愛因斯坦的想法很高明地解釋了光電效應。光被量子化成為光子，與一個多世紀以來大家深信不移的波動論正面衝突。結果證明，光同時具有波與粒子的特性。雖然光的性質有時候很像粒子，但有時候卻又很像波。事實上，光既不是波，也不是粒子，而是兩者的組合。這是令人很難理解的觀念。然而，這個觀念是量子論的核心。

根據量子論，無論是光、電子、原子、還是小狗，每一樣東西都有類似波的特性，也有類似粒子的特性。但是，如果物體同時具有波與粒子的特性，那它們到底是什麼東西？數學家以波函數（wave function）來描述物質波的傳播；波函數是施丁格（Schrodinger）波動方程式的微分方程式。遺憾地，這個數學方程式並不能夠給予直覺上的意義；我們無法用肉眼看出這些波函數的意義（註一）。更糟糕的是，物理學家發現量子力學實在是錯綜複雜，各種怪事層出不窮。其中最怪異的該算是量子力學的公式中，由零引起的問題：

零點能量。

這股奇怪的力量穿梭在量子宇宙的數學方程式中。一九二〇年代中期，德國物理學家瓦納・海森堡（Werner Heisenberg）在這些方程式中，發現了令人吃驚的「測不準原理」(uncertainty principle)。空無的力量就是來自於海森堡的測不準原理。

測不準原理的概念與科學家解釋粒子性質的能力有關。譬如說，如果我們想尋找某個粒子，我們需要知道它的位置及速度。海森堡的測不準原理告訴我們，我們甚至連這件簡單的事也辦不到。不管多麼努力嘗試，我們就是不可能同時準確測量粒子的位置，又準確測量它的速率，因為測量的動作會破壞一些資訊。

要測量一樣東西，你必須先碰觸它。舉個例，假設你要測量一枝鉛筆的長度。你可以張開手指看看它有多長；但是你非得要輕輕碰一下這枝鉛筆，這下子就干擾了這枝鉛筆的速率。比較好的方式是放支尺在鉛筆的旁邊，但是事實上，這也會改變鉛筆的速率。因為你可以看到這枝鉛筆是因為它會反射光線；光子撞擊鉛筆，然後反彈回來，輕微地推動了這枝鉛筆。雖然，這個攪擾很輕微，但仍些許地改變了鉛筆

註一：你可以把波函數（嚴格地說應是波函數的平方）看成粒子的分布機率。假設一個電子散布在空間中，當你測量它所在的位置時，波函數顯示了它在空間中的某一點出現的機率。這種含糊的性質是愛因斯坦所反對的。他的名言：「上帝並沒有在宇宙中玩骰子。」他拒絕量子力學中的機率理論。遺憾地，機率理論在量子力學中非常成功，而且傳統的古典物理並不能圓滿地解釋量子效應。

的速率。不管你用什麼方式測量這枝鉛筆的長度，在過程中一定會輕微地推撞它。海森堡的測不準原理證明，沒有任何方法可以同時準確地測量鉛筆的長度（或電子的位置）與速度。事實上，你愈清楚粒子的位置，就愈搞不清楚它的速率，反之亦然。如果你完全精準地測量到電子的位置，你必定對它的速度一無所知。如果你毫無誤差地測得粒子的速率，那麼你所測得的位置就有無限大的誤差——你根本不知道它在哪裏（註二）。你永遠不可能同時知道這兩筆資料；如果你對其中之一稍有認知，對另一筆一定有些不肯定。這是另一個牢不可破的定律。

海森堡的測不準原理不僅可以應用在人類的測量，就像熱力學定律一樣，測不準原理也適用於自然現象。測不準原理使得宇宙因無限的能量而混亂不堪。假設在空間中有個非常小的盒子，如果我們要分析盒子裏的狀態，我們可以先做一些猜測。舉個例，我們約略知道這些粒子的位置，畢竟我們知道它被限制在這個體積範圍之內。因為我們對這些粒子的位置有約略的了解，根據海森堡的測不準原理，我們對這些粒子的速率（能量）就存在著不肯定。如果我們讓這個盒子愈來愈小，我們對這些粒子的能量的了解就更少。

這個論點可以應用在宇宙的每個角落——在地球的核心，或在太空的真空深處。這意味著即使在極微小的體積

註二：確切地說，海森堡的測不準原理所提到的不是粒子的速度，而是動量；它包含了速度、方向、以及關於粒子質量的資訊。然而，在上下文中，動量、速度、甚至是能量，都是可以互換使用的。

內，甚至在真空裏，我們對物體內所含的能量也不可能準確測量。但是，能量在真空中測不準的說法，聽起來很荒謬。依照定義，真空中什麼都沒有——沒有粒子、沒有光、一片空無。因此，真空中應該沒有能量。然而，測不準原理卻說，我們不可能測知真空中某個體積在某一時刻所含有的能量。即使在體積極微小的真空中，能量仍是變動不斷。

真空中什麼都沒有，怎麼會存在能量呢？答案就在另一個方程式——愛因斯坦著名的$E = mc^2$。這簡單的公式說明了質量與能量之間的關係：物體的質量相當於某一定量的能量。（事實上，粒子物理學測量電子的質量時，並不是用公斤、英磅或任何質量與重量單位。他們稱電子的靜質量是0.511 MeV〔百萬電子伏特〕，這是能量單位。）

在真空中，能量的變動就是質量的變動。粒子不斷在存在與不存在之間交互變幻。真空並不是真的空無一物。事實上，它充滿了虛粒子（virtual particles）；在空間中的每一點，無限的數字正快樂地忽隱忽現。這就是零點能量，量子論的方程式中的無限。嚴格地解釋，零點能量是無限的。根據量子力學方程式，在你的烤麵包機所存在的能量，遠比煤礦、油田及核子武器中的能量巨大。

當方程式中含有無限的時候，物理學家通常會懷疑方程式有錯誤；無限並沒有物理意義。零點能量也是一樣，大部分的科學家對它完全視而不見。他們把零點能量當作零，即使他們心裏知道它是無限。這樣的假設很方便，而且通常無關緊要。然而，有時候它卻不可忽視。一九四八年，兩位荷蘭物理學家亨德里克・卡斯米爾（Hendrick B. G. Casimir）與狄克・波德爾（Dik Polder）首先領悟到不能夠老是忽略零點能量。這兩位科學家在研究原子之間的作用力時，發現他們的測量值與預測值有差距。在尋找答案的過程中，卡斯米爾觸摸到空無的力量。

卡斯米爾力的祕密就在於波的性質。在古希臘，畢達哥拉斯撥弄琴弦時，發現了波的特殊性質：有些音是悅耳的，有些音是嘈雜的。當畢達哥拉斯隨手撥動一根琴弦時，這根弦的音調就是基音。當他以手指壓著弦的中點時，撥動琴弦會得到另一個悅耳的弦聲，而且音調剛好比基音高八度。稍微移動手指到三分之一處，又會得到另一個美好的音調。但是畢達哥拉斯發現，並不是所有的音都是清脆悅耳的。如果他只是把手

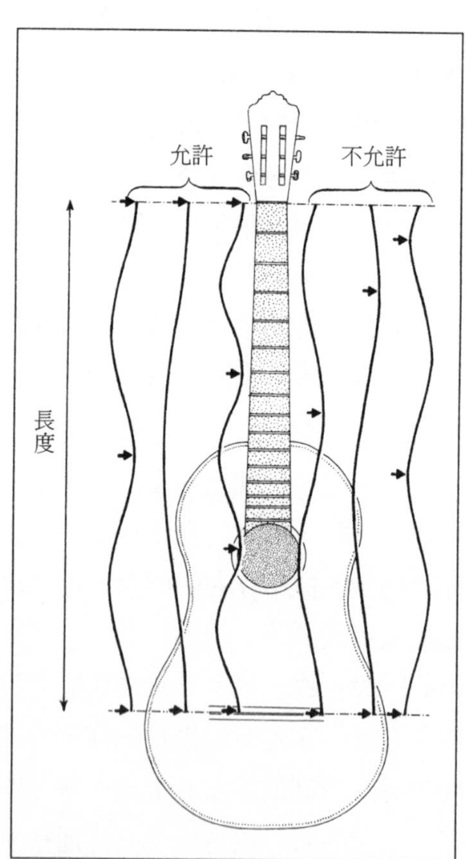

圖四十八：吉他上的音調。

指頭隨意放在弦上，就很少能得到清脆悅耳的聲音。一條弦只能奏出某些音符，其餘大部分的音調都是嘈雜的（請見圖四十八）。

物質波與弦波十分類似。一條吉他弦不可能發出所有的音調（有些波不可能出現在這條弦上），同樣的，有些物質波不可能出現在盒子裏。舉例來說，兩塊平行的金屬板之間不可能適應所有粒子的波動，只有波長符合的粒子才能進入（請見圖四十九）。

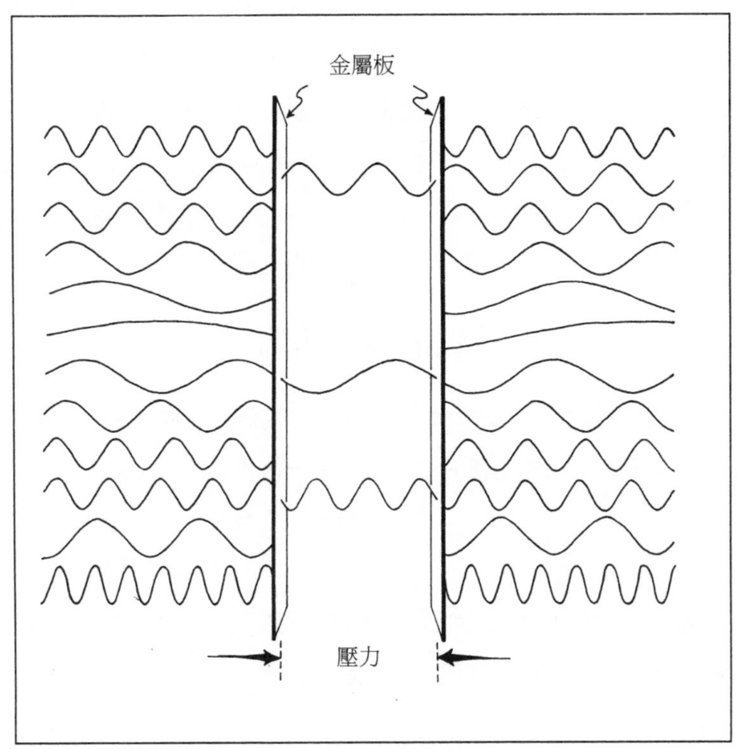

圖四十九：卡斯米爾效應

卡斯米爾發現，不適合的粒子波動會影響真空的零點能量，因為粒子到處忽隱忽現。如果你把兩塊金屬板緊密地排在一起，有些粒子無法進入，於是，在金屬板外的粒子比金屬板內的粒子還要多。這些粒子群在外面壓迫著金屬板，而金屬板內部卻沒有等量的粒子，因此這兩個金屬板會被擠壓在一起，即使在最深的真空中也是如此。

雖然卡斯米爾力——空無中產生的虛無飄渺的力量——聽起來很科幻，但是它的確存在。它是極微小的作用力，很難測量。在一九九五年，物理學家史蒂芬・拉莫利克斯（Steven Lamoreaux）直接測量到卡斯米爾效應。他把兩個鍍金板放在一個敏感的雙絞測量儀器上，他測量到要多少力才能抵消金屬板之間的卡斯米爾力。答案是：大約等於一隻螞蟻被切成三萬片以後的重量——恰好吻合卡斯米爾的理論。拉莫利克斯測量到空無所產生的力量。

相對的零：黑洞

〔星星〕像神出鬼沒的貓咪一樣，從我們的視線中消失。

一個是留下牠莫測高深的微笑，另一個是留下它的引力。

——約翰・惠勒（John Wheeler）

量子力學中的零以無限的能量充滿真空。在另一個偉大的現代理論——相對論中，零創造了另一個矛盾：無限空無的黑洞。

像量子力學一樣，相對論也是因為光而誕生；這回是光速惹的禍。在宇宙中，大部分物體的速度並不能被每位觀察者所認同。舉例來說，假設有一個男孩往某個方向扔擲石頭，對於朝男孩移近的觀察者而言，石頭的速度比往反向移動的觀察者所看到的速度快。同樣的道理，光速應該取決於你是朝向燈跑，還是往反方向跑。一八八七年，美國物理學家艾伯特．邁克生（Albert Michelson）與艾德華．莫雷（Edward Morley）試圖測量這個效應。他們十分納悶，因為他們發現光線在任何方向的速度都一樣。怎麼會這樣呢?

一九〇五年，年輕的愛因斯坦又再度回答了這個問題。同樣地，簡單的假設又引起軒然大波。

愛因斯坦的第一個假設非常顯而易見。愛因斯坦認為，如果一群人看到同樣的現象，譬如一隻朝樹上飛的烏鴉，對每位觀察者而言，這個現象所牽涉的物理定律是相同的。如果有一個人是待在與烏鴉平行前進的火車上，那麼他所觀察到的烏鴉飛行速度會與地面上靜止的人有所不同。但是，飛行的最終結局都是一樣的：在幾秒鐘之後，烏鴉飛抵那棵樹。這兩個人都同意最後的結果，雖然他們可能不同意中間的一些細節。這就是相對論的原理。（在這裏我們所討論的是狹義相對論，運動的形態是有限制的；每位觀察者必須以等速度直線運動。而廣義相對論則沒有這個限制。）

第二個假設比較有問題，因為它與相對論的原理相衝突。愛因斯坦假設每個人（不管他以任何速度前進）在真空中所看到的光速都是相同的：約每秒鐘三億公尺。光速是一個常數，以c表示。如果有人用手電筒照你，射向你的光速是c。不管拿著手電筒的人是靜止，或是朝你跑來，或反向跑開，在每個人的眼中，光線都是以c的速度前進。

這項假設挑戰著物理學家對物體運動的原有觀念。如果烏鴉像光子一樣，那麼火車上的觀察者和地面上的觀察者所看到的烏鴉飛行速度會相同，這意味著兩位觀察者所看到烏鴉飛抵那棵樹的時間並不相同（請見圖五十）。愛因斯坦領悟到：時間的流速取決於觀察者的速度。在火車上，時鐘運轉的速度比靜止的時鐘慢一些。地面觀察者的十秒鐘可能相當於火車上的五秒鐘。同樣的原理可以應用在快速移動的人。如果一位太空人以光速的十分之九，花費二十年旅行（根據他的懷錶），他回到地球時老了二十歲，而地球上的人卻過了四十六年。

不單是時間會跟著速度改變，長度與質量也會隨之改變。當物體加速時，它會愈來愈短，愈來愈重。舉例來說，在一個靜止的觀察者眼中，以十分之一光速運動的棍子會由1碼長縮短成0.44碼；1磅的糖會變成接近2.3磅。（當然啦！這並不代表你可以用這包糖烤出更多的餅乾。由這包糖的角度來看，它的重量一直是不變的。）

時間流的變化可能令人難以置信，但是我們的確可以觀察到這個現象。當一個次原子粒子以非常快的速度前進時，它的衰退時間會比預期的長，因為它的時鐘較慢。不但如此，在高速飛行的飛機中，一個非常精確的時鐘的速度也會略微減慢。愛因斯坦的理論是正確的！然而，這裏還有個潛在的問題：零。

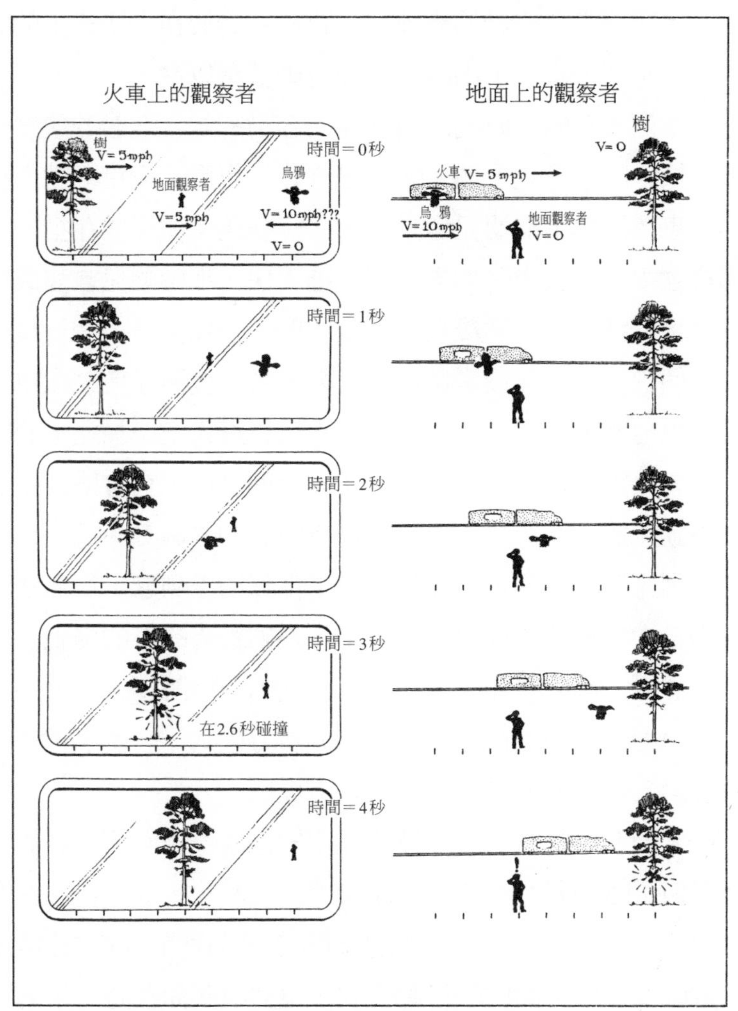

圖五十：烏鴉的速度恆定意味著時間是相對的。

當太空船的速度逼近光速時，時間愈來愈慢。如果這艘太空船以光速前進，在船上的每一秒鐘會等於地面上的無限秒。在太空船內不到一秒鐘的時間，等於地面上的幾十億年；宇宙將走上終結的命運——毀滅。對於在太空船上的人而言，時間停止了，因為時間的流動被乘以零。

幸好，要阻止時間的前進並不容易。當太空船的速度愈來愈快，時間愈走愈慢，太空船的質量也愈來愈重。就像推嬰兒車，而車上的嬰兒愈長愈大。沒多久，你變成在推一位相撲選手，很費力。如果你還能推更快，那個嬰兒會變成像一輛車一樣重……然後是一艘太空船……然後是一個行星……一個恆星……然後是整個銀河系。當這個嬰兒愈來愈重，推動也愈來愈困難。同樣的，你也可以讓太空船加速，使它愈來愈接近光速。然而，過了一段時間之後，它會變得重到推不動。這艘太空船（或是任何有質量的物體）永遠不會真的達到光速。光速是速度的極限；你無法達到它，更無法超越它。大自然防衛自己，免於受那不聽管束的零的侵犯。

然而，零的威力太過強大。當愛因斯坦將相對論擴展到包含重力時，他並沒有料到自己的新方程式——廣義相對論會導出最終的零與最糟糕的無限：黑洞。

愛因斯坦的方程式把時間與空間當成一體兩面。我們已經習慣了這個觀念：你可以藉由加速或減速，改變自己在空間中移動的方式。愛因斯坦的方程式告訴我們：改變速度不僅會改變你在空間中的移動方式，也會改變你在時間中的移動方式。它可能會讓時間加速，也可能會讓時間減速。因此，當你讓一個物體產生加速度（施予推力）時，你改變的是這個物體在空間與時間中的移動。

這是個很難理解的觀念，用比喻的方式可能比較容易解釋：時間與空間就像一張巨大的膠膜。行星、恆星及所有的東西都坐落在這張膜上，膠膜因而略微扭曲。變形的程度（因坐落在膠膜上的物體所引起的曲率）就是重力。物體質量愈大，膠膜的變形程度愈厲害，物體也就凹陷愈深。重力的吸引就像物體順著滑入凹陷中。

膠膜的曲率不只是空間的曲率，也是時間的曲率。如同空間在物體附近被扭曲，時間也是一樣。當曲率愈來愈大，時間也愈來愈慢。同樣的情況也發生在質量上。當你進入嚴重扭曲的空間時，你身體的質量也會增加，這個現象稱為「質量膨脹」（mass inflation）。

這個比喻解釋了行星的軌道；地球只待在太陽所造成的凹陷中滾動。光線不會以直線的路徑前進，而是以曲線繞過恆星——這是英國天文學家亞瑟・艾丁頓爵士（Sir Arthur Eddington）在一九一九年所觀察到的現象。艾丁頓在日蝕的時候，測得了恆星的位置，也觀察到愛因斯坦所預測的曲率（請見圖五十一）。

愛因斯坦的方程式同時預測了一個更可怕的東西：黑洞。黑洞是密度極高的恆星，沒有任何東西可以逃離它的手掌心，甚至連光線也無法抗拒它的引力。

黑洞就像所有的恆星一樣，剛開始的時候都是充滿氣體的大火球——大部分是氫氣。若順其自然，火球膨脹到一個程度之後，會被自己的重力吸引而收縮，形成小小的一團。幸好恆星不會如此收縮，因為同時還有另一個作用力抵制它，就是核融合。當一大團氣體收縮時，恆星愈來愈熱，密

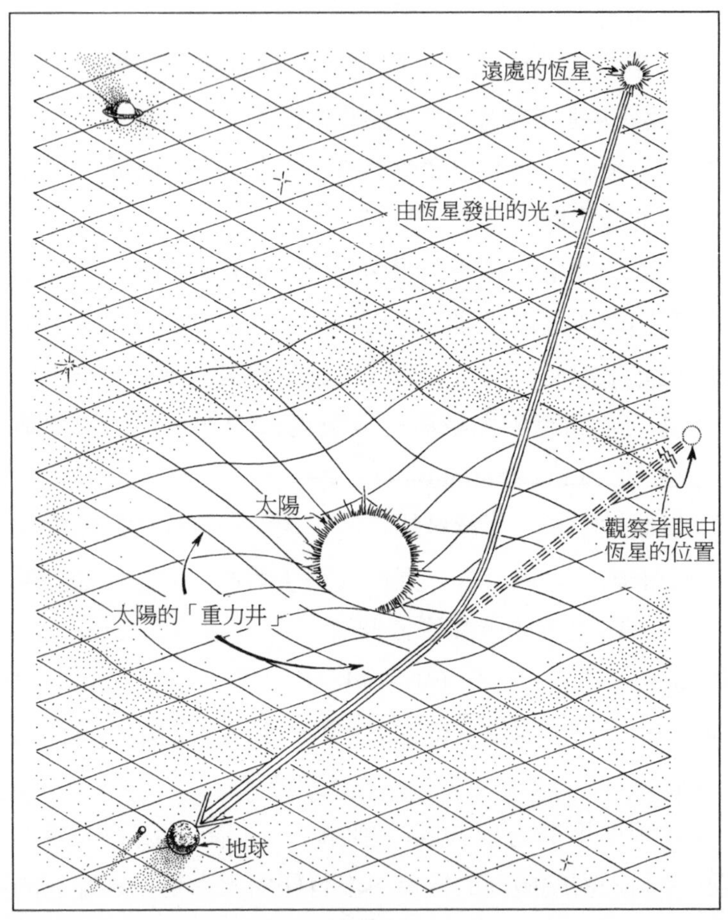

圖五十一：太陽附近光線的重力彎曲

度愈來愈高，不但如此，氫原子彼此撞擊的力量會更大。最後，恆星會因為太熱、密度太高，以致於氫原子彼此結合產生氦氣，並且釋放大量的能量。這股能量由恆星的中心釋放出來，使恆星再度膨脹。在恆星的一生中，大部分都處於不穩定狀態：被自己的重力摧毀，又被自己核心的核融合所釋放的能量平衡。

這份平衡不會永遠持續下去；恆星所使用的氫氣燃料是有限的。一段時間之後，核融合的反應會衰退，失去平衡狀態。（這個過程的長度取決於恆星的大小。很諷刺地，恆星愈大，氫氣愈多，它的壽命就愈短，因為它的燃燒較劇烈。太陽大約還剩五十億年的燃料，但是你可別因為這個資料就放心。太陽的熱力會在這件事發生之前就慢慢地升高，燒掉海洋的水，使地球變成一個像金星一樣無法居住的沙漠。如果地球還能夠撐上十億年，我們就算幸運的了。）在一串死亡的陣痛之後，恆星的氣體燃燒殆盡，星體開始因為重力的作用而毀滅。

量子力學的其中一條定律，庖立不相容原理（Pauli exclusion principle）使物質不會將自己壓縮成一小點。這個定律是在一九二〇年代中期，由德國物理學家渥夫甘格・庖立（Wolfgang Pauli）所發現。簡單地說，庖立不相容原理就是：不可能有兩件東西，可以同時出現在同一個地點。特別是，在同一個量子能階中的兩個電子，不可能待在同一個位置。然而，一九三三年，印度物理學家撒布拉曼顏・強茁斯哈爾（Subrahmanyan Chandrasekhar）發現，庖立不相容原理只能有限的對抗重力的擠壓。

庖立不相容原理主張，當恆星內部的壓力增加時，裏面的電子移動速率會愈來愈快，以避開對方。但是，這裏有個速度限制：電子的速度不可能高過光速。所以，如果你施加足夠的壓力，電子的速度就不夠快到阻止物質的收縮。根據強茁斯哈爾的計算，一顆大約是太陽質量1.4倍的恆星收縮，就會有足夠的重力抵消庖立不相容原理。超過了強茁斯哈爾的極限值，恆星的引力就會牢牢捉住自己，連電子也無法阻止它的收縮。重力的吸引如此強大，以致於恆星的電子束手就擒；電子與恆星的質子碰撞，製造了中子。這顆巨大的恆星變成一個龐大的中子球——中子星。

更進一步的計算顯示：當毀滅中的恆星接近強茁斯哈爾極限的質量時，中子的壓力（就像電子的壓力）可以短暫阻擋恆星的毀滅；這就是發生在中子星的情況。在這個階段，恆星的密度非常高，每湯匙的重量等於好幾億噸。儘管中子可以承受這麼大的壓力，極限還是存在。有些天文物理學家相信，再加上一點擠壓，中子就會分裂成夸克，產生夸克星。但是，這是最後一道防線。在此之後，就是一團混亂。

質量極大的恆星因收縮而消失。重力的引力非常強大，物理學家們找不到任何力量可以阻止它的收縮。電子的排斥力、中子對中子或夸克對夸克的壓力都辦不到；沒有任何東西可以阻止恆星的毀滅。垂死的星球愈來愈小、愈來愈小。然後，……零。恆星把自己擠入零空間中。這就是黑洞，一個矛盾的物體。有些科學家相信，黑洞可以使物體移動的速度高於光速——時光倒流。

了解黑洞的奇特性質要從彎曲時空談起。黑洞不佔有任何空間，但是它仍具有質量。因為黑洞具有質量，所以它會使時空彎曲。在一般的狀況下，這不會造成任何問題。當你接近一個沉重的恆星，曲率會愈來愈大，但是一旦通過恆星的外圍，曲率就會愈來愈小，直到最低點。然而，黑洞是一個點，它不佔空間，所以它沒有外圍，沒有曲率開始緩和的界線。當你逼近黑洞時，空間的曲率會愈來愈大，但它永遠降不到最低點；曲率直驅無限，因為黑洞佔據零空間。這個星體在時空的平面上扯破一個洞（請見圖五十二）。黑洞的零是一個奇點，是宇宙結構中的傷口。

這是個令人非常頭痛的概念。平滑連續的時空平面可能被撕出一些洞，但是沒有人知道那些被撕扯地區的實際情況。愛因斯坦被奇點的概念所困擾，他拒絕接受黑洞的存

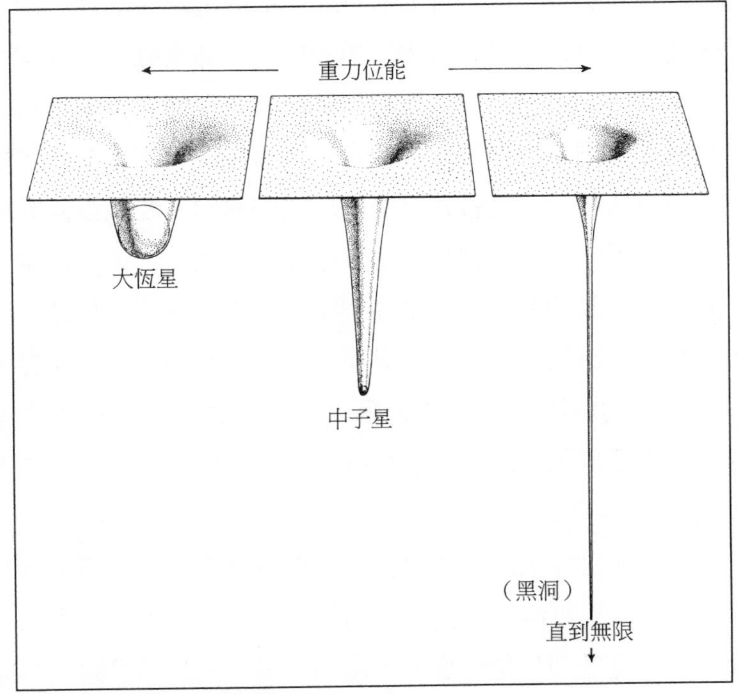

圖五十二：不像其他的恆星，黑洞在時空中扯出一個洞。

在。他錯了；黑洞真的存在。然而，黑洞的奇點是那麼醜陋、危險，大自然想要遮掩它，防止任何人看到黑洞中心的零，然後到處散布謠言。大自然有個「宇宙監察員」。

這個監察員就是重力。如果你向上擲丟一塊石頭，地球的重力會使它落回地面。但是，如果你丟得夠快，這塊石頭不會掉下來，它會衝破地球的大氣層，脫離地球的地心引力。這就是美國太空總署（NASA）送太空船上火星的方法。要使石頭脫離地球重力所需要的最低初速度，稱為脫離速度（escape velocity)。黑洞的密度很高，如果你太靠近，進入「事象視界」(event horizon)，那麼脫離速度就必須高於光速。一旦進入事象視界，黑洞的引力非常強，而且空間也極度彎曲，沒有一樣東西可以逃脫，甚至連光線也不行。

雖然黑洞是一顆恆星，但是它所發出的光芒沒有一道能夠穿過事象視界；這就是它全然黑暗的原因。要親眼觀看黑洞奇點的唯一方法，就是進入事象視界。然而，即使你穿上一套絕對牢靠的太空衣，讓你不會被拉成一條義大利麵，你也沒辦法告訴任何人你的所見所聞。一旦越過了事象視界，你所發出的訊號再也無法逃離黑洞的引力——連你也逃不掉。進入事象視界的旅行就像跌入宇宙的懸崖；你將一去不復返。這是宇宙監察員的能力。

儘管大自然試圖掩蓋黑洞的奇點，科學家仍知道黑洞的存在。在人馬星座，銀河系的最中心，坐落著一個極大的黑洞，它的重量約莫是二百五十萬個太陽。天文學家觀測到恆星們繞著隱形的舞伴翩翩起舞；恆星的軌跡顯示出黑洞的存在，即使我們的肉眼看不見黑洞。然而，雖然科學家可以偵測到黑洞，他們還是無法指出黑洞中心的零，因為醜陋的奇點被事象視界屏擋住。

這是好事。如果事象視界不存在，就沒有宇宙監察員可以擋住奇點對宇宙其他部分的影響，很多奇怪的事情可能會發生。理論上，沒有事象視界覆蓋的奇點可能會讓你以超光速的方式前進，並且讓時光倒流。蟲洞（wormhole）就可以達到這個效果。

回到膠膜的比喻，奇點是無限曲率中的一點；它是時空平面中的一個洞。在某些情況之下，這個洞會被拉長。舉例來說，如果黑洞會旋轉，或帶有電荷時，數學家計算出的奇點就不是一個點，而是一個環。物理學家推測，兩個這樣的

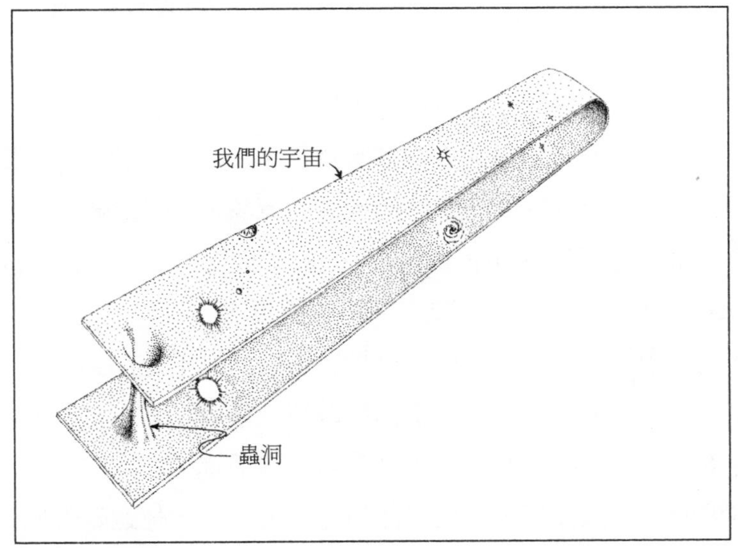

圖五十三：蟲洞

奇點可能會彼此延伸，並連成隧道，也就是蟲洞（請見圖五十三）。一個穿過蟲洞的旅行者會出現在太空中的另一點，或到達另一個時間。理論上，蟲洞在可以在轉瞬間將你送到宇宙的另一端，也可能讓你在時間中前進或後退（請見附錄E）。你甚至可以回到你的母親遇見你的父親之前，阻止他們的結合，防止自己的出生，造成可怕的矛盾。

蟲洞的矛盾性質是由於廣義相對論的方程式中的零所造成的。沒有人真的知道蟲洞是否存在——但是，美國太空總署希望它們真的存在。

不勞而獲？

天下沒有白吃的午餐。

——熱力學第二定律

美國太空總署希望，到遠處恆星旅行的秘密就藏在零之中。一九九八年，美國太空總署舉行了一次座談會，主題為「第三個千禧年的物理學」，與會的科學家們談論著蟲洞的價值、曲速引擎（warp drive）、真空能量引擎（vacuum-energy engine），以及各種突破統的新想法。

太空旅行的問題在於沒有物質可以做為推進的動力。當你在水中游泳，向後推水使你得以往前移動。當你在陸地上行走，你的腳向地面施力，身體才能向前進。在太空中，沒有東西可以讓你施力；任憑你如何努力游動，你還是哪兒也去不了。

火箭自己攜帶燃料做為推進力。燃料在引擎中燃燒，然後由火箭的尾部衝出，使太空船向前推進，就好像氣體衝出的氣球在房間裏亂飛一樣。但是，用燃料推進是既昂貴又笨重的方式，就算是現代最先進的化學引擎（例如電動引擎），也不能夠在限定的時間內，將太空探測器傳送到遠方的恆星。即使是前往距離我們最近的恆星，也需要龐大的燃料——這是極度的浪費。

物理學家馬克・密立斯（Marc Millis）是美國太空總署「推進突破計畫」（Breakthrough Propulsion Project）的領導人，他希望可以克服這個物理上的零。不幸的是，黑洞裏的零——奇點——在短期之內似乎無法突破。要創造出形成蟲洞所需要的奇點非常困難，而且這種毫無掩蔽的奇點會把太空旅行者撕成碎片。在一九九八年，兩位來自耶路撒冷希伯來大學的物理學家證明，旋轉或帶電的黑洞（完美的環形奇點）會殺死太空人，因為質量膨脹。當你掉入奇點，黑洞的質量愈來愈大，強大的引力會讓你在一秒鐘之內被撕成碎片。蟲洞會對你造成生命威脅。

雖然黑洞中心的零不能夠提供太空旅行的簡易方法，但是量子力學中的零卻提供了另一種可能性：零點能量可能是最終的燃料。這裏是主流物理的盡頭，非主流物理的源頭。

根據密立斯的說法，太空人可以利用零點能量，在真空中駕馭太空船，就像帆船的水手乘著風前行。他說：「以卡斯米爾效應為例，真空中的輻射壓力會擠壓兩片金屬板。如果你可以讓輻射壓力產生非對稱力，也就是在某個方向有作用力，但是在反方向沒有作用力，你就可以得到推進力。」然而，到目前為止，卡斯米爾效應還是對稱的；兩邊的金屬板緊緊吸在一起，正反兩方向的壓力同時存在。但是，量子旅行假設有一種單向的鏡子，它的其中一面可以反射虛粒子，另一面則讓虛粒子毫無阻力地通過，那麼真空能量就可以推動物體，往非反射性的那一面前行。密立斯承認，沒有人知道該如何達成這個想法。他黯然地說：「目前沒有任何理論可以製造出這樣的機器。」

問題在於，物理定律指出，你不可能不勞而獲；就像帆船會減低風速一樣，量子旅行一定會減低真空的能量。你如何修補空無呢?

美國德州奧斯丁高等研究院（Advanced Studies in Austin）的院長哈洛德・帕索夫（Harold Puthoff）認為，量子旅行只是改變了真空的性質。（帕索夫以一九七四年他在《自然》雜誌發表的論文聞名，他試圖證明尤力・蓋勒（Uri Geller）以及其他具有心靈能力的人，不用肉眼就可以看到遠方的物體。但他的結論並不被主流科學接納。）帕索夫說：「真空只是衰減到稍低的狀態。」若是如此，量子旅行只是個開端；以零點能量運轉的引擎是可能達到的。唯一的缺點是宇宙的結構會慢慢地分崩離析。他說：「我們永遠不會有進展。這就像想從大海中舀出所有的水一樣。」

它可能也會摧毀宇宙。

毫無疑問，真空具有能量；卡斯米爾力是這個事實的見證。但是，真空能量真的是最低的能量嗎？如果不是，真空中可能潛伏著危險。一九八三年，兩位科學家在《自然》雜誌上指出，任意修補真空能量可能會引起宇宙的自我毀滅。這篇論文指出，我們的真空可能是處於非自然能量狀態的「虛」真空——就像停在山坡邊不穩定的一顆球。如果我們給予真空足夠的推力，它可能會開始滾下坡，停在較低的能量狀態；我們永遠無法阻止它。它會釋放很大的能量，以光的速率膨脹，留下一條毀滅的痕跡。最後，每個原子都會在世界末日時被分解。

幸好，這是極不可能發生的情景。我們的宇宙還能撐上幾十億年，而且我們未必活在如此不穩定的狀態之下；如果真是如此，宇宙射線的碰撞可能早已經「引爆」真空能量，釀成巨禍。這不曾阻止一些像費米國家實驗室（Fermilab）的高能物理研究者，他們相信高能碰撞會造成真空自發性的毀滅。即使這些想法都證據確鑿，利用零點能量推動太空船似乎還是不可能的事。然而，帕索夫相信，一定有辦法可以由空無中獲得能量。

理論上，即使是在絕對零度的真空中，科學家還是可以由卡斯米爾效應獲得能量。兩塊金屬板啪地一聲黏在一起，熱量可以被轉成電能。可惜！這兩塊金屬板一定要再次被撬開，撬開它所需要的能量比原來產生的能量還要多；大部分的科學家相信，這個事實扼殺了製造使用真空能量的永恆運動機器的構想。但是，帕索夫認為自己想到了一些變通的方法。其中一個方式就是使用電漿（plasmas）。

電漿是帶電粒子組成的氣體，在卡斯米爾效應中，它就像一塊金屬板一樣。圓柱狀、會導電的氣體可以被零點起伏（zero-point fluctuation）所壓縮，就像兩片金屬板被迫黏在一起的效果一樣。這個碰撞會使電漿發熱，釋放出能量。帕索夫說，電漿不像金屬板，它很容易由閃電中產生，而且你不需要一再撬開兩片金屬板，電漿自然會「化為烏有」。帕索夫慎重地宣稱，這種方法產生的能量，比原來輸入的能量多出三十倍。他說：「我們的確擁有一些證據，我們甚至已經取得了專利。」然而，帕索夫的機器只是眾多宣稱「不消耗能量」機器的其中之一。目前並沒有任何這類機器能夠通過科學嚴密的審視，他的機器也不例外。

在量子力學與廣義相對論中，零的威力無窮，所以人們會想擷取它的潛力並不奇怪。但是，到目前為止，似乎還是沒有不勞而獲的事。

在原點的零時

（在空間與時間邊緣的零）

外星人似乎是：

凡夫俗子所不能見，

與未來的歷史親密結合……

——湯瑪斯・哈代（Thomas Hardy）

《二者的收斂》（*The Convergence of the Twain*）

近代物理就像是兩個巨人的爭鬥。廣義相對論支配著巨大的領域，包括：恆星、太陽系、銀河系這些宇宙中質量最大的物體。量子力學則掌管微小的領域，諸如：原子、電子、次原子粒子。這兩個理論應該可以和平共存，以不同的物理定律各司其職。

不幸的，有些物質同時屬於兩種領域。黑洞非常非常大，所以它屬於廣義相對論的範疇；同時，黑洞也非常非常小，所以它也屬於量子力學的領域。這兩個領域的定律在黑洞的核心正面衝突，僵持不下。

零同時坐落在量子力學與相對論的頂端；零出現在這兩個理論相遇的地方，並且造成這兩個理論的衝突。黑洞是廣義相對論方程式中的零；真空能量是量子論數學中的零。宇宙大爆炸（the big bang）這個宇宙中最令人費解的事件，同時是這兩個理論中的零。宇宙由無而生，然而，在試圖解釋宇宙起源的時候，這兩個理論都失敗了。

為了了解宇宙大爆炸，物理學家必須結合量子論與相對論。在過去幾年中，量子論與相對論得到了初步的勝利，它們創造出一個巨大的理論，以量子力學解釋重力的性質，讓我們得以一窺宇宙的起源。它們所需要做的，只是驅逐零。事實上，萬有理論（Theory of Everything）就是空無理論。

零被驅逐：弦論

問題是，當我們費盡心力計算，直到距離等於零，方程式在我們面前爆炸，給予我們毫無意義的解答——無窮大的答案。在量子電動力學剛誕生時，這個問題引起很大的困擾。每當人們試圖計算問題時，解答總是無窮大。

——理察・費曼（Richard Feynman）

廣義相對論與量子力學密不可分，卻又互不相容。廣義相對論的宇宙是平滑的膠膜，連續且流動，永遠沒有銳角，永遠沒有尖點。另一方面，量子力學則提出一個顛簸且不連續的宇宙。這兩個理論的共同點（也是它們的衝突所在）就是零。

黑洞中無限的零——質量充塞在零空間，使空間無限彎曲——在平滑的膠膜上戳穿一個洞。廣義相對論的方程式不能處理零的尖銳性。在黑洞中，空間與時間是沒有意義的。

量子力學也有類似的問題，一個與零點能量有關的問題。量子力學的定律把粒子（例如電子）視為一個點；也就是，它們不佔有任何空間。電子是零維空間的物體，就是這個像零的性質，使科學家無法了解電子的質量及帶電量。

這似乎是個很愚蠢的說法。早在一百多年前，科學家就已經開始測量電子的質量與帶電量。物理學家怎麼可能會不知道那些已經測量過的東西呢？答案與零有關。

科學家在實驗室中所看到的電子——物理學家、化學家、工程師們幾十年來所知道且心愛的電子——是冒牌貨。它不是真的電子。真的電子隱藏在粒子的遮蔽中，由零點起伏所組成。這些粒子經常忽隱忽現。電子在真空中經常會吸收或放出一些粒子，例如：光子。成群的粒子造成測量上的困難，因為粒子會干擾測量，遮蔽電子的真實性質。「真」的電子比較重，電荷量也比物理學家觀察到的高。

如果科學家們更靠近一點，他們會更清楚電子的真實質量與帶電量。如果他們能夠發明進入粒子雲裏的微小儀器，他們也許就可以看得更清楚。根據量子論，當測量儀器通過粒子雲邊緣的虛粒子時，科學家會看到電子的質量及帶電量上升。當探測器愈來愈靠近電子，它會經過更多的虛粒子；因此，觀察到的質量及帶電量會一直上升。當探測器與電子的距離逼近零時，它所經過的粒子數目增加到無窮大——所以，探測器所測得的電子質量與帶電量也會趨近無窮大。根據量子力學的定律，零維空間的電子擁有無窮大的質量及無窮大的帶電量。

於是，在研究零點能量時，科學家不理會電子的無限質量與帶電量。當他們計算電子的真實質量與帶電量時，他們不曾深入到與電子距離為零的地方；他們停在沒有零的地方。當一位科學家選擇了某個合適的距離時，所有使用這個電子的「真實」質量與帶電量的計算都會彼此吻合。這個方法稱為重整化（renormalization）。物理學家費曼如此寫道：「我認為這是個自欺欺人的做法。」儘管費曼是以完成重整化的成果獲得諾貝爾獎。

零在廣義相對論的平滑結構上戳破個洞，零同時也撫平遮掩了電子帶電的尖點，以煙霧覆蓋它。然而，量子力學所談的是零維空間的粒子，嚴格地說，在量子論中所有粒子間的互動都與無限有關，也就是奇點。舉個例：當兩個粒子融合時，它們相遇在一點——零維空間的奇點。這個奇點在量子力學或廣義相對論中是沒有意義的。零是這兩個理論交會時的扳手，所以物理學家對它置之不理。

除掉零的動作並不明顯，因為零在空間與時間中忽隱忽現。黑洞是零維空間，粒子與電子也是。電子與黑洞都是真實存在的，科學家不能主觀地撇開它不談。但是，科學家們可以給黑洞及電子一個額外的空間。

這就是弦論（string theory）的動機。弦論發明於一九七〇年代，當時物理學家開始了解「把每個粒子視為一條振動的弦而不是點」的優點。如果電子與黑洞被視為像弦圈的一維空間，而不是像點的零維空間，那麼廣義相對論和量子力學中的無限就會神奇地消失。譬如重整化的問題——電子的無限質量與帶電量——消失了。一個零維空間的電子擁有無限質量及帶電量，因為它是個奇點；當你愈來愈靠近它的時候，你的測量會推近到無限。然而，如果電子像弦圈，粒子就不再是一個奇點。這意味著質量與帶電量不會趨近無限，因為當你接近電子的時候，你不再是通過一堆無限的雲。再者，當兩個粒子融合時，它們不再相遇於奇點；它們在時空中構成美好、平滑、連續的平面（請見圖五十四、五十五）。

在弦論中，不同的粒子實際上是相同的弦，只是以不同的方式振動。宇宙萬物都是由這些弦所組成，它們的寬度大約為10^{-33}公分；弦的大小相對於中子的大小，就好像中子相對於太陽系的大小一樣。由像我們這樣大的人來看，這個

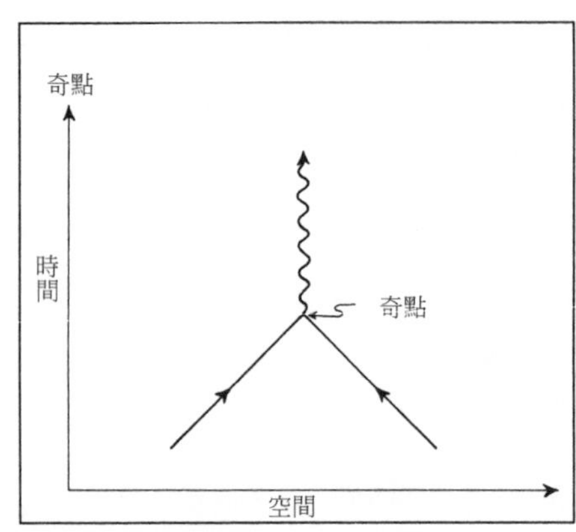

圖五十四：點粒子製造了一個奇點

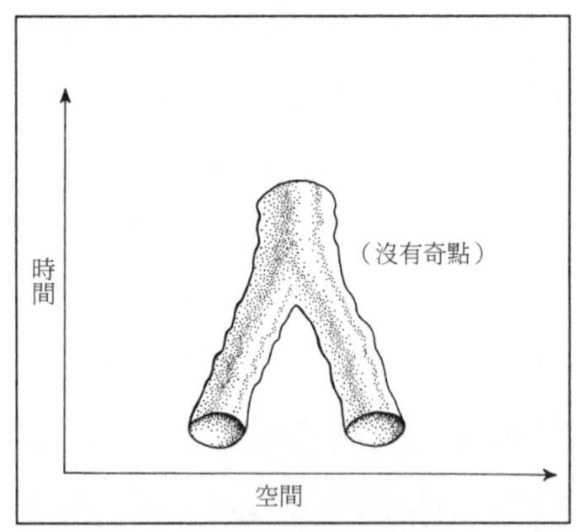

圖五十五：弦粒子不會製造奇點

弦圈就好像一個點。因為它們實在非常小，小到弦圈的距離（還有時間）已經無關緊要；它們沒有任何物理意義。在弦論中，零從宇宙中被驅逐；再也沒有所謂的零距離或零時間。這解決了量子力學中所有關於無限的問題。

在廣義相對論中，驅逐零也解決了無限所造成的問題。如果你假設黑洞是一條弦，物體將不再墜落時空平面的裂縫。反之，趨近黑洞弦圈的粒子弦圈會開始延展，然後觸碰到黑洞。這兩個弦圈振動、破裂，然後融合成同一個弦圈：稍大一點的黑洞。（有些理論家相信，一個粒子融合入黑洞會製造出奇特的粒子，例如超光速粒子〔tachyons〕。超光速粒子的質量為虛數，移動速度比光速快，可以回溯時間。這類粒子在某些弦論版本中可以被接受。）

從宇宙中除掉零的舉動，看起來好像十分果斷，但是，弦比點容易處理得多；藉著除去零，弦論撫平量子力學的不連續與粒子性質，也修補了廣義相對論中被黑洞扯開的裂縫。在這些問題平息之後，這兩個理論不再互不相容。物理學家開始認為，弦論會統合量子力學與相對論；他們相信弦論可以通到量子重力論——解釋宇宙中所有現象的萬有理論。但是，弦論仍有一些問題。例如：它需要十維空間才能運轉。

對大部分的人來說，四維空間太多了。三維空間比較容易了解：上下、前後、左右代表三個我們可以進入的方向。第四維空間的出現乃是由於愛因斯坦證明了時間與三維空間有類似的性質；我們一直在時間中前進，就像在高速公路行駛一樣。相對論顯示我們可以改變時間的移動速度，就像我們可以在高速公路上改變速度一樣——我們在空間中的速度愈快，在時間中的速度就愈快。為了了解愛因斯坦的宇宙，我們必須接受時間是第四維空間的概念。

四維空間還算合理——但是，十維空間？我們可以測量四維空間，但是另外六維空間是什麼？根據弦論，它們捲成像小球一樣，小到無法用肉眼看見。當我們拾起一張紙，它似乎是二維空間。它有長與寬，但是似乎沒有高度。不過，如果你用放大鏡觀察那張紙的邊緣，你會看到它有一點點的高度；你需要工具才能看到它。第三維空間一直存在，只是在正常情況下，它太小了，以致於看不到。其他的六維空間也是如此。它們太微小了，所以在日常生活中看不出來；甚至使用我們所能夠預期最精密的儀器，也無法偵測到。

這六個額外的空間是什麼意義？空無。真的！它們不是我們慣於測量的長寬高或時間。它們只不過是數學的構思，使弦論中的數學運算可以正常運作。像虛數，我們看不到它，感覺不到它，也聞不到它，然而它在數學運算中是絕對必要的。雖然在物理上這個觀念很奇怪，但是它之所以吸引科學家，不是因為容易了解，而是因為方程式的預測能力。而且，在數學上，額外的六維空間並不會構成難以克服的問題。如果單獨看它們反而會造成問題。（現在看來，十維空間並不算多。在過去幾年，物理學家領悟到：彼此競爭的許多不同的弦論，就某種意義來說其實是相同的。科學家發現這些理論其實是一體兩面，就像龐塞勒發現點與線其實是一體兩面一樣。科學家現在相信，有一個龐大的理論構成所有這些競爭理論的基礎。這就是所謂的「大一統理論」〔M-theory〕，以十一維空間來描述基本作用力，而不是十維空間。）

弦是那麼微小，以致於沒有任何儀器可以偵測到它——至少在我們的文明更先進以前，是不可能做到的。粒子物理學家以粒子加速器觀測次原子領域。他們使用磁場或其他方法加速這些粒子，使它們高速移動。當這些粒子互相碰撞時，它們會化為碎片。粒子加速器是次原子世界的顯微鏡，如果你在這些粒子中加入更多的能量，顯微鏡的倍數就更高，你就可以看到更小的物體。

「超級超導碰撞反應器」（Superconducting Super Collider）是幾十億美元的大計畫，在一九九〇年代初期，它只是個構思，企圖研發有史以來威力最強大的粒子加速器。五十四英里長的迴路纏繞著一萬多個磁鐵，大約與美國首都華盛頓的外環公路一樣長。這個儀器仍看不到弦或捲曲的空間，必須要有約6,000,000,000,000,000英里的粒子加速器才看得到弦。即使以光速行進，一個粒子得花費一千年才能繞行這個迴路一圈。

目前沒有任何想像得到的工具可以讓科學家直接觀察弦；沒有人能夠想到任何實驗讓物理學家證明黑洞與粒子真的是弦。這是弦論被反駁的最主要理由。因為科學是基於觀察與實驗，有些批評家主張，弦論不是科學，只是哲學罷了。（一項新的理論認為，這些捲起的空間可能有10^{-19}公分或甚至更大，這個理論可以把弦置於實驗的範疇內。但是，目前這些理論被認為荒誕不經——有趣的理論，但是充其量只是個沒有希望的候選人。）

牛頓的運動定律及萬有引力定律解釋了宇宙中行星及物體的運轉。每當發現一顆新彗星，就多增加一分對牛頓公式的支持。但是，其中仍然有一些問題。例如：水星的軌道搖擺不定，似乎不吻合牛頓的預測。然而，就整體而言，牛頓的理論一再被檢視，而且幾乎都通過考驗。

愛因斯坦的理論糾正了牛頓所犯的錯誤，例如它解釋了水星軌道搖擺不定的現象。這些理論在重力的作用上也具有實驗的可重複性。艾丁頓在日蝕時觀察星光的彎曲程度，證實了那些預測。

另一方面，弦論完美地結合已知的理論，並且預測了許多有關黑洞與粒子的性質。但是，在這些理論中，沒有一項禁得起重複測試或觀察。儘管弦論可能在數學上是不變的，而且十分美麗，但是它還不是科學（註一）。

在可以預見的將來，利用弦論驅逐宇宙的零還是哲學的想法，不是科學的概念。弦論可能正確，但是我們可能永遠得不到真相。零還沒有被驅逐；事實上，零創造了宇宙。

零時：宇宙大爆炸

哈伯觀察的證據支持，宇宙曾經出現大爆炸。當時的宇宙是無窮小，密度無窮高。在這種環境之下，所有的科學定律，以及所有對未來的預測能力都會崩潰。

——史蒂芬・霍金（Stephen Hawking）

《時間簡史》（*A Brief History of Time*）

宇宙誕生於零。

宇宙由無而出，當時什麼都沒有，一場大爆炸創造了所有構成宇宙的物質與能量。對許多科學家與哲學家而言，這

註一：是的，數學可以是「美麗」或「醜惡」的。就如你很難形容在美學上令人愉快的一段音樂或一幅畫一樣，我們很難形容數學或物理理論為什麼美麗。美麗的理論會是簡單、俐落、精簡的；它會給予人們完全的感受，而且通常有對稱的神祕感。愛因斯坦的理論特別美，就像麥克斯威爾方程式（Maxwell's equations）一樣。但是，對許多數學家而言，尤拉所發現的等式$e^{i\pi}+1=0$是數學的美麗典範，因為這個精鍊的公式，以出乎意料的方式使數學中所有最重要的數字產生關聯。

是個很恐怖的概念。天文物理學家經過很長的時間才同意我們的宇宙是有限的——事實上，它的確擁有一個開端。

反對有限宇宙的偏見由來已久。亞里斯多德拒絕宇宙是由無而出的觀念，因為他相信空無不可能存在。但是，這個概念引起了矛盾。如果宇宙不是由無而出，那麼在宇宙誕生之前一定存在某些東西；在宇宙誕生之前一定還有個宇宙。對亞里斯多德而言，唯一可以脫離這個困惑的方法就是假設宇宙是永恆的。它過去一直存在，未來也會永遠存在。

西方文明遲早要在亞里斯多德與聖經兩者之間做個抉擇。聖經中敘述有限的宇宙乍然由虛空中誕生，而且聖經也預言了宇宙最終毀滅的結局。雖然閃族的聖經宇宙觀壓倒了亞里斯多德的宇宙觀，但亞里斯多德的永恆宇宙並沒有完全被廢去，它甚至還苟延殘喘到廿世紀。它讓愛因斯坦認為自己犯了一生中最大的錯誤。

對愛因斯坦而言，廣義相對論有個嚴重的錯誤。它預測了宇宙的末日。根據廣義相對論的方程式，宇宙並不穩定。宇宙有兩種選擇，但是兩者的結果一樣令人不愉快。

一個可能性是宇宙會毀在它自己的萬有引力之中。當宇宙愈來愈小，它的溫度會愈來愈高。它劇烈燃燒，並放出輻射線，摧毀所有的生物，連構成物質的原子也毀滅。宇宙終結於大火中。最後，宇宙會粉碎自己，成為零維空間的一點——就像黑洞一樣。宇宙會永遠消滅。

另一個可能性更殘酷。宇宙會持續擴張。星系間的距離變得愈來愈遙遠，宇宙中所有能量來源的恆星燃料愈來愈稀薄。當燃料耗盡，恆星會停止燃燒，星系愈來愈暗淡——然後，就是寒冷與死寂。冷卻的恆星殘留物逐漸衰滅，最後只留下輻射線瀰漫在宇宙的每個角落。宇宙變成閃著微光的冷湯。宇宙終結於冰冷中。

對愛因斯坦而言，這些想法太離經叛道。像亞里斯多德一樣，他盲目地假設宇宙是靜態、恆常、永遠的。唯一的辦法是「更正」廣義相對論的方程式，以擊退逼近的毀滅。他的方法是加上「宇宙常數」（cosmological constant），這是一種尚未偵測到的反地心引力。宇宙常數會平衡地心引力的拉力；如此一來，宇宙就不會崩潰，而會保持在一個平衡的狀態——不收縮，也不擴張。愛因斯坦假設有這麼一股神祕力量的存在，實在是絕望的情急之舉。「我再次違背了重力理論，這很可能會讓我被關到精神病院。」愛因斯坦如此寫道，但是他非常擔心宇宙的毀滅，他不得不採取如此戲劇性的做法。

愛因斯坦並沒有被送到精神病院。他提出了一些奇怪的想法，而且結果是正確的。然而，這次他卻沒有那麼幸運。恆星摧毀了愛因斯坦的靜態永恆的宇宙觀。

一九○○年，銀河系是人們已知宇宙的全部。當時的天文學家對我們所處的塵狀恆星圓盤以外的世界一無所知。儘管天文學家看到一些漩渦狀的光團，他們也只能想像那是在我們星系中的發光氣體。一九二○年代，一切都改觀了，這要歸功於美國天文學家愛德溫・哈伯（Edwin Hubble）。

有一種特別的恆星叫做「造父變星」（Cepheid

variable），它的特殊性質可以讓哈伯測量遙遠物體的距離。造父變星的閃爍是可預期的，它會以規律的方式變亮、變暗。它閃爍的方式與它發出多少光有密切的關係。它是標準蠟燭，具有已知的亮度，所以它成為哈伯的測量工具。它就像火車頭的前照燈一樣。

如果一列火車向你迎面駛來，在它逼近時，你會覺得它的前照燈愈來愈亮。如果你知道前照燈發出多少光——如果前照燈是標準蠟燭——你就可以知道在某個距離，前照燈的光芒有多亮。它愈靠近，看起來愈亮。同樣的道理，反過來說，如果你知道火車的前照燈發出多少光，那麼你可以測量它看起來的亮度，然後計算火車的距離。

哈伯就是這樣運用造父變星。大部分他所看到的恆星都距離地球幾十、幾百或幾千光年。但是，他在漩渦狀的光團中發現一顆閃爍的造父變星（後來這個雲狀物被稱為仙女座星雲〔Andromeda nebula〕），他測量它的光，並計算出這個星雲大約有一百萬光年那麼遠；已經遠遠超出我們銀河系的範圍。仙女座星雲不是一團發光的氣體，而是一團恆星。因為它的距離十分遙遠，所以它看起來一團模糊，而不是一個一個的光點。其他漩渦狀的星系甚至更遠。目前，天文學家估計宇宙的寬度大約有一百五十億光年，到處都佈滿了一群一群的星系。

這是個令人震驚的發現；宇宙比過去人類所猜想的還要大上幾百萬倍。雖然這個觀察十分令人驚訝，然而，這並不是哈伯最著名的成就。哈伯的第二個發現粉碎了愛因斯坦的永恆宇宙觀。

哈伯測量各個星系與造父變星之間的距離，而很快地注意到一個令人擔憂的情況：所有的星系都在快速移動中，它們正以每秒幾百英里的速度飛離銀河系。這些星系太遙遠了，以至於我們無法直接測量它們的速率。

唯一測量星系速度的方法是應用都卜勒效應（Doppler effect）——州警手上的雷達槍就是運用這個原理。你可能曾經注意到，當火車經過時，鳴笛聲的音調會有所改變。當火車靠近時，鳴笛音調會變高，但是，當它經過以後，鳴笛的音調會突然降低。這是因為火車的移動會擠壓它前面的聲波（發出較高頻率的高音），並且拉長它後面的波（發出較低頻率的低音）（請見圖五十六）。這就是都卜勒效應，光線也有這個性質。如果一顆恆星往地球靠近，光線會被擠壓，並且產生較高頻率的光線；光線會往光譜上藍色的方向偏移，即「藍位移」（blueshifted）。如果恆星是遠離地球，現象則反過來；光線會被拉長，發生紅位移（redshifted）。

警察可以用無線電波測試反射的位移程度，來判定車子是否超速。同樣的，天文學家可以藉著觀察恆星的光譜位移推論這顆恆星移動的速度——是朝向我們，還是遠離我們。

哈伯歸納距離的資料與都卜勒效應的速度資料，發現了令人震驚的結果。不僅所有的星系都正朝著各種方向加速遠離我們，而且愈遠的星系速度愈快。

怎麼會這樣呢？讓我們想像一個畫有圓點的氣球；圓點就像星系，而氣球就像宇宙的時空平面。當氣球充氣膨脹

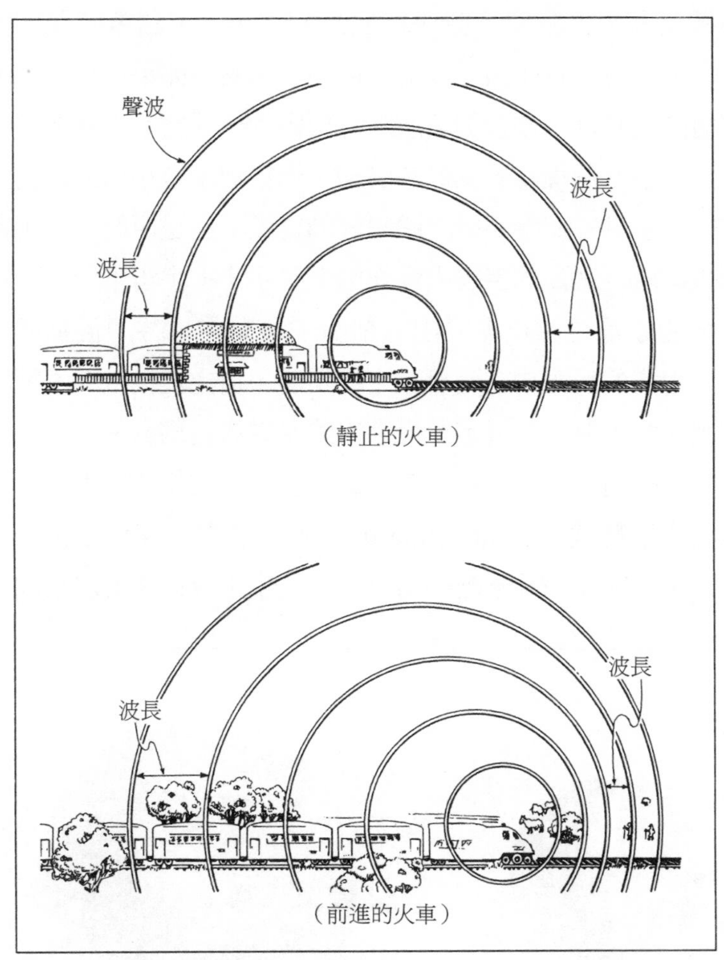

圖五十六：都卜勒效應

時，這些點之間的距離會愈來愈大。由任何一點來看，其他的點都在遠離自己，愈遠的點遠離的速度愈高（請見圖五十七）。宇宙似乎在膨脹，就像氣球一樣。（這個氣球比喻有個瑕疵。星系不像圓點；圓點在氣球膨脹時也會變大，但星系被萬有引力吸住，會保持原來的大小。）隨著時間的演進，宇宙會一直膨脹。以另一個角度來看，如果你拍了一部宇宙的記錄片，並且倒著放映這部影片，那麼宇宙會愈縮愈小。到了某個程度，氣球會皺縮，變得愈來愈小，最終消失成為一小點——時間與空間起源的奇點。這是原始零，宇宙誕生之處。猛烈的宇宙大爆炸創造了宇宙。宇宙中所有的物質與能量都是由奇點噴出，創造了所有的星系、恆星與行星。宇宙的起源約在一百五十億年前，自此之後空間不斷地擴大。愛因斯坦對穩定永恆宇宙的希望成為幻影。

也許還有最後一絲希望，有另一個宇宙起源的說法：宇宙穩定狀態論（steady-state theory）。有些天文學家提出，宇宙中存在著源源不絕的物質之泉，宇宙會從物質之泉向外

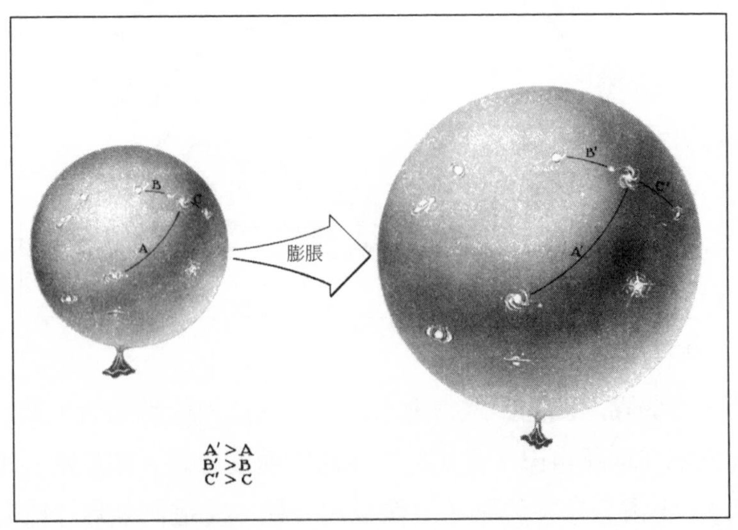

圖五十七：擴張中的宇宙

擴張，然後老化死亡。雖然每個星系都會往外推移並且死亡，但宇宙整體永遠不會改變。它永遠維持著平衡狀態，不斷地自我補充。亞里斯多德的永恆宇宙還苟延殘喘著。

曾經有一段時間，宇宙大爆炸論和宇宙穩定狀態論是並存的，天文學家根據自己的哲學觀，各自選擇自己認同的說法。在一九六〇年代中期，一切情勢改觀。宇宙穩定狀態論被科學家誤認的鴿子糞便謀殺了。

在一九六五年，普林斯頓大學的幾位天文物理學家嘗試計算在宇宙大爆炸之後發生了什麼事。整個宇宙一定是又熱、密度又高，並發出閃亮的光芒。當宇宙氣球膨脹時，這些光芒不會消失；當時空平面伸展時，它也會隨之伸展。經過計算之後，普林斯頓大學的物理學家發現，這些射線在光譜上屬於微波的範圍，而且來自四面八方。這就是宇宙背景輻射（cosmic background radiation），是宇宙大爆炸之後的餘輝。這給予物理學家第一個直接證據，證明宇宙大爆炸論是正確的，宇宙穩定狀態論是錯誤的。

不久，普林斯頓大學的科學家們的預測被證實。在紐澤西州默里丘（Murray Hill）附近的貝爾實驗室（Bell Labs），兩位工程師正在替精密的微波偵測儀進行測試。他們想盡辦法，就是無法讓儀器正常運轉。他們聽到一種嘶嘶的微波雜音——像收音機的雜訊——他們就是無法去除它。一開始，他們想大概是天線上鴿子糞便的干擾，但是在趕走鴿子、清除鳥糞之後，嘶嘶聲仍然沒有停止。他們嘗試了各種方法，就是沒有奏效。後來，當這些工程師聽到普林斯頓大學的研究之後，他們領悟到自己找到了宇宙背景輻射。這個雜音不是鴿子的糞便，它是宇宙大爆炸發出的光線呼嘯聲；它被拉長及扭曲，變成嘶嘶的低語。（因著他們的發現，工程師亞諾・潘佳斯〔Arno Penzias〕與羅伯特・威爾森〔Robert Wilson〕得到了諾貝爾獎。普林斯大學的物理學家，特別是鮑伯・迪克〔Bob Dicke〕與吉姆・皮博斯〔P. J. E. "Jim" Peebles〕，什麼也沒有拿到。許多科學家都認為這件事不公平。諾貝爾獎委員會則傾向於獎勵勤勉細心的實驗，更勝於重要的理論。）

宇宙大爆炸論終於雀屏中選；靜態宇宙的迷思結束了。有限宇宙的觀念失去它的魅力，物理學家慢慢地接納宇宙大爆炸論，並且同意宇宙是有起始點的。然而，這個理論還有些問題。其中之一是，宇宙有些凹凸不平，一團一團的星系散布在浩瀚的空無中。同時，宇宙又不是「太」凹凸不平；宇宙從每個方向看起來都差不多，所有的物質並沒有纏繞成一團。如果宇宙是由奇點而來，宇宙大爆炸產生的能量應該均勻地覆蓋氣球，形成一個大光團；氣球的顏色應該很均勻，是一個大點，而不是佈滿小圓點。一定有某種東西造成這種凹凸不平的現象。更令人煩惱的是，宇宙大爆炸的奇點從何而來？零握有這個祕密。

真空的零可以解釋宇宙凹凸不平的現象。因為宇宙的真空被虛粒子的量子泡沫所攪擾，宇宙的結構充滿無限的零點能量。在適當的條件之下，這個能量可以推動物體；在宇宙發展的早期，物體可能是被零點能量所推動。

在一九八〇年代，物理學家提出，早期宇宙的零點能量比現在強。額外的能量會試圖往各方向膨脹，以高速推動空間與時間的平面。龐大的爆發力使氣球膨脹，就像吹氣撐平了氣球的皺紋一樣，這股力量以同樣的方式撫平宇宙凹凸不平的地方。這解釋了為什麼宇宙還算平滑的原因。但是，起初瞬間的真空是假的真空；它的零點能量異常的高。高零點能量的狀態使它極不穩定，而且很快地——在少於千百萬億分之一秒中——假的真空會崩潰，回到真真空狀態，而此時的零點能量就是我們今日所觀察到的零點能量。這就像一鍋水突然被加熱到極高的溫度，「真」真空的小泡沫成形，並且以光速膨脹。我們觀察到的宇宙就是其中一個小泡沫——也可能是幾個泡沫連結在一起。宇宙的非對稱性可以被解釋為這些泡沫的非對稱膨脹及結合。根據這個膨脹理論，非零的零點能量創造了恆星及宇宙。

零可能也握有宇宙創造者的祕密。真空與零點能量產生大量的粒子，同樣的，它們也可能製造大量的宇宙。量子泡沫、粒子的自生與自滅或許可以解釋宇宙的起源。宇宙也許只是一場極大的量子波動——一個龐大的奇點粒子，由最原始的真空而出。這個宇宙巨蛋會爆炸、膨脹，並且創造出宇宙的空間與時間。我們的宇宙可能只是眾多量子波動中的一個。有些物理學家相信，黑洞中央的奇點就是宇宙大爆炸之前的原始量子泡沫，而且黑洞中心的泡沫（在這裏，時間與空間沒有意義）不斷創造無數的新宇宙，這些新宇宙冒出、膨脹、然後創造了自己的恆星與星系。零可能握有我們存在的祕密，也握住無數宇宙存在的祕密。

零的威力如此浩大，它動搖了物理定律。在宇宙大爆炸的零時與黑洞的中心點，描述我們世界的數學方程式失去了意義。然而，零是不可忽視的。因為零不僅握有我們存在的祕密，它也關係著宇宙的終結。

第∞章

零的最後勝利

（末世）

這是世界結束的方式；

不是轟然巨響，而是嗚咽啜泣。

——艾略特（T. S. Eliot）

〈空心人〉（The Hollow Men）

有些物理學家試圖除去方程式裏的零，而有些物理學家則試圖證明零將贏得最後的勝利。即使科學家可能永遠解不開宇宙誕生之謎，但他們即將解開宇宙的死亡之謎。宇宙的最終命運取決於零。

愛因斯坦的重力方程式不允許靜態、不變的宇宙存在。然而，它允許一些其他的可能性，答案取決於宇宙的質量。如果宇宙的質量輕，時空氣球會不斷地膨脹，愈來愈大，恆星與星系將一一熄滅。整個宇宙愈來愈冷，因熱量耗盡而死亡，這就是「熱寂說」（heat death）。然而，如果宇宙有足夠的質量——星系、星團、隱藏的黑物質——宇宙大爆炸的推力就不足以讓宇宙氣球永遠膨脹下去。星系會彼此牽引，最後將宇宙的時空結構拉在一起；宇宙氣球開始皺縮。收縮的速度會愈來愈快，宇宙也愈來愈熱，最後，它會結束於宇宙大爆炸的相反運作：宇宙大崩墜（big crunch）。我們的命運將會如何？宇宙大崩墜還是熱寂？答案即將揭曉。

天文學家凝視遠方的星系時，就等於是回到過去。距離我們最近的星系至少有一百萬光年，所以從那個星系所發出的光，需要一百萬年才到得了地球。也就是說，我們所看到的光是一百萬年前所發出的。天文學家看得愈遠，他們所看到的時間就愈古老。

宇宙的命運取決於時空氣球的膨脹方式。如果膨脹速率快速減緩，那就代表宇宙大爆炸所產生的能量已經要用盡了；我們的宇宙將會步向大崩墜。另一方面，如果膨脹速率沒有減慢，那就代表宇宙大爆炸的能量足以讓時空結構永恆擴張。

天文物理學家開始測量宇宙膨脹的情況。有一種Ia型超新星（supernova，剛爆炸的恆星），就像哈伯的造父變星一樣，是標準蠟燭。Ia型超新星的爆炸方式與亮度都大致相同。但是，與造父變星不同的是，超新星非常明亮，差不多全宇宙都看得到。

在一九九七年末，天文物理學家宣佈他們利用超新星測量到一些非常暗淡、古老的星系。星系的距離可以導出它的年紀，都卜勒位移則導出它的速率。天文物理學家比較星系在過去不同時代的遠離速度，並追蹤時空結構的膨脹速率。他們得到的答案很奇怪。

宇宙的膨脹並沒有減慢，甚至可能還在加速。超新星的資料暗示，宇宙愈來愈大，而且膨脹速度愈來愈快。如果真是如此，宇宙大崩墜結局的機率就不高了，因為有一股力量抵制重力。物理學家又開始討論宇宙論常數——這是愛因斯坦當年加到他的方程式的常數，目的是為了要平衡重力的引力。愛因斯坦的突發奇想也許不再是個荒謬的錯誤。

這股神祕的力量可能是真空的力量。微小的粒子擾動整個時空結構，產生一股輕微的推力，使時空緩慢地向外推移。幾十億年來，時空不斷地伸展，宇宙的膨脹也愈來愈快。我們宇宙的最終命運不會是宇宙大崩墜，而是無止境的膨脹、冷卻、熱寂。這是由於零點能量，在量子力學方程式中的一個零，以無窮的粒子注滿真空。

天文學家還是十分謹慎。這些超新星研究只是相當初步的結果，但是每個觀察都讓這個理論愈來愈穩固。其他的研究，像氣體流的分析或視野中重力透鏡（gravitational lenses）的數目，也支持超新星的結論——宇宙會永遠膨脹下去。宇宙會結束於冷，而不是熱。

答案是冰，不是火。這一切都是拜零的威力所賜。

無限之後

> 然而，如果我們發現了一個完整的理論，應該每個人都能夠立即有概括的了解，而不是只有少數幾個科學家才了解。那麼，每個人——包括哲學家、科學家和平凡的我們——都應該可以參與討論宇宙存在的問題。如果我們找到答案，那將會是人類理性的最大勝利——因為我們知道神的想法。
>
> ——霍金

零隱藏在所有物理謎題的背後。黑洞密度的無窮大是除以零的結果；起源於空無的宇宙大爆炸是除以零的結果；無窮大的真空能量是除以零的結果。然而，除以零摧毀數學的結構與邏輯的架構，也威脅著科學的基礎。

在畢達哥拉斯的時代，在零出現以前，純粹邏輯掌握最高的統治權。宇宙是可預測而且有秩序的；它建立在有理數之上，並意味著神的存在。季諾的難題就是避過數字領域中的無限與零的巧辯。

隨著科學革命，純粹邏輯被經驗主義取代；一切都基於觀察，而不是哲學。牛頓為了解釋宇宙的定律，必須忽視微積分裏不合邏輯之處——除以零。

當數學家與物理學家試圖解決微積分裏面除以零的問題，並且再次回歸邏輯架構時，零進入了量子力學及廣義相對論的方程式中，再一次以無限污染了科學。在宇宙的零之中，邏輯失效，量子論與相對論分裂。為了解決這個問題，科學家們再次驅逐零，並且統一了支配宇宙的定律。

如果科學家成功，他們將了解宇宙的定律。我們會明白從宇宙的起源到結束，支配所有的空間與時間的物理定律。人們會了解宇宙大爆炸的起源。我們會知道神的想法。但是，這回零可不是那麼容易驅逐。

有些理論統一了量子力學及廣義相對論，它們描述了黑洞的核心，並且解釋了宇宙大爆炸的奇點。然而，目前為止，沒有任何實驗能夠證明那些理論，我們很難判斷它們的正確性。弦論及宇宙論者的主張可能在數學上是精確的，但是，它還是像畢達哥拉斯的哲學一樣沒用。他們的數學理論可能既美麗又一致，似乎解釋了宇宙的本質，但實際上卻是徹底錯誤的。

所有的科學家都知道宇宙是由空無中誕生，並且推測它將會回到空無——它起始的地方。

宇宙始於零，並且止於零。

附錄A

動物？植物？還是部長？

假設a與b都等於1。因為a與b相等，所以

$$b^2 = ab \qquad \text{（方程式1）}$$

因為a等於自己，所以

$$a^2 = a^2 \qquad \text{（方程式2）}$$

由方程式2減去方程式1，可以得到

$$a^2 - b^2 = a^2 - ab \qquad \text{（方程式3）}$$

在等號兩邊進行因式分解：$a^2 - b^2$等於（a＋b）（a－b）；$a^2 - ab$等於a（a－b）。（這裡並無可疑之處，這麼分解完全正確。你可以代入任何數字檢查看看！）因此，方程式3等於

$$(a + b)(a - b) = a(a - b) \qquad \text{（方程式4）}$$

到目前為止一切順利。現在，將等號兩邊的數學式分別除以（a－b）。於是，我們得到

$$a + b = a \qquad \text{（方程式5）}$$

等號兩邊分別減去a，得到

$$b=0 \qquad \text{（方程式6）}$$

但是，在證明的開始我們就設定b的值等於1，所以這意味著

$$1=0 \qquad \text{（方程式7）}$$

這是個十分重要的結果。再繼續往下證明，我們都知道邱吉爾有一個頭，然而，由於1＝0（方程式7），我們可以推論邱吉爾沒有頭。同樣的，邱吉爾的頭頂上沒有葉子，也就是邱吉爾的頭頂上有一叢葉子。我們把方程式7的等號兩邊同時乘上2，可以得到

$$2=0 \qquad \text{（方程式8）}$$

邱吉爾有兩隻腳，也就是邱吉爾沒有腳。邱吉爾有兩隻手，也就是邱吉爾沒有手。然後，我們把方程式7乘以邱吉爾的腰圍。這代表

（邱吉爾的腰圍）＝0　（方程式9）

這意味著邱吉爾逐漸變小，變成一小點。那麼邱吉爾是什麼顏色？由他身上發出的光線中選擇一個光子。將方程式7乘以波長，於是我們得到

（邱吉爾的光子的波長）＝0　（方程式10）

然後，我們把方程式7乘以640毫微米（nanometer），結果得到

$$640 = 0 \qquad \text{（方程式11）}$$

將方程式10與方程式11合併，得到

（邱吉爾的光子的波長）＝640毫微米

這代表從邱吉爾身上來的光子是橘色的。因此，邱吉爾是橘色的。

綜合以上的結果，我們的結論是：邱吉爾沒手沒腳，也沒有頭，但是頂上有一叢葉子；他逐漸縮小成一點；他泛著橘色光。明顯的，邱吉爾是一根胡蘿蔔。（有個簡單的方法可以證明這一點。在方程式7的兩邊分別加上1，可以得到

$$2 = 1$$

邱吉爾與胡蘿蔔是兩樣東西，也就是說它們是同一樣東西。但是，這樣的證明不盡令人滿意。）

這個證明出了什麼問題？只有一個步驟出錯，那就是由方程式4推到方程式5時，除以（$a-b$）。請注意！因為a與b都等於1，所以$a-b=1-1=0$。我們在這裡除以零，所以得到很荒謬的結果，就是$1=0$。從這個推論，我們可以證明宇宙中任何正確或錯誤的陳述。整個數學的架構在我們面前崩潰。

錯誤地運用零，可以摧毀邏輯。

附錄B

黃金比例

將一條直線分成兩段，讓短的那一段相對長的那一段的長度比例，等於長的那一段相對原直線的長度比例。為了容易解釋，我們假設短的那一段長度是1英尺。

如果短的那一段長度是1英尺，長的那一段長度是x英尺，則這條直線的原長是（1＋x）英尺。若以代數表達，短的那一段相對長的那一段的長度比例是

$$1 / x$$

而長的那一段相對原直線的長度比例是

$$x / (1 + x)$$

因為兩者比例相等，所以這兩個數學式互等

$$x / (1 + x) = 1 / x$$

這個方程式的解就是黃金比例。第一步驟是等號兩邊分別乘以x，得到

$$x^2 / (1 + x) = 1$$

然後，等號兩邊分別乘以（1＋x），得到

$$x^2 = 1 + x$$

等號兩邊同時減去（$1 + x$），變成

$$x^2 - x - 1 = 0$$

現在我們可以計算這個二次方程式的解。我們得到兩個解，分別是：

$$(1 + \sqrt{5})/2 \text{ 與 } (1 - \sqrt{5})/2$$

第一個解是正數，約等於1.618，對希臘人而言，只有第一個解有意義。因此，黃金比例大約是1.618。

附錄C

導數的現代定義

如今，導數立於穩固的邏輯之上，因為我們使用極限的觀念來定義它。函數$f(x)$的導數，也就是$f'(x)$的正式定義是：

$$f'(x) = \lim_{(當\varepsilon趨近0)} \frac{〔f(x+\varepsilon)-f(x)〕}{\varepsilon}$$

為了解釋我們如何擺脫牛頓的手法，我們使用前面解釋牛頓流數的同一個函數：$f(x)=x^2+x+1$。這個函數的導數等於

$$f'(x) = \lim_{(當\varepsilon趨近0)} \frac{〔(x+\varepsilon)^2+x+\varepsilon+1-(x^2+x+1)〕}{\varepsilon}$$

展開之後得到

$$f'(x) = \lim_{(當\varepsilon趨近0)} \frac{〔x^2+2\varepsilon x+\varepsilon^2+x+\varepsilon+1-x^2-x-1〕}{\varepsilon}$$

化簡之後得到

$$f'(x)=\lim_{(\text{當}\varepsilon\text{趨近}0)} \frac{〔2\varepsilon x+\varepsilon^2+\varepsilon〕}{\varepsilon}$$

分子與分母分別除以 ε（注意，ε 是一個非零的數字，因為我們還沒有進行極限的運算），我們得到

$$f'(x)=\lim_{(\text{當}\varepsilon\text{趨近}0)} 〔2x+1+\varepsilon〕$$

現在，我們可以取極限值，讓 ε 趨近於0。於是，我們得到

$$f'(x)=2x+1+0=2x+1$$

這就是我們要的答案。

只是在思考上稍微轉個彎，但是它改變了世界。

附錄D

康托列舉有理數

要證明有理數集合與自然數集合的大小一樣，康托只要使用聰明的座位法就可以證明。這就是他當初的做法。

也許你還記得，有理數是可以表達成a／b形式的數字集合，而且a與b都是整數（當然啦！b不可以等於零）。讓我們考慮正的有理數。

假設有一個數字陣列，兩條數線垂直交叉於原點，就像笛卡兒坐標一樣。把零放在原點，並且把有理數x／y的x對應X軸且y對應Y軸，分布在其他點。因為數線會無限延伸，每個正數x與y的組合在坐標上都有相對應點（請見圖五十八）。

讓我們替正的有理數製作一個座位圖表。讓0坐在第一個座位，然後移向1/1（座位二）。接下來，移向1/2（座位三）；然後移向2/1（座位四）；然後移到3/1（座位五）。我們可以來回移動，一面移動一面數算。如此一來，就產生了座位圖表：

座位	有理數
1	0
2	1
3	1/2
4	2
5	3
6	1
7	1/3
8	1/4
9	2/3
等等	等等

最後，所有的數字都有自己的座位；事實上，其中有些數字還有兩個座位。除去重複的數字是很容易的事——在製作座位圖表時跳過就好了。下一步是把這個表格擴大兩倍，在對應的正有理數之後加上負有理數。這麼一來，座位圖表就變成：

座位	有理數
1	0
2	1
3	－1
4	1/2
5	－1/2
6	2

7　　　　−2

8　　　　3

9　　　　−3

等等　　　等等

現在所有的有理數——正數、負數與零——都有座位。因為沒有人站著，也沒有剩餘空位，這代表有理數集合的大小與自然數集合一樣大。

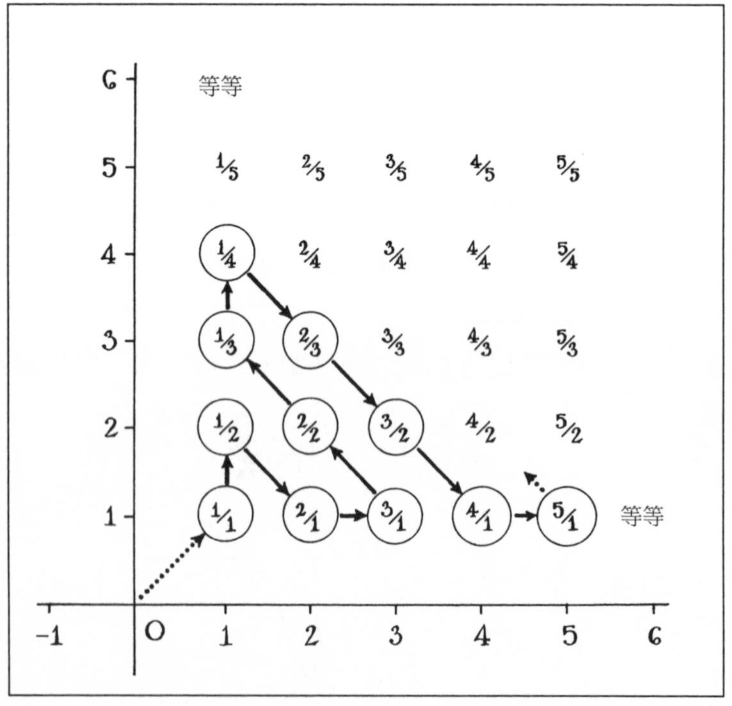

圖五十八：有理數的點

附錄E

製造蟲洞時光機

這很容易做到，只要你跟著以下的步驟。

第一步：建立一個蟲洞，蟲洞的兩端在時間的同一點。

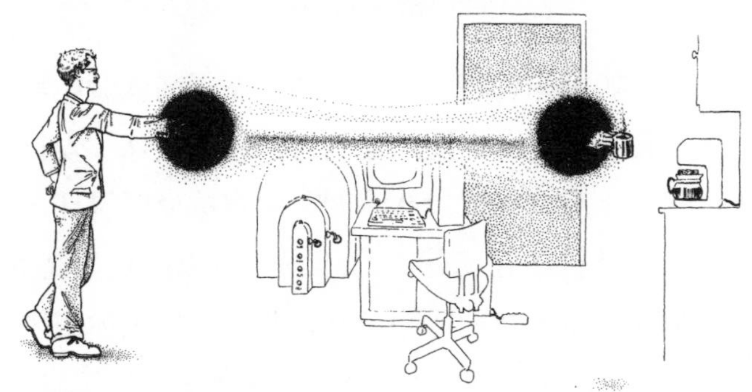

第二步：把很重的東西放在蟲洞的一端，並且將一個以十分之九光速行進的太空船放在另一端。在太空船上的一年等於地球上的2.3年；蟲洞兩端的時鐘以相反的方向運轉。

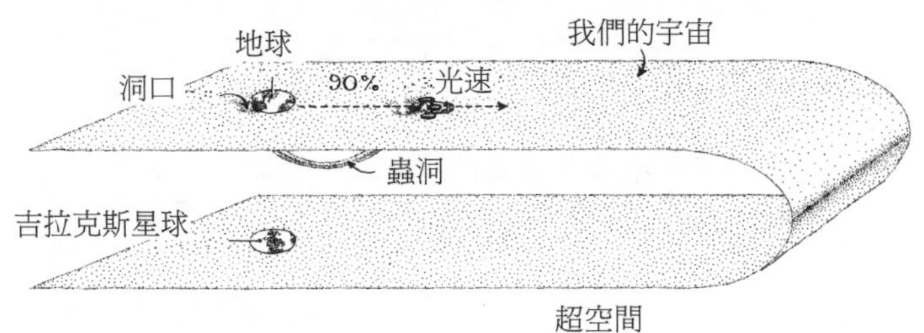

第三步：等一會兒。經過地球時間四十六年之後，蟲洞

的另一端到達了一個友善的星球。通過這個蟲洞旅行可以讓你由地球的二〇四六年到達吉拉克斯星球的二〇二〇年，反之亦然。

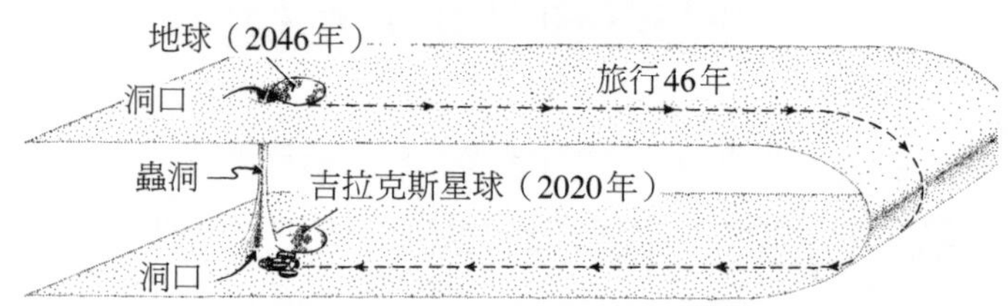

第四步：如果你夠聰明，你早該在旅行前就開始計劃。你可以在出發前先傳送一則訊息到吉拉克斯星球，安排一艘在一九七四年（吉拉克斯星球時間）由吉拉克斯星球出發的回程太空船。然後，在二〇二〇年（吉拉克斯星球時間），另一個蟲洞會把你送回地球的一九九四年。如果你使用兩個蟲洞，你可以由二〇四六年（地球時間）跳到二〇二〇年（吉拉克斯星球時間），再到一九九四年（地球時間）：你可以在時光隧道中回溯超過半世紀！

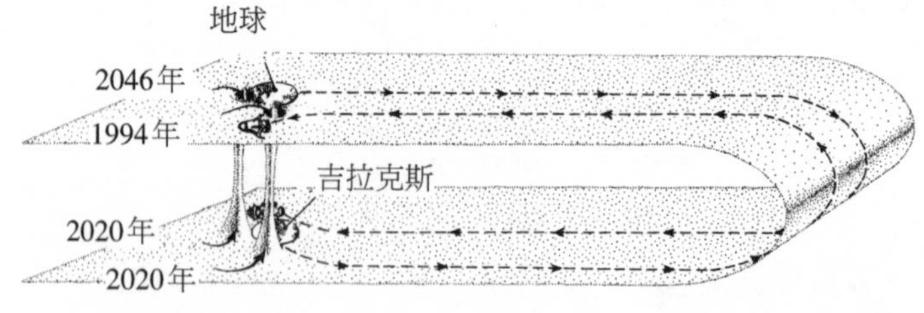

參考書目

書籍與期刊

Aczel, Amir. *Fermat's Last Theorem.* New York: Delta, 1996.

Anselmo, Joseph. "Controller Error Lost Soho." *Aviation Week & Space Technology,* 7 July 1998: 28.

Aquinas, Thomas. *Selected Philosophical Writings.* Trans. Timothy McDermott. Oxford: Oxford University Press, 1993.

Aristophanes. *The Wasps / The Poet and the Women / The Frogs.* Trans. David Barrett. London: Penguin Books, 1964.

Aristotle. *The Metaphysics.* Trans. John McMahon. Amherst, N.Y.: Prometheus Books, 1991.

———. *Physics.* Trans. Robin Waterfield. New York: Oxford University Press, 1996.

Artin, E. *Modern Higher Algebra.* New York: New York University, 1947. (Lecture notes.)

St. Augustine. *Confessions.* Trans. Henry Chadwick. Oxford: Oxford University Press, 1991.

Beckmann, Petr. *A History of Pi.* New York: St. Martin's Press, 1971.

Bede. *Ecclesiastical History of the English People.* Trans. Leo Sherley-Price. London: Penguin Books, 1955.

Bell, E. T. *The Development of Mathematics.* New York: Dover Publications, 1940.

Berkovits, Nathan. "An Introduction to Superstring Theory and Its Duality Symmetries." Los Alamos National Labs Archive: hep-th/9707242.

Blay, Michel. *Reasoning with the Infinite.* Trans. M. B. DeBevoise. Chicago: University of Chicago Press, 1993.

Boethius. *The Consolation of Philosophy.* Trans. V. E. Watts. London: Penguin Books, 1969.

Book of the Dead. Trans. R. O. Faulkner. London: British Museum Publications, 1972.

Boyer, Carl B. *A History of Mathematics.* New York: John Wiley and Sons, 1968.

Bradford, Ernle. *The Sword and the Scimitar.* Milan: G. P. Putnam's Sons, 1974.

Bressoud, David. *Factorization and Primality Testing.* New York: Springer-Verlag, 1989.

Browne, Malcolm. "A Bet on a Cosmic Scale, and a Concession, Sort of." *New York Times,* 12 February 1997: A1.

Bunt, Lucas, Phillip Jones, and Jack Bedient. *The Historical Roots of Elementary Mathematics.* New York: Dover Publications, 1976.

Cantor, Georg. *Contributions to the Founding of the Theory of Transfinite Numbers.* Trans. Philip E. B. Jourdain. New York: Dover Publications, 1955.

Churchill, Ruel, and James Brown. *Complex Variables and Applications.* New York: McGraw-Hill, 1984.

Cipra, Barry. "In Mao's China, Politically Correct Math." *Science,* 28 February 1997: 1264.

Closs, Michael, ed. *Native American Mathematics.* Austin, Tex.: University of Texas Press, 1986.

Conway, John H. and Richard Guy. *The Book of Numbers.* New York: Copernicus, 1996.

Copleston, Frederick. *A History of Philosophy.* New York: Image Books, 1994.

Danzig, Tobias. *Number: The Language of Science.* New York: The Free Press, 1930.

David, Florence Nightingale. *Games, Gods and Gambling.* New York: Dover Publications, 1962, 1998.

Davies, Paul. "Paradox Lost." *New Scientist,* 21 March 1998: 26.

Dawson, John. *Logical Dilemmas.* Wellesley, Mass.: A. K. Peters, 1997.

Descartes, René. *Discourse on Method and Meditations on First Philosophy.* Ed. David Weissman. New Haven, Conn.: Yale University Press, 1996.

Diodorus Siculus. *Historical Library.* In *Diodorus of Sicily in Twelve Volumes with an English Translation* by C. H. Oldfather. Cambridge, Mass.: Harvard University Press; London: William Heinemann, Ltd., 1989, 1976.

Diogenes Laertius. *Lives of the Philosophers.* Trans. A. Robert Caponigri. Chicago: Henry Regnery Company, 1969.

———. *Lives of Eminent Philosophers.* Vols. 1–2. Trans. R. D. Hicks. Cambridge, Mass.: Harvard University Press, 1972.

DoCarmo, Manfredo. *Differential Geometry of Curves and Surfaces.* Englewood Cliffs, N.J.: Prentice-Hall, 1976.

Dubrovin, B. A., A. T. Fomenko, and S. P. Novikov. *Modern Geometry—Methods and Applications.* New York: Springer-Verlag, 1984.

Duhem, Pierre. *Medieval Cosmology.* Trans. Roger Ariew. Chicago: The University of Chicago Press, 1985.

Dym, H., and H. P. McKean. *Fourier Series and Integrals.* San Diego: Academic Press, 1972.

"Ebola: Ancient History of 'New' Disease?" *Science,* 14 June 1996: 1591.

Einstein, Albert. *Relativity.* New York: Crown Publishers, 1961.

Ekeland, Ivar. *The Broken Dice.* Trans. Carol Volk. Chicago: University of Chicago Press, 1991.

The Epic of Gilgamesh. Trans. N. K. Sanders. London: Penguin Books, 1960.

Feller, William. *An Introduction to Probability Theory and Its Applications.* New York: John Wiley and Sons, 1950.

Feynman, Richard. *QED.* Princeton, N.J.: Princeton University Press, 1985.

Feynman, Richard, et al. *The Feynman Lectures on Physics.* Reading, Mass.: Addison-Wesley, 1963.

Folland, Gerald. *Real Analysis.* New York: John Wiley and Sons, 1984.

Fulton, William. *Algebraic Curves.* Redwood City, Calif.: Addison-Wesley, 1969.

Fritzsch, Harald. *Quarks.* New York: Basic Books, 1983.

Garber, Daniel. *Descartes' Metaphysical Physics.* Chicago: University of Chicago Press, 1992.

Gaukroger, Stephen. *Descartes: An Intellectual Biography.* Oxford: Clarendon Press, 1995.

Gerdes, Paulus. *Marx Demystifies Calculus.* Trans. Beatrice Lumpkin. Minneapolis: MEP Publications, 1983.

Gödel, Kurt. *On Formally Undecidable Propositions of Principia Mathematica and Related Systems.* Trans. B. Meltzer. New York: Dover Publications, 1992.

Gould, Stephen Jay. *Questioning the Millennium.* New York: Harmony Books, 1997.

Graves, Robert. *The Greek Myths.* Vols. 1–2. London: Penguin Books, 1955.

Graves, Robert, and Raphael Patai. *Hebrew Myths: The Book of Genesis.* New York: Greenwich House, 1963.

Grun, Bernard. *The Timetables of History.* New York: Simon and Schuster, 1979.

Guthrie, Kenneth Sylvan. *The Pythagorean Sourcebook and Library.* Grand Rapids, Mich.: Phanes Press, 1987.

Hawking, Stephen. *A Brief History of Time.* New York: Bantam Books, 1988.

Hawking, S. W., and Neil Turok. "Open Inflation Without False Vacua." Los Alamos National Labs Archive: hep-th/9802030.

Hayashi, Alden. "Rough Sailing for Smart Ships." *Scientific American,* November 1988: 46.

Heath, Thomas. *A History of Greek Mathematics.* Vols. 1–2. New York: Dover Publications, 1921, 1981.

Heisenberg, Werner. *Physics and Philosophy: The Revolution in Modern Science.* New York: Harper and Row, 1958.

Hellemans, Alexander, and Bryan Bunch. *The Timetables of Science.* New York: Simon and Schuster, 1988.

Herodotus. *The Histories.* Trans. Aubrey de Selincourt. London: Penguin Books, 1954.

Hesiod. *Theogony.* In *The Homeric Hymns and Homerica with an English Translation* by Hugh G. Evelyn-White. Cambridge, Mass.: Harvard University Press; London: William Heinemann, Ltd., 1914. (Machine readable text.)

Hoffman, Paul. *The Man Who Loved Only Numbers.* New York: Hyperion, 1998.

———. "The Man Who Loves Only Numbers." *The Atlantic Monthly,* November 1987: 60.

Hooper, Alfred. *Makers of Mathematics.* New York: Random House, 1948.

Horgan, John. *The End of Science.* Reading, Mass.: Addison-Wesley, 1996.

Hungerford, Thomas. *Algebra.* New York: Springer-Verlag, 1974.

Iamblicus. *De Vita Pythagorica.* (On the Pythagoraean way of life). Trans. John Dillon, Jackson Hershbell. Atlanta: Scholars Press, 1991.

Jacobson, Nathan. *Basic Algebra I.* New York: W. H. Freeman and Company, 1985.

Jammer, Max. *Concepts of Space.* New York: Dover Publications, 1993.

Johnson, George. "Physical Laws Collide in a Black Hole Bet." *New York Times,* 7 April 1998: C1.

———. "Useful Invention or Absolute Truth: What Is Math?" *New York Times,* 10 February 1998: C1.

Kak, Subhash. "Early Theories on the Distance to the Sun." Los Alamos National Labs Archive: physics/9804021.

———. "The Speed of Light and Puranic Cosmology." Los Alamos National Labs Archive: physics/9804020.

Katz, Victor. *A History of Mathematics.* New York: HarperCollins College Publishers, 1993.

Kelly, Douglas. *Introduction to Probability.* New York: Macmillan Publishing Company, 1994.

Kestenbaum, David. "Practical Tests for an 'Untestable' Theory of Everything?" *Science,* 7 August 1998: 758.

Khayyám, Omar. *Rubaiyat of Omar Khayyám.* Trans. Edward Fitzgerald. Boston: Branden Publishing, 1992.

Knopp, Konrad. *Elements of the Theory of Functions.* Trans. Frederick Bagemihl. New York: Dover Publications, 1952.

———. *Theory of Functions.* Trans. Frederick Bagemihl. New York: Dover Publications, 1947, 1975.

Koestler, Arthur. *The Watershed.* New York: Anchor Books, 1960.

The Koran. Trans. N. J. Dawood. London: Penguin Books, 1936.

Lang, Serge. *Complex Analysis.* New York: Springer-Verlag, 1993.

———. *Undergraduate Algebra.* New York: Springer-Verlag, 1987.

Leibniz, Gottfried. *Discourse on Metaphysics / Correspondence with Arnauld / Monadology.* Trans. George Montgomery. La Salle, Ill.: Open Court Publishing, 1902.

Lo, K.Y. et al. "Intrinsic Size of SGR A*: 72 Schwarzschild Radii." Los Alamos National Labs Archive: astro-ph/9809222.

Maimonides, Moses. *The Guide for the Perplexed.* Trans. M. Friedlander. New York: Dover Publications, 1956.

Manchester, William. *A World Lit Only By Fire.* Boston: Little, Brown and Company, 1993.

Maor, Eli. *e: the Story of a Number.* Princeton, N.J.: Princeton University Press, 1994.

———. *To Infinity and Beyond.* Princeton, N.J.: Princeton University Press, 1987.

Marius, Richard. *Martin Luther.* Cambridge, Mass.: Belknap Press, 1999.

Matt, Daniel C. *The Essential Kabbalah.* San Francisco: Harper SanFrancisco, 1996.

Morris, Richard. *Achilles in the Quantum Universe.* New York: Henry Holt and Company, 1997.

Murray, Oswyn. *Early Greece.* Stanford, Calif.: Stanford University Press, 1980.

Nagel, Ernest and James Newman. *Gödel's Proof.* New York: New York University Press, 1958.

Neugebauer, O. *The Exact Sciences in Antiquity.* New York: Dover Publications, 1969.

Newman, James R. *The World of Mathematics.* Vols. 1–4. New York: Simon and Schuster, 1956.

Oldach, David, et al. "A Mysterious Death." *The New England Journal of Medicine.* 338 (11 June 1998): 1764.

Ovid. *Metamorphoses.* Trans. Rolfe Humphries. Bloomington, Ind.: Indiana University Press, 1955.

Oxtoby, David, and Norman Nachtrieb. *Principles of Modern Chemistry.* Philadelphia: Saunders College Publishing, 1986.

Pais, Abraham. *Subtle Is the Lord.* Oxford: Oxford University Press, 1982.

Pappas, Theoni. *Mathematical Scandals.* San Carlos, Calif.: Wide World Publishing/Tetra, 1997.

Pascal, Blaise. *Pensées and Other Writings.* Trans. Honor Levi. Oxford: Oxford University Press, 1995.

Pausanius. *Guide to Greece.* Vol. 2, *Description of Greece.* Trans. Peter Levi. London: Penguin Books, 1971.

Perricone, Mike. "The Universe Lives On." *FermiNews,* 19 June 1998: 5.

Pickover, Clifford. *The Loom of God.* New York: Plenum Press, 1997.

Plato. *Parmenides.* From *Plato in Twelve Volumes,* Vol. 1 translated by Harold North Fowler; introduction by W. R. M. Lamb (1966); Vol. 3 translated by W. R. M. Lamb (1967); Vol. 4 translated by Harold North Fowler (1977); Vol. 9 translated by Harold N. Fowler (1925). Cambridge, Mass.: Harvard University Press; London: William Heinemann, Ltd., 1966, 1967, 1977. (Machine readable text.)

Plaut, Gunther. *The Torah: A Modern Commentary.* New York: The Union of American Hebrew Congregations, 1981.

Plutarch. *Makers of Rome.* Trans. Ian Scott-Kilvert. London: Penguin Books, 1965.

Plutarch on Sparta. Trans. Richard J. A. Talbert. London: Penguin Books, 1988.

The Poetic Edda. Trans. Lee Hollander. Austin, Tex.: University of Texas Press, 1962.

Polchinski, Joseph. "String Duality." *Reviews of Modern Physics,* October 1996: 1245.

Pullman, Bernard, ed. *The Emergence of Complexity in Mathematics, Physics, Chemistry, and Biology.* Vatican City: Pontificia Academia Scientarum, 1996.

Randel, Don, ed. *The New Harvard Dictionary of Music.* Cambridge, Mass.: Belknap Press, 1986.

"Random Samples." *Science,* 23 January 1998: 487.

Rensberger, Boyce. "2001: A Calendar Odyssey." *Washington Post,* 11 December 1996: H01.

Resnikoff, H. L. and R. O. Wells. *Mathematics in Civilization.* New York: Dover Publications, 1973.

The Rig Veda. Trans. Wendy O'Flaherty. London: Penguin Books, 1981.

Rigatelli, Laura Toti. *Evariste Galois.* Trans. John Denton. Basel: Birkhauser Verlag, 1996.

Rothstein, Edward. *Emblems of Mind.* New York: Times Books, 1995.

Rotman, Brian. *Signifying Nothing.* Stanford, Calif.: Stanford University Press, 1987.

Royden, H. L. *Real Analysis.* New York: Macmillan, 1988.

Rudin, Walter. *Principles of Mathematical Analysis.* New York: McGraw-Hill, 1964.

———. *Real and Complex Analysis.* New York: McGraw-Hill, 1987.

Russell, Bertrand. *The Philosophy of Leibniz.* London: Routledge, 1992.

———. *The Philosophy of Logical Atomism.* Chicago: Open Court Publishing, 1985.

Schecter, Bruce. *My Brain Is Open.* New York: Simon and Schuster, 1998.

Scholem, Gershom. *Kabbalah.* New York: Meridian, 1974.

Seife, Charles. "Ever Outward." *New Scientist,* 3 January 1998: 19.

———. "Final Summer." *New Scientist,* 25 July 1998: 40.

———. "Magic Roundabout." *New Scientist,* 8 November 1997: 5.

———. "Mathemagician." *The Sciences,* May/June 1994: 12.

———. "Music and mathematics and their surprisingly harmonious relationship." *The Philadelphia Inquirer,* 21 May 1995: H3.

———. "No Way Out." *New Scientist,* 5 September 1998: 20.

———. "Running on Empty." *New Scientist,* 25 April 1998: 36.

———. "The Subtle Pull of Emptiness." *Science,* 10 January 1997: 158.

———. "Too Damned Hot." *New Scientist,* 1 August 1998: 21.

———. "Unlucky for Some." *New Scientist,* 4 July 1998: 23.

Singh, Simon. *Fermat's Enigma*. New York: Walker and Company, 1997.

Slakey, Francis. "Something Out of Nothing." *New Scientist,* 23 August 1997: 45.

Smith, David Eugene. *A Source Book in Mathematics*. New York: Dover Publications, 1959.

Sturluson, Snorri. *The Prose Edda*. Trans. Jean I. Young. Berkeley, Calif.: University of California Press, 1954.

Swetz, Frank. *From Five Fingers to Infinity.* Chicago: Open Court Publishing, 1994.

Teresi, Dick. "Zero." *The Atlantic Monthly,* July 1997: 88.

Thompson, Damian. *The End of Time*. Hanover, N.H.: University Press of New England, 1996.

Thorne, Kip. *Black Holes and Time Warps*. New York: W. W. Norton, 1994.

Thorpe, J. A. *Elementary Topics in Differential Geometry.* New York: Springer-Verlag, 1979.

Thucydides. *History of the Peloponnesian War.* Trans. Rex Warner. London: Penguin Books, 1954.

Turok, Neil, and S. W. Hawking. "Open Inflation, the Four Form and the Cosmological Constant." Los Alamos National Labs Archive: hep-th/9803156 v4.

The Upanishads. Trans. Juan Mascaro. London: Penguin Books, 1965.

Urmson, J. O., and Jonathan Ree, eds. *The Concise Encyclopedia of Western Philosophy and Philosophers*. London: Routledge, 1996.

Valenkin, Naum Yakovlevich. *In Search of Infinity.* Trans. Abe Shenitzer. Boston: Birkhauser, 1995.

Vilenkin, Alexander. "The Quantum Cosmology Debate." Los Alamos National Labs Archive: gr-qc/9812027.

Voltaire. *Candide*. London: Penguin Books, 1947.

Wang, Hao. *Reflections on Kurt Gödel.* Cambridge, Mass.: The MIT Press, 1987.

White, Michael. *The Last Sorcerer.* Reading, Mass.: Addison-Wesley, 1997.

Xenophon. *Hellenica*. Trans. Carleton L. Brownson. Vols. 1–2, *Xenophon in Seven Volumes*. Cambridge, Mass.: Harvard University Press; London: William Heinemann, Ltd.; Vol. 1, 1985; Vol. 2, 1986. (Machine readable text.)

網站

Papyrus of Ani; Egyptian Book of the Dead. Trans. E. A. Wallis Budge. http://www.sas.upenn.edu/African_Studies/Books/Papyrus_Ani.html

Clement of Alexandria. *The Stromata*. http://www.webcom.com/~gnosis/library/strom4.htm

"The Life of Hypatia." http://www.cosmopolis.com/alexandria/

"Frequently Asked Questions in Mathematics." http://www.cs.unb.ca/~alopez-o/math-faq/

Odenwald, Sten. "Beyond the Big Bang." http://www2.ari.net/home/odenwald/anthol/beyondbb.html

——— . "The Decay of the False Vacuum." http://www2.ari.net/home/odenwald/anthol/decay.html

Perseus Project. http://hydra.perseus.tufts.edu/

Slabodkin, Gregory. "Software glitches leave Navy Smart Ship dead in the water." *Government Computer News,* 13 July 1998. http://www.gcn.com/gcn/1998/July13/cov2.htm

The MacTutor History of Mathematics archive. http://history.math.csusb.edu/

Weisstein, Eric. Eric's Treasure Trove of Astronomy. http://www.treasure-troves.com/astro/astro0.html

圖七、圖八、圖十五、圖十七由美國國會圖書館（The Library of Congress）提供。

圖十三：The Nelson-Atkins Museum of Art, kansas City, Missouri（Purchase: Nelson Trust）。

其餘的圖由Matt Zimet繪製。

國家圖書館出版品預行編目資料

零的故事：動搖哲學、科學、數學及宗教的概念 / 查爾斯・席夫（Charles Seife）著；吳蔓玲譯 --初版. --臺北市:商周出版:城邦文化發行.2001 [民90]
面　公分. --（科學新視野；74）
譯自：Zero：the biography of a dangerous idea
ISBN 957-667-957-5（平裝）

1. 數字

312　90012870

科學新視野74

零的故事——動搖哲學、科學、數學及宗教的概念

原文書名／Zero—The Biography of a Dangerous Idea
原出版者／Viking Penguin
作　　者／查爾斯・席夫（Charles Seife）
譯　　者／吳蔓玲
責任編輯／蘇奕君、陳伊寧

版　　權／林心紅
行銷業務／賴曉玲、蘇魯屏
副總編輯／楊如玉
總 經 理／彭之琬
發 行 人／何飛鵬
法律顧問／台英國際商務法律事務所 羅明通律師
出　　版／商周出版
台北市104民生東路二段141號9樓
電話：(02) 25007008　傳真：(02)25007759
E-mail：bwp.service@cite.com.tw
發　　行／英屬蓋曼群島商家庭傳媒股份有限公司 城邦分公司
台北市中山區民生東路二段141號2樓
書虫客服服務專線：02-25007718；25007719
服務時間：週一至週五上午09:30-12:00；下午13:30-17:00
24小時傳真專線：02-25001990；25001991
劃撥帳號：19863813；戶名：書虫股份有限公司
讀者服務信箱：service@readingclub.com.tw
城邦讀書花園：www.cite.com.tw
香港發行所／城邦（香港）出版集團有限公司
香港灣仔駱克道193號東超商業中心1樓　E-mail:hkcite@biznetvigator.com
電話：(852) 25086231　傳真：(852) 25789337
馬新發行所／城邦（馬新）出版集團【Cite (M) Sdn. Bhd.】
41, Jalan Radin Anum, Bandar Baru Sri Petaling,
57000 Kuala Lumpur, Malaysia.
Tel: (603) 90578822　Fax: (603) 90576622　Email: cite@cite.com.my

封面設計／李東記
排　　版／辰皓電腦排版有限公司
印　　刷／韋懋實業有限公司
總 經 銷／高見文化行銷股份有限公司
電話：(02)2668-9005　傳真：(02)2668-9790　客服專線：0800-055-365

■ 2001 年 9 月 06 日初版　Printed in Taiwan
■ 2014 年 6 月 11 日二版三刷

定價280元
　ISBN　957-667-957-5